# 단 하나의 이름도 잊히지 않게

# 단 하나의 이름도 잊히지 않게


| | |
|---|---|
| 인쇄일 | 2020년 12월 16일 |
| 발행일 | 2021년 1월 4일 |

| | |
|---|---|
| 지은이 | 서미애, 송시우, 정해연 |
| 펴낸이 | 김순일 |
| 펴낸곳 | 에오스 |
| 등록번호 | 제2018-000104호 |
| 등록일자 | 2018년 6월 18일 |
| 주소 | 경기도 고양시 덕양구 고양대로 1916번길 50<br>스타캐슬 3동 302호 |
| 전화 | 02-715-4507 / 713-6647 |
| 팩스 | 02-713-4805 |
| 홈페이지 | www.miraepub.co.kr |

ISBN 978-89-7299-524-1 03810

에오스는 미래문화사의 문학 브랜드입니다.
여러분의 원고를 기다립니다.
기획안과 원고를 miraepub@naver.com으로 보내주세요.
잘못 만들어진 책은 구입하신 곳에서 바꾸어 드립니다.
책값은 뒤표지에 있습니다.

# 단 하나의 이름도 잊히지 않게

## 차례

# 아름다운 괴물

정해연

시외버스 터미널 7번 홈에 설 때부터 비가 내리기 시작했다. 버스를 타기 위해 서 있던 줄은 금세 흐트러졌다. 사람들은 차양이 달린 벽으로 붙었다. 종환은 휴대폰이 젖지 않도록 주머니에 넣으며 우산을 접은 뒤 다른 사람들처럼 차양 아래로 들어갔다. 버스가 홈에 진입하려면 발차 시간 오 분 전이 되어야 한다.

대학교수인 종환은 서울시에서 영인시로 출퇴근했다. 원래는 한국대의 교수였으나, 재계약이 무산된 이후 영인대학으로 옮겨 왔다. 가족과 함께 영인시로 내려오려던 종환은 빚을 지지 않고 다섯 식구가 함께 살 수 있는 집을 찾다가 결국 영인시 근처에 있는 서울시로 집을 정했다. 서울시에서 영인시까지는 시외버스로 한 시간가량, 다시 시내버스를 타고 삼십 분을 이동해야 출근할 수 있지만, 가족과 함께할 수 있고 교수 자리도 있는 터라 불만을 가질 수 없었다.

'어?'

버스가 진입할 즈음이 됐다 싶어 정면을 보는 순간, 한 여자가 종환의 눈에 들어왔다. 이십 대 중반쯤으로 되어 보이는 여자였다. 우산도 없이 머리부터 발끝까지 흠뻑 젖은 여자는 뛰지도 않고 7번 홈을 향해 천천히 걸었다. 원래 곱슬인지 파마를 한 것인지 알 수 없는 머리는 축 쳐져 앞이 보이기나 할까 싶게 얼굴을 가렸다. 얼굴엔 핏기 하나 없었고 가까이 올 때쯤 보니 입술이 파랗게 질려 있었다. 종환은 여자가 차양 안쪽으로 들어올 수 있도록 슬쩍 옆으로 피해 자리를 만들었지만, 여자는 그 자리를 물끄러미 보고 있기만 할 뿐이었다.

'어디가 아픈가?'

다른 사람들은 그냥 힐끗거리기만 할 뿐 일부러 여자를 외면했다. 마치 거기에 존재하지 않는 사람 같았다. 종환은 여자를 향해 우산을 내밀면서 말을 걸려고 했다. 여자가 종환을 보는 순간, 그녀의 뒤쪽에서 버스가 진입했다.

"아……."

종환은 멈칫하며 우산을 거둬들였다. 차가 홈에 들어와 멈춰 서고 앞문이 열리자 사람들이 모여들었다. 종환이 예매한 자리는 맨 뒷좌석에서 한 줄 앞 자리였다. 버스에 올라타 자신이 예매한 자리로 가면서 종환은 설핏 바깥을 내다보았다. 내내 신경 쓰이던 여자도 젖은 채로 줄의 맨 끝에 서 있었다. 순간 여자의 눈이 이쪽으로 향했다. 종환은 자기도 모르게 거의 반사적으로 시선을 피해 정면을 보았다. 왜 자꾸 여자에게로 시선이 가는지 모를 일이었다.

"아이구, 흠뻑 젖었네."

여자가 올라타자 버스 기사가 알은체를 했다. 말투는 건조하고 퉁명스러웠다. 좌석 시트가 젖을까 봐 짜증이 난 것 같았다. 하지만 여자는 못 들은 것인지, 아니면 들었어도 모르는 척하는 것인지 아무런 반응도 없이 표를 내밀고는 그대로 이쪽을 향해 걸어왔다.

'맨 뒷자리인가.'

종환은 스윽 시선을 돌려 창밖을 바라보았다. 창에 들러붙는 빗방울의 크기가 어느새 더 굵어져 있었다.

버스의 맨 앞 상부에 붙은 디지털시계가 정각을 가리키자, 운전기사가 시동을 걸었다. 차체가 가볍게 진동했다. 종환은 좌석에 몸을 묻고 눈을 감았다. 피로가 눈두덩이 위에 내려앉은 기분이었다. 첫 시간부터 있는 강의의 계획표를 다시 한 번 확인해야겠다고 생각했다.

차가 서서히 움직이기 시작했을 때, 뭔가 차가운 것이 볼에 닿았다. 종환은 눈을 떴다. 건너편 좌석의 여자가 종환의 뒤를 향해 눈을 크게 뜨고 있는 모습이 보였다. 동시에 뭔가가 자신의 왼쪽 뺨으로 내려와 들러붙었다. 그것이 머리카락이라는 것을 안 순간 반사적으로 온몸이 긴장했고, 소름이 돋았다. 시선을 돌려 뒤를 돌아보려던 순간 목에 불이 붙은 듯 뜨거움을 느꼈다.

"꺄아아악!"

건너편에 있던 여자가 소리를 지르며 벌떡 일어나 앞으로 달아나기 시작했다. 버스 안에 있던 사람들이 일제히 뒤를 돌아보았다. 어떤 사람은 비명을 질렀고, 어떤 사람은 건너편 여자처럼 앞으로 도망가기도 했으며, 어떤 사람은 이쪽으로 달려왔다. 버스가 굉음을 내며 멈춰 섰고, 버스 기사가 뭐라고 소리를 질렀다. 종환은 그때까지 자신에게 무슨 일이 일어났는지 몰랐다.

"컥커컥."

어쩐지 숨이 쉬어지지 않았다. 종환은 눈을 내려 자신의 목 부근을 보았다. 과도로 보이는 칼이 목에 박혀 있었고, 손잡이는 아직도 여자의 손에 쥐여 있었다. 그가 떨리는 손을 자신의 목 쪽으로 가져갔을 때, 여자가 칼을 단숨에 빼내었다. 그의 안경 위로, 버스의 천정으로, 달려오는 사람들의 얼굴로, 바닥으로, 피가 무섭게 뻗쳐 나갔다.

앞으로 고꾸라지려는 종환의 머리를 여자가 움켜쥐었다. 그러고는 칼을 든 손을 하늘 높이 치켜들었다. 종환은 그것을 모두 지켜보고 있으면서도 온몸에 힘이 들어가지 않아 저항하지 못했다. 여자는 종환의 머리를 움켜쥔 채로 다시 한 번 칼을 내려찍었다. 그 순간 종환은 여자의 얼굴을 보았다. 온 얼굴이 납빛인 여자의 얼굴은 무표정했다.

종환에게는 오늘 아침부터 강의가 있었다.

## 1

인서트 영상이 끝나고 정면에 위치한 1번 카메라에 빨간 불이 들어오는 순간, 정수정은 만면에 미소를 띠며 준비한 멘트를 했다.

"작은 생활 습관을 바꾸면, 여러분도 평생 살찌지 않는 몸매를 가질 수 있습니다."

방청객들이 환호와 함께 박수를 치는 동안 그녀는 미소를 유지하며 카메라를 응시했다.

"컷!"

"수고하셨습니다!"

감독의 커트 사인과 함께 아침 생방송이 종료되었다. MC와 패널석에 앉아 있던 연예인들과 관객석을 향해 정수정은 허리를 가볍게 숙이며 인사를 한 후 무대에서 내려왔다. 매일 아침 생방송되는 프로그램에서 정수정은 주 1회 몸매 관리 비법 강연을 맡고 있다. 강연은 생방송이지만, 중간에 나가는 운동 영상은 이틀 전 미리 녹화를 해 둔다.

"정 선생님, 수고하셨어요. 이젠 완전 프론데?"

무대에서 내려서는 정수정을 향해 카메라 감독이 말했다.

"감독님들이 조명으로 잡티 날려 주고, 알아서들 예쁘게 잡아 주시니까 긴장할 게 없더라구요."

“정 선생님이 알아서 예쁘시면서 뭘.”

카메라 감독은 능구렁이 같다. 하지만 이제는 이런 농담 정도는 여유 있게 받아칠 수 있다. 처음 방송을 시작할 때 긴장했던 것은 생각나지 않을 정도다. 정수정은 스텝들에게 묵례로 인사를 하고는 무대 뒤에 준비되어 있는 대기실로 향했다.

대기실 문에는 ‘생방송 좋은 날엔 좋은 아침 출연자 대기실 : 정수정 님’이라는 인쇄물이 부착되어 있었다. 처음 방송을 시작할 때는 비고정 출연자들의 대기실을 함께 썼었다. 하지만 이제는 그녀도 여러 방송에서 데려가고자 하는 셀럽 중 한 명이다. 인기가 올라가면서 《좋은 날엔 좋은 아침》 프로그램에서 발 빠르게 그녀를 고정으로 잡았다.

정수정은 대기실로 들어갔다. 간식과 음료가 종류별로 준비되어 있었지만 그녀는 생수를 제외한 것은 손도 대지 않았다. 그녀는 자신이 가지고 온 커다란 백에서 액세서리 케이스를 꺼내고 거울 앞에 앉아 귀걸이를 하나하나 뺀 뒤 액세서리 케이스에 조심스럽게 담았다. 곧장 자신이 운영하는 병원으로 출근할 예정이었다. 방송에서 하는 화려한 장신구는 착용할 수가 없다.

노크 소리가 들렸다. 대답을 하자 조심스럽게 문이 열렸다. 얼굴을 내민 것은 조연출이었다.

“선생님.”

애교 있게 그녀를 부르며 다가온 조연출은 이십 대 후반의 여성으로 키는 작지만 단단해 보이는 인상의 소유자였다. 어제 저녁 늦게까지 비만 클리닉 스케줄이 있었고, 지금 막 생방송이 끝나 피곤했지만 수정은 전혀 내색하지 않으며 의자에서 일어나 그녀를 맞았다.

“네, 조연출님. 무슨 일이세요?”

그녀가 조심스럽게 책 한 권을 내밀었다. 정수정이 출간한 몸매 관리 비법 도서였다.

“아우, 제가 웬만해서는 이런 부탁 안 받는데……. 다른 게 아니라 제 동생이 너무 선생님 팬이라서요. 사인 한 번만 부탁 드릴게요.”

“어머, 제가 영광이죠. 연예인도 아닌데.”

“무슨 말씀이세요. 요즘 선생님이 연예인보다 더 핫한 거 모르는 사람이 어디 있어요. 연예인들도 선생님 따라 하느라 정신없는데요.”

과하게 띄워 주는 것을 알면서도 정수정은 기분이 나쁘지 않았다. 책을 받아 사인을 하고는 웃으며 돌려주자, 조연출이 스쿼트 자세를 엉성하게 해 보이며 말했다.

“이거, 이거. 제 동생도 선생님 방송 보고 설거지하면서 매일 해요. 얼마 전에 애를 낳았거든요.”

“정말요? 파이팅하시라고 전해 주세요.”

일찍 결혼을 한 모양이었다. 몸매 관리에 스트레스 받지 말고 몸조리 잘하시라고 전해 날라며 덧붙이자 조연출이 연신 허리를 숙이며 나갔다. 정수정은 가방을 마저 챙기다가 자신도 모르게 풋, 하고 웃고 말았다.

정수정은 고개를 들었다. 거울 속에 완벽한 자신의 몸이 있었다. 설거지하면서 잠깐씩 스쿼트를 하거나 평소에 발뒤꿈치를 들면 이런 몸을 만들 수 있다는 말은 완벽한 거짓말이다. 한 번에 십오만 원씩이나 하는 PT를 받고, 아침에 일어나자마자 홈트레이닝으로 필라테스를 하고, 틈나는 대로 요가 개인 레슨을 받고 있다. 식단 조절은 너무나 당연해서 말하기도 귀찮다.

하지만 방송에서 그렇게 말해서는 안 된다. 정수정은 아이를 낳고 한 달 만에 방송에 복귀했다. 복귀 방송은 주말 저녁 예능 프로그램으로, MC로서는 최고의 인기를 구가하는 남성 개그맨이 진행하는 토크쇼였다. 그 방송에서 MC는 아이를 낳기 전보다 훨씬 더 아름다워졌다며 정수정의 몸매를 입이 닳도록 칭찬했다. 자기 관리의 끝판왕이라며 그녀를 추켜세웠다. 아이를 낳는 극한의 고통과 여기저기 살이 트고, 골반이 틀어지고, 몸매가 무너지는 것을 감수하고도 출산하는 것 자체가 아름다운 것 아닌가. 하지만 아이를 낳고도 몸매 걱정 때문에 분유를 먹이고, 한 달에 삼백만 원이나 하는 육아 도우미에게 아이를 맡기고, 출산 후 몸조리 따위 신경 쓸 겨를도 없이 피트니스 센터와 요가 센터를 다녀 몸을 만들어야 아름답고, 자기 관리를 한다고 인정받는다. 이른바 국민

MC라고 불리는 사람의 수준이 고작 그 모양인 것이다.

생각은 아무리 그렇게 하더라도 정수정 역시 방송에서 사실을 말하지는 않는다. 입장을 바꿔 돈이 많아야 날씬해질 수 있다고 말하는 것을 누가 듣고 싶을까. 집에서 하루 종일 쓸고 닦아도 티 안 나는 살림을 하는 시청자들은 자신들도 조금만 노력하면 얼마든지 정수정 같은 여성이 될 수 있다는 희망을 갖고 싶은 것이다. 지금은 사는 게 바빠 조금 덜 노력해서 이런 것일 뿐이라고. 우리 아이가 친구를 잘못 사귀어서 그렇지 원래는 똑똑하다는 착각과도 비슷한 것이다. 정수정은 무조건 날씬하고 아름다워야 자기 관리를 하는 것이라고 평가하는 문화 자체가 문제라는 것을 알고 있지만, 반대로 자신이 그런 잣대 덕에 지금의 위치에 설 수 있다는 것 또한 너무나 잘 알았다.

정수정이 대기실에서 나서려 할 때 휴대폰이 울렸다. 아들을 봐주고 있는 육아 도우미에게서 온 연락이었다.

"네, 여사님."

「선생님, 이번 주 주말에 제가 아들 결혼식이라서 일할 수가 없는데 어떡하죠?」

전화를 받고 나서야 기억이 났다. 분명 한 달 전에 이야기를 들었다. 아이를 맡길 곳을 찾아보고 얘기해 주기로 했는데, 정신이 없어 깜박하고 말았다.

"말씀 드린다는 걸 깜박했네요. 다행히 그날은 저쪽 면접

권 쓰는 날이라서 걱정 안 하셔도 돼요. 일요일 날 오후에 데려올 건데, 그때는 괜찮으실까요?"

「예, 그럼요. 제가 일요일 3시까지는 집에 올게요.」

육아 도우미의 목소리에서 화색이 느껴졌다.

"여사님 계좌로 축의금 조금 넣을게요. 아드님 결혼 축하드려요."

「어머나, 안 그러셔도 되는데.」

"당연한 거죠. 그럼 수고 좀 해 주세요."

정수정은 웃으며 전화를 끊었다. 그러고는 곧장 스마트뱅킹으로 육아 도우미의 계좌에 백만 원을 입금했다. 아무리 돈을 잘 번다고 해도 육아 도우미 아들의 결혼식 축의금으로 적은 금액은 아니다. 그러나 이 정도는 해야 뒤탈이 없다. 요즘에는 육아 도우미를 구하기도 하늘의 별 따기다. 이렇게 가끔 기름칠을 해 줘서 문제가 생기지 않는다면야 얼마든지 돈을 쓸 수 있다.

정수정은 여성들의 워너비로 자신을 추켜올리던 MC가 떠올라 입술 한쪽을 끌어올려 웃었다. 이혼 후 더 당당하게 활동하는 여자, 육아와 일 두 마리의 토끼를 모두 잡은 여자, 여자들의 워너비가 되려면 이렇게 살아야 하는 것이다.

정수정이 운영하고 있는 비만 클리닉 센터는 강남에 위치하고 있다. 처음에는 3층 건물의 한 층을 빌려 운영하다가,

이 년 전 건물을 인수해 전체를 클리닉 센터로 쓰고 있다. 1층에는 진료실, 2층에는 체형 교정을 위한 운동 치료 센터, 3층에는 비만 클리닉 센터를 두고 있다. 정수정은 주로 1층의 진료실을 사용한다.

정수정은 지하의 주차장으로 향하면서 건물 전면에 걸린 현수막을 보았다. '당당한 여성, 아름다운 여성'이라는 글자 아래로 자신의 정면 모습이 걸려 있었다. 방송 프로그램에 나왔던 모습 중의 한 컷인데, 현수막의 캐치프레이즈와 딱 어울리는 당당한 모습이었다. 정수정은 그런 자신의 모습이 마음에 들었다.

정수정은 매일같이 주차하는 가장 안쪽 구역에 주차를 하고 엘리베이터로 향했다.

"어?"

정수정은 문득 걸음을 멈추었다. 반대편 주차장 구석에서 뭔가 움직인 것 같았다. 고개를 빼 살펴보았지만 어두운 그늘뿐 별다른 것은 보이지 않았다. 가끔 고양이가 비나 추위를 피해 주차장으로 들어온다고 들었다. 잠깐 놀라긴 했지만 큰일은 아니다. 그녀는 다시 걸음을 떼 엘리베이터로 향했다. 마침 지하 1층에 엘리베이터가 도착해 있어서 올라타고 1층으로 올라갔다.

1층 접수창구 앞은 이미 인산인해였다. 진료 시간 시작까지 삼십 분이나 남아 있었지만 번호표는 벌써부터 오십 번

대를 넘어가고 있었다. 오늘은 육십 명까지만 접수를 받으라고 접수창구에 미리 말해 놓았다. 매주 녹화가 있는 화요일은 오후 진료만 보기 때문이다. 한정 인원이 꽉 찬다는 것은 오늘도 쉬는 시간 없이 진료를 해야 한다는 뜻이다. 하지만 피로가 몰려오기 보다는 뿌듯했다.

정수정이 들어서자 무료한 얼굴로 기다리던 사람들의 얼굴에 화색이 돌았다. 빠르게 지나치는 자동차 뒤로 일어나는 모래 먼지처럼 사람들의 웅성거림이 일었다. 눈이 마주칠 때마다 볼을 붉히며 인사하는 사람들에게 눈인사를 하면서 정수정은 빠르게 진료실로 들어갔다. 봤어? 화면보다 실물이 더 예쁘다. 피부 진짜 좋아. 몸매 봐. 사람들의 찬사가 그녀의 뒤를 따랐다.

진료실로 간 정수정은 입고 있던 코트를 벗고 진료 가운으로 갈아입었다. 노크 소리가 들려와 네, 하고 청명한 목소리로 대답했다. 오늘은 기분이 아주 좋았다.

모습을 드러낸 것은 외래 간호사 엄초록이었다. 올해 스물다섯 살로 입사한 지 두 달밖에 되지 않았지만 눈치가 빠르고 일하는 것이 야무져 마음에 들었다. 이전 간호사는 스케줄을 제대로 못 맞춰 걸핏하면 환자들의 불평이 정수정의 귀에까지 들어왔었다. 진료실로 환자를 들여보내는 타이밍을 일일이 가르쳐 줘야 했고, 서류 관리도 제대로 하지 못했다. 환자는 많은데 일이 늦어서 같은 육십 명의 환자를 받아도 항상 진료 시간을 넘겨 끝이 나는 등 실수가 잦았다. 아무리 지적해도 나아지지 않았는데, 그것보다 정수정을 더 거슬리게 하는 것이 있었다. 바로 외모였다.

비만 클리닉인 만큼 의사인 자신은 물론이고 간호사와 코디네이터까지 피부, 몸매, 화장, 머리 스타일이 중요하다. 그러나 그녀는 화장도 어설펐고, 반곱슬인 머리도 제대로 정리하지 못했다. 특히나 하체 비만이 눈에 띄게 심했다. 처음 입사할 때는 그러지 않았는데 결혼 이후 점점 심해지더니 출산 이후 더 관리가 되지 않는 것 같았다. 몇 번 주의를 주었지만 나아지지 않았다. 간호사부터 진료를 받아야 하는 거 아니냐는 환자들의 농담을 몇 번이나 들었다.

그렇다고 사 년이나 함께 일한 직원을 마음대로 자를 수도 없어서 골칫거리였는데 얼마 전 교통사고가 났다. 안타깝게도 허리를 크게 다쳤는데 뺑소니라 병원비 문제도 큰 것 같았다. 일하기 힘들 것 같다며 울 것 같은 얼굴로 침대에 누워 있는 그녀에게 퇴직금에 더해 넉넉한 위로금을 줬더니 감사하다는 말과 함께 사직서를 보내 왔다. 그녀에게는 미안하지만 나름 다행인 일이라고 생각하고 있다.

그 이후에 뽑은 것이 이 엄초록이었다. 이력서를 받을 때부터 마음에 들었다. 동그란 두 눈에 작은 얼굴은 스물이라고 해도 믿길 만큼 앳되었다. 클리닉 센터 경험이 없는 것이 마음에 걸리기는 했지만, 사실 경력이 중요한 것은 아니었다. 몸매가 탄탄했고, 화장이나 헤어스타일에 신경을 쓴 것이 보였다. 말은 명료했고, 눈빛은 또렷했다. 모든 질문에 자신 있게 답했다. 면접을 본 날 바로 채용을 결정했다.

면접 때는 잔뜩 준비했을 테니 용모나 답변이 완벽했을 수 있다고 생각해서 한동안 지켜보았지만 정수정은 곧 자신의 선택이 맞았다는 것을 알 수 있었다. 하나를 배우면 열을 안다는 말처럼 일일이 가르치지 않아도 일처리를 잘했고, 환자들에게도 친절해 칭찬을 자주 들었다. 무엇보다 눈치가 빨라서 자신이 출근 시간보다 조금 일찍 들어왔다고 이전 간호사처럼 환자를 바로 들여보내는 배려 없는 일은 벌이지 않았다.

“오전 방송 잘 봤습니다, 선생님.”

쟁반을 들고 들어온 그녀는 인사를 하며 찻잔을 진료 책상 위에 올렸다. 이전의 간호사는 식사는 하셨냐고 인사했다. 방송이 자주 있는 기간에는 절식하는 것을 알면서도 그렇게 인사했다. 하지만 엄초록은 그러지 않았다. 그녀가 몸매 관리를 하고 있는 것을 알고는 항상 커피가 아닌 차를 내왔다. 다이어트에 효과적이라고 알려진 보이차를 직접 준비한 것이다.

“속을 편하게 해 줄 거예요.”

“고마워요.”

정수정은 차를 들어 한 모금 마셨다. 차의 맛이 구수하고 깔끔했다. 그녀의 말대로 이 차를 마시면 속도 편해지고 마음도 깨끗해지는 기분이 들었다. 불쾌한 식욕도 덜 들었다. 게다가 보이차는 지방을 분해해 주는 효과도 있다. 자신도 방송에서 몇 번이나 보이차를 추천했다. 그 방송을 본 것인지도 모른다. 정말 센스 있다.

"천천히 드세요. 정각 2시부터 환자 들여보내겠습니다."

"오늘도 만원인 거 같던데."

정수정이 장난스럽게 죽는 시늉을 했다.

"절반은 환자고 절반은 선생님 팬인 거 아시죠?"

듣기 좋으라고 해 주는 말인 걸 알면서도 정수정은 엄초록의 그런 말이 싫지 않았다.

"환자든 팬이든 다 같은 뚱뚱이들이야. 아무리 가르쳐도 안 듣는데, 아예 밥도 못 먹게 하는 약을 먹여 버리고 싶어."

엄초록이 웃었다.

"히포크라테스 선서 하셨잖아요."

정수정이 고개를 갸웃했다.

"나한테 예전에 그런 말 한 적이 있었던가?"

어디선가 들어 본 말인 듯했지만 떠오르는 것은 없었다. 정수정의 말에 엄초록이 의아한 얼굴을 했다.

"제가요?"

"아냐, 아무것도."

기억나지 않는 것은 중요한 일이 아니기 때문이다. 씨 웃은 그녀는 따뜻한 보이차를 한 모금 더 마시며 한껏 기지개를 켰다.

“자, 오늘도 우리의 고객님들을 한번 상대해 보실까.”

## 2

강남에 위치한 고급 일식집 헤븐은 정수정이 좋아하는 장소다. 철저한 예약제로 운영하는 이 식당은 예약 번호를 입력해야 들어갈 수 있는 건물 내 지하 주차장에서 곧장 매장 내부의 프라이빗 룸으로 들어갈 수 있기 때문에 다른 사람의 이목이나 파파라치를 신경 쓰지 않아도 된다. 덕분에 연예인이나 정치인들이 주 고객이다. 간판 따위는 없고, 인맥을 통해서만 손님을 받는 듯했다. 정수정도 프로그램에 함께 출연했던 아나운서로부터 이 가게를 소개받았다. 유부남인 그가 아내와 이 가게에 올 거라는 생각이 들진 않았지만 굳이 묻지는 않았다.

정수정이 출입문을 열자 명품 정장을 차려입은 지배인이 조용한 걸음으로 다가와 허리를 숙였다.

“예약하신 방으로 모시겠습니다.”

정수정은 복도 안쪽의 룸으로 안내받았다. 문을 열기 전 지배인이 물었다.

“더 오실 분은 없으십니까?”

“네, 없어요. 예약할 때 말했던 대로, 미안하지만 음식은 일인분만 준비해 주세요."

"그렇게 준비하겠습니다."

지배인의 부드러운 목소리에서는 조금의 불쾌함도 느껴지지 않았다. 지배인이 능숙하게 열어 주는 문 안으로 정수정이 들어갔다.

송지훈은 이미 와 있었다.

"금방 퇴근한 거 맞아? 너무 아름다우신데요?"

송지훈이 정수정을 향해 웃으며 부드러운 농담을 했다.

"TPO 몰라? 갈아입고 온 거지."

눈을 살짝 흘기며 말했지만 정수정은 기분 나쁘지 않았다. 진료가 끝나자마자 병원 탈의실에서 옷을 갈아입고 왔다. 녹화 때문에 정장을 입은 데다, 진료 중에는 화려한 옷을 입지 않는다. 하지만 평소에는 자신의 몸매를 가장 아름답게 드러낼 수 있는 옷을 좋아했다. 더군다나 그런 옷차림이 어울리는 장소라면 금상첨화다. 아름다움을 드러내지 않으면 뼈를 깎는 노력으로 이런 몸매를 다진 것이 아무 의미가 없다.

송지훈과 교제한 것은 한 달 전쯤부터였다. 그와의 만남은 완벽한 우연이었다. 비가 몹시 쏟아지던 날, 정수정은 그 비를 고스란히 맞으며 집 앞에 서 있었다. 《좋은 날엔 좋은 아침》의 회식에 참석했다 돌아온 길이었다. 집에 남편도 없으면서 왜 그렇게 일찍 가려고 하느냐는 말을 한 것이 메인 PD만 아니었다면 잡혔던 손을 그대로 휘둘렀을지도 모른다. 그대로 한 시간이나 더 버틴 뒤에야 자리에서 벗어날 수 있었다. 나와 보니 비까지 내리고 있었다. 차를 끌고 집에 와 차고 문을 열려고 가방을 뒤졌지만 카드 키가 손에 잡히지 않았다. 짜증이 머리끝까지 치밀어 올라 가방을 뒤집어엎으려는 것을 간신히 참고 있는 정수정의 머리 위로 우산 하나가 드리워졌다. 그것이 송지훈과의 첫 만남이었다.

깔끔한 외모, 옷을 고르는 스타일, 밝은 갈색의 눈, 부드러운 말투, 자연스러운 매너, 치과 의사라는 직업까지 모두 정수정의 이상형 그대로였다. 정수정은 자신이 이혼한 것도 아이가 있는 것도 굳이 말하지 않았다. 어차피 유명한 이야기였다. 그는 정수정의 방송을 모두 봤다고 했으므로 그녀의 이혼과 아이에 대해 알고 있을 테지만 입에 올린 적이 없다. 정수정 역시 '아이 때문에 일찍 들어가 봐야 돼' 같은 말은 하지 않는다. 둘 모두 결혼은 입에 올리지 않은 채 서로 즐기며 만나고 있다.

노크 소리가 들려 잠시 대화가 멈췄다. 문이 열리고, 검은색 투피스를 입은 직원이 음식을 들여왔다. 그림처럼 플레이팅된 음식은 모두 일인분이었다.

명품 브랜드 그릇 위에 정갈하게 올려져 있는 음식은 이십여 가지가 되었다. 원래는 코스로 서빙되지만 한 번에 음식을 달라고 예약 때 미리 말해 두었다. 송지훈과의 시간을 방해받고 싶지 않았다.

직원이 음식을 모두 테이블 위에 올리고 나가자, 내내 참고 있던 송지훈이 웃음을 터뜨렸다. 정수정은 일그러진 입술을 뿌루퉁히 내밀고는 송지훈을 흘겨보았다. 송지훈이 손을 내저었다.

"직원이 착각했나 보지."

"그래도 둘 중 한 명이 안 먹는다고 하면 여자가 안 먹을 거라고 생각하는 게 당연한 거 아냐? 이건 일부러 성질 긁자고 한 것 같은데."

"그럴 리가요."

음식은 모두 정수정의 앞에 놓여 있었다. 가지런히 올려놓은 젓가락도 정수정의 앞에 놓여 있었다. 질투하는 여자들의 이런 유치한 수작은 정수정에게는 흔한 일이었다. 그럴 리가 없다며 웃는 송지훈의 미소를 따라 정수정도 웃고 말았다. 저 밝은 얼굴에 늘 마음이 풀리고 만다. 정수정은 송지훈의 앞쪽으로 음식을 밀어 주었다.

그 순간, 정수정의 귀를 잡아채는 날카로운 소리가 났다.

정수정은 고개를 아주 살짝만 돌린 채 눈을 굴렸다. 송지훈이 의아한 듯 물었다.

"왜 그래?"

"지금 사진 찍는 소리 안 들렸어?"

송지훈이 고개를 갸웃거렸다. 그 표정의 의미를 정수정도 알고 있다. 프라이빗 룸인데 다른 사람이 있을 리가 없다. 옆

방에서 들린 소리도 아니다. 이 식당에 몇 번이나 오면서 정수정은 다른 방의 대화 소리나 소음을 들어 본 기억이 없다. 그만큼 방음도 완벽한 가게다.

"혹시 몰카라도 있는 거 아닐까?"

정수정은 고개를 치켜들고 천장과 벽을 주의 깊게 살폈다. 딱히 눈에 들어오는 것은 없었다. 송지훈이 웃으며 가볍게 말했다.

"사진 찍는 소리 같은 거 안 들렸는데. 요즘 방송 많이 하더니 연예인병 걸린 거 아냐?"

"이상하다. 분명 찰칵 소리가 들렸는데."

"몰카면 우리 이제 막 열애설 나고 그러는 거야?"

"그럼 그냥 친한 선후배 사이라고 말해야지."

조금 예민해졌는데 지훈의 농담 덕에 기분이 풀렸다. 낮에 주차장에서 뭔가 지나가는 모습 같은 것을 본 터라 과민한 탓인지도 모른다.

"어디를 가나 주목받느라 피곤하신 정스타 님, 오늘은 어떤 환자들을 보셨나이까?"

방 안을 밝히는 부드러운 간접등이 송지훈의 얼굴을 더욱 분위기 있게 비추었다. 그녀는 그가 남자 친구인 것이 아주 만족스러웠다. 나이스한 성격도 그렇지만 자신과 아주 잘 어울리는 남자라고 생각했다. 무엇보다 송지훈은 자신을 의사 정수정, 유명인 정수정이 아니라 오롯이 '여자 정수정'으로 봐 줬다.

기분 좋게 웃으며 정수정은 하루 동안 있었던 소소한 일들을 이야기하기 시작했다. 송지훈은 그녀의 눈을 곧게 응시하며 경청했다. 음식이 식어 가고 있었다.

현대빌리지 112동 주차장에 정수정의 차가 멈춰 섰다. 현대빌리지는 강남에 위치한 주택 단지로 전원주택 외양을 갖춘 고급 주택들이 모여 있는 곳이다. 주택 두 채당 두 칸의 차고가 따로 설치되어 있다. 등록된 차량 이외에는 들어올 수 없도록 차고의 카드 키는 입주민만 가지고 있다.

운전석에서 내린 정수정은 벽에 붙은 단말기에 카드 키를 대었다. 기계음과 함께 차고의 철제문이 천천히 위로 올라갔다. 정수정은 다시 차 쪽을 향해 몸을 돌렸다. 송지훈은 그대로 조수석에 앉아 있었다. 정수정은 조수석 쪽으로 다가가 문을 열고 자세를 굽혀 안을 들여다보았다.

"안 내리실 겁니까?"

정수정이 장난처럼 말하자 송지훈은 낮은 한숨과 함께 조수석에서 내렸다.

"이 시간에 택시도 별로 없을 텐데."

송지훈은 팔로 정수정의 허리를 감싸 안았다. 탄탄한 그의 근육이 정수정을 유혹하듯 허리를 조였다. 정수정은 매혹적인 미소를 지었다. 송지훈은 입술로 정수정의 귓불을 살짝 물었다 놓았다. 정수정은 킥킥대며 웃으면서도 그의 가슴을 밀었다.

“이러려고 집까지 굳이 따라왔구나? 큰길가에 나가면 택시 많거든?”

“오늘도 거부야?”

“요즘 알아보는 사람 많아서 신경 쓰인단 말이야. 괜한 가십거리 되고 싶지 않아.”

그녀의 말에 송지훈이 팔을 풀었다. 그는 살짝 고개를 갸웃하며 말했다.

“너무 예민한 거 아냐?”

“또 연예인병 걸렸다고 하려고? 그런 게 아니라 진짜 신경 쓰여. 입에 오르내리는 것도 조심해야 하고. 집에 도우미 여사님도 계실 거고.”

“알았네요, 알았어. 여자 친구가 유명해 봐야 하나 좋을 것도 없네.”

서운한 내색을 굳이 감추지 않으면서도 송지훈은 화를 내지 않았다. 정수정은 그와의 이런 관계가 좋았다.

“들어가. 내일 연락할게.”

정수정은 웃으며 손을 흔들었다. 돌아서는 송지훈의 뒷모습을 보며 그녀의 입가에도 아쉬운 듯한 미소가 걸렸다. 인기척이 들려 돌아보니 입주민인 듯한 남자가 아직 열려 있는 차고 문과 정수정을 번갈아 보고 있었다.

"지금 들어갈 거예요."

변명처럼 말한 뒤 고개를 돌리자 이미 송지훈의 모습은 보이지 않았다. 정수정은 아쉬운 표정으로 어깨를 으쓱하고는 차에 올라타 차고에 차를 넣었다.

성격으로 보나 일로 보나, 송지훈과는 상당히 잘 맞는 편이었다. 만약 두 번째의 결혼을 선택한다면 송지훈은 아마 좋은 상대가 되어 줄 것이다. 그는 관습적이지도 않았고, 고리타분하지도 않았다. 자신보다 돈을 더 잘 버는 아내에게 네가 뭐가 잘났느냐며 찌질한 자격지심을 부릴 사람도 아니다. 하지만 결혼은 하지 않을 생각이다. 실패는 한 번으로 족하고, 정수정은 그 한 번의 실패로 각자의 인생을 삼십 년 이상 살아온 사람들을 한 울타리에 몰아넣는 행위가 얼마나 서로에게 잔혹한 일인지를 처절하게 배웠다.

정수정은 비밀번호를 누르고 빌리지 출입구를 통과해 안으로 들어갔다. 전문 관리사가 관리하고 있는 정원을 지나 집 가까이로 가자 어렴풋이 아기 울음소리가 들렸다. 덕분에 정수정의 이맛살이 살짝 찌푸려졌다. 아니나 다를까 비밀번호를 누르는 내내 안에서 울음소리가 이어졌다. 정후가 울고 있다.

'여사님은 대체 뭘 하고 있는 거야.'

비밀번호를 누르고 현관문을 열자 찢어질 듯한 울음소리가 더 크게 들려왔다. 무슨 일이냐고 물을 생각이었는데, 정수정을 보자마자 육아 도우미인 신 여사가 아기를 끌어안은 채로 달려들듯 정수정에게 다가섰다.

"전화는 왜 이렇게 안 받으세요!"

아이의 울음소리 위로 겹쳐지는 불쾌한 목소리에 정수정의 미간이 좁혀졌다. 가끔 약속 시간보다 늦을 때도 있지만 추가 수당을 정확히 지급하고 있고, 신 여사의 말에 의하면 '유난스러운 편'인 정후 때문에 자주 보너스나 선물도 챙겨 왔다. 게다가 아들 결혼 축의금까지 주지 않았는가. 자신이 신세를 지고 있는 것이 아니라 육아 도우미는 자신의 노동력을, 수정은 돈을 주고받고 있을 뿐이다. 그럼에도 신 여사는 항상 피해자인 듯한 얼굴로 수정을 맞이했다.

"진동으로 해 놔서 못 들었나 봐요. 무슨 일인데요."

짜증을 최대한 참으면서 말했다. 돈을 다른 집보다 몇 배를 주든, 어떤 대우를 해 주든 유난스러운 아이를 맡기고 있는 정수정이 약자가 될 수밖에 없었다.

신 여사는 정후를 거의 떠넘기다시피 정수정에게 안겼다. 정수정은 가방도 내려놓지 못한 채 정후를 받았다. 가슴 근처에 있던 브로치에 아이의 얼굴이 스쳐 깜짝 놀랐다. 와중에도 정후는 숨이 넘어갈 듯이 울고 있었다.

"지난번에도 말씀 드렸잖아요. 애가 분유를 잘 안 먹어요. 어찌어찌 애써서 한번 먹이면 토하고."

"오늘도 그랬어요? 그럼 오늘 거의 굶은 거예요?"

정수정은 울고 싶었다. 인간은 집을 나서는 순간부터 모르는 사이에 일 밀리미터씩 어깨에 스트레스와 피로를 쌓는다. 그렇게 하루 종일 쌓인 피로를 뜨거운 물에 몸을 담그며 풀어야 하는데, 정후가 생긴 후로는 집에 들어오면 또다시 새로운 일상이 시작되는 기분이다. 육아 도우미를 쓰면 좀 나을 줄 알았더니 그녀에게 피로를 주는 인물이 하나 더 늘어났을 뿐이다.

"그러니 이렇게 울지 안 그러겠어요?"

신 여사는 인상을 완전히 찡그린 채, 세상 이런 악녀는 없다는 듯한 얼굴로 정수정을 보았다.

"저기 유축기 빌려다 놨어요. 아무리 그래도 애가 먼저지."

신 여사의 목소리가 높아질수록 아이도 더욱 악성을 질러대는 것만 같았다. 정수정은 아이를 흔들면서 한 손으로 가방을 내려놓았다. 전문적인 케어를 위해 육아 도우미를 썼더니 시어머니를 하나 모시고 있는 것 같다. 그녀는 정수정이 유축기를 집어 들어 젖가슴에 끼워야 속이 시원하겠다는 얼굴로 현관에 선 채 지켜보고 있었다.

"알겠어요. 일단 오늘은 퇴근하세요."

아직 더 할 말이 있는 듯 신 여사가 입을 벙긋거렸지만, 정수정은 얼른 아이를 안아 들고 안방으로 향했다. 일단 옷을 갈아입어야 뭘 할 수 있을 것 같았다. 신 여사가 아이를 던져 놓은 정수정의 옷에는 수많은 장식이 붙어 있다. 아이의 얼굴을 상하게 할 수도 있었다. 일 때문에 남의 손에 아기를 맡기는 엄마지만 그 정도의 모성애도 없는 줄 아는 모양이다. 뒤에서 들으라는 식의 큰 한숨이 들리더니, 그만 가 보겠다는 말과 함께 현관문 여닫는 소리가 들렸다.

침대에 아이를 내려놓고 정수정은 아랫입술을 깨물면서 허리에 양손을 얹었다. 가슴께가 분노로 씨근덕거렸다. 요즘 육아 도우미 구하기가 하늘에 별 따기라고 해서 참고 있었지만 좀 알아봐야 할 것 같았다. 갑자기 엄초록이 끓여 주는 뜨거운 보이차가 그리워졌다.

미친 듯이 옷을 갈아입고는 여전히 울어 대는 아이를 끌어안고 얼렀다. 아기의 온 얼굴이 눈물과 콧물로 뒤범벅되어 있었다. 가슴에서 무슨 냄새를 맡았는지 아이가 깊숙이 안기더니 입을 오물거렸다. 배가 고픈 모양이었다. 이런 모습을 할 때는 사랑스럽다. 자신이 낳은 아이니 당연하다.

정수정은 아이를 안은 채 소파에 앉고는 재빨리 한쪽 젖가슴을 열었다. 순간, 유축기가 눈에 들어왔다. 자신이 젖소라도 된 것 같은 기분에 사로잡혔다. 젖가슴에 입을 대려고 벌리는 정후를 본 순간 정수정은 자기도 모르게 옷을 내렸다. 정후의 얼굴이 빨개지면서 일그러졌다. 당장 울음을 터뜨리려고 하는 것이다.

정수정은 정후를 소파에 내려놓고 주방으로 들어가 분유를 타기 시작했다. 분유병 뚜껑을 여는 순간부터 정후의 자지러질 듯한 울음소리가 들려왔지만 정수정은 애써 시선을 두지 않고 분유를 탔다. 다시 돌아온 정수정은 정후에게 젖병을 물렸다. 정후는 젖병에 입을 살짝 댔다가 이것이 아니라는 듯 고집스럽게 머리를 가로저으며 악을 써 댔다. 정수정은 한 팔로 아기를 어르면서 계속 젖병을 물렸다.

지치면, 배고프면 먹을 것이다, 그렇게 생각하면서. 져서는 안 된다고 생각했다. 한번쯤은 먹일 수도 있지만 버릇이 되면 안 된다고, 모유의 맛을 알면 끊을 수 없다고 생각했다. 그렇게 되면 그동안 지켜 왔던 모든 것이 일그러질 것이다.

대중탕에 들어가면 보이는 여자들의 늘어지고 틀어진 젖가슴이 떠올랐다. 자신은 그녀들과는 다른 사람이어야 했다. 그녀들의 우상이 되어야 했다. 아이를 낳고서도 몸매를 유지할 수 있다는 환상을 주어야 했다. 자신의 말을 들으면 그들도 할 수 있다는 믿음을 주어야 했다. 그녀의 몸매는 망가져서는 안 되는 오아시스다. 이것은 그런 오아시스에서 살고 있는 정후가 버텨 내야 하는 운명이다. 그런 정후가 불쌍해 정수정은 꼬옥 끌어안으면서 나오려는 눈물을 애써 삼켰다.

"오늘도 진료 환자 풀이에요?"

이제는 약속이 된 것처럼 정수정이 출근을 함과 동시에 엄초록 간호사가 보이차를 들고 들어왔다. 엄초록은 오늘도 완벽한 화장을 하고 있었다. 머리는 깔끔했고, 하얀 이는 미소를 돋보이게 했다. 그녀가 후배 의사였다면 이 병원에서 함께 일하자고 제안을 했을 것 같다는 생각이 들 정도로 정수정은 그녀가 마음에 들었다. 엄초록이 대답했다.

"물론이죠. 오늘도 파이팅입니다, 선생님?"

엄초록이 애교스럽게 주먹을 불끈 쥐어 보였다. 정수정도 웃지 않을 수 없었다. 듣기 좋으라고 하는 말인 걸 알면서도 기분이 좋았다. 역시, 집보다는 이곳이 자신이 있어야 할 곳이라는 생각을 떨쳐 버릴 수 없었다. 인간에게는 누구나 귀소본능이 있다. 정수정에게는 집이 아니라 병원이 돌아올 자리인 것 같았다. 집에 가면 그녀는 늘 빨리 아침이 와서 빛나는 하루를 시작하고 싶다고 생각한다. 정후에게는 미안하지만, 그 아이에게도 언젠가는 자신의 인생이 더 중요한 시기가 올 것이다. 모든 인간이 다 그런 것이다.

"엄 간호사, 나 주는 이 보이차, 한 병만 더 주문해 줘요. 엄 간호사 것까지 두 통."

"지난번에 구매한 거 아직 남아 있는데요 선생님."

"응, 집에 가서도 마시게요. 마시니까 몸도 가볍고 피로도 풀리는 것 같고 좋더라구요."

"그럼 좋은 걸로 부탁해 놓을게요. 제 건 제가 살 테니까 선생님 것만 돈 주세요."

"아유, 그거 얼마 한다고. 두 통 사요. 알았죠?"

엄초록이 멋쩍은 듯 웃음 지어 보였다. 첫 환자를 부르라고 지시하면서 정수정도 활짝 미소를 지었다.

3

그날 오후 진료를 마친 정수정이 간호사실이 있는 대기실 홀로 나왔을 때, 간호사들이 모여 뭔가 이야기를 나누고 있었다. 목소리를 낮춘 채 이야기하는 것이 분위기가 이상했다.

"무슨 일 있어요?"

정수정이 나타나자 간호사들이 깜짝 놀라며 시선을 피했다. 자신에 대한 이야기를 하고 있었던 게 아닌가 싶어 재차 묻자 엄초록이 다른 두 명의 눈치를 보며 입을 열었다.

"아뇨, 선생님. 무슨 일이라기 보다는……. 아까 낮부터 이상한 남자가 있어서요."

"남자?"

순간 정수정은 자신도 모르게 뒤를 돌아보았다. 모든 진료가 끝난 시간, 병원 정문을 걸어 잠근 상태라 누가 있을 리가 없는데도 말이다. 왠지 등줄기에 한기가 느껴졌다. 정수정은 짐짓 아무렇지 않은 척 눈을 깜박거리며 물었다.

"무슨 남자요?"

"아까 어떤 남자가 저기 유리문 밖에서 기웃거리고 있더라고요. 혹시 들어오기가 창피해서 그러시나 해서 무슨 일로 오셨느냐고 물으려 했는데 말을 걸자마자 도망갔어요."

"환자 아니에요?"

정수정의 병원은 체형 보정과 비만 관리에 특화된 병원이라 여성 손님이 압도적으로 많다. 그래서 처음 진료를 오는 남성 환자가 바깥에서 쭈뼛거리는 일이 가끔 있다.

"그래서 그냥 그런가 보다 했는데 조금 전에 창틀 청소하다 보니까 건물 앞에서 또 기웃거리고 있잖아요."

순간 정수정의 머릿속에 카메라 셔터 소리가 날카롭게 스쳤다. 어제 누군가 자신의 사진을 찍은 것 같다고 느꼈는데, 착각이 아니었는지도 모른다.

"어떻게 생긴 남잔데요?"

"자세히 보지는 못했는데, 키는 작고 벙거지 모자 같은 걸 깊게 눌러쓰고 있었어요."

워낙 찰나라서 자세한 생김새는 보지 못했다고 했다.

"CCTV를 한번 찾아볼까요?"

엄초록의 물음에 정수정은 신경 쓰지 말라고 대답했다. CCTV를 본들 무슨 수가 날 것 같지는 않았다. 안을 들여다보는 사람이 찍혔다 하더라도 경찰에 신고할 일도 아니다. 그 사람을 찾아 물어본들, 그냥 궁금해서 들여다봤다고 하면 더 이상 할 말도 없다.

"요즘 이상한 사람이 어디 한둘이에요? 너무 신경 쓰지 마요. 자주 그러는 거 같으면 그때 알아보죠, 뭐."

"네, 선생님."

"퇴근들 해요."

정수정은 간호사들이 모두 퇴근할 때를 기다렸다가 직접 문을 잠갔다. 먼저 퇴근할 때도 있지만 일주일에 세 번 정도는 정수정이 직접 문을 닫는다. 그녀는 모든 문이 잠긴 것을 확인하고 홀의 불을 끈 뒤 2층으로 올라갔다. 2층 가장 끝 방에서 필라테스복으로 갈아입고 음악을 틀었다. 고요하고 잔잔한 선율이 방 안에 퍼졌다.

처음에는 간단한 스트레칭부터 시작했다. 왼쪽 다리를 구부리고, 오른쪽 다리를 편 상태에서 왼손을 오른쪽 발에 대고 당긴다. 그리고 오른쪽 팔을 당기는 반대 방향으로 최대한 뻗으며 호흡을 내뱉는다. 반대편도 똑같이 한다. 호흡을 정확히 해야 더 큰 효과를 볼 수 있다고 필라테스 선생님에게 들었다. 정수정은 유연성이 좋은 편이지만 항상 스트레칭을 해야 몸이 굳지 않는다. 요즘엔 나이 드는 것을 유연성의 좋고 나쁨으로 깨달을 때도 있다.

퇴근 이후에는 곧장 집으로 가야 아이를 볼 수 있다. 그녀 역시 정후가 보고 싶다. 하지만 이렇게 하지 않으면 자신만의 시간은 절대 가질 수 없다. 집에 돌아가 운동을 하려 해도 신 여사의 따가운 눈치 세례를 받아야 한다. 아이가 우는데도 몸매 관리나 하는 여자라고, 집으로 돌아가 쑥덕일 게 뻔하다. 몸매 관리를 해야 직업을 유지할 수 있는 처지 따위는 전혀 고려하지도 않고 말이다.

난이도를 점점 높여 스트레칭을 십 분 정도 하자 천천히 몸에 열이 올랐다. 이제 슬슬 본격적인 운동을 해 볼까, 생각하며 일어설 때였다.

찰칵.

정수정은 움직임을 멈추었다. 주변을 돌아보았다. 창문은 모두 닫혀 있었고, 블라인드도 내려져 있어 바깥에서는 안이 보이지 않을 것이다. 출입구 역시 제대로 닫혀 있었고, 유리문도 마찬가지다. 게다가 이곳은 2층이고 방 안에는 그녀 혼자만 있다. 그녀는 심장이 조이는 것 같은 긴장을 느꼈다. 엄지손톱을 물어뜯으며 조심스레 문 쪽으로 다가갔다. 손잡이를 비틀어 천천히 문을 열었다.

"지훈 씨!"

정수정의 눈이 휘둥그레졌다.

"놀래켜 주려고 했는데, 딱 마주쳤네."

송지훈이었다. 그는 오늘도 댄디하고 핸섬한 스타일로 화사하게 웃고 있었다.

"어떻게 들어왔어?"

"비밀번호 누르고 들어왔지."

그는 비밀번호를 누르는 흉내를 내 보였다.

"아, 내가 비밀번호를 알려 줬었나. 혹시 여기 누구 없었지?"

정수정은 날카로운 눈으로 여기저기를 훑어보았다.

"왜 그래?"

"아니, 누가 사진 찍는 소리가 들려서."

"아이구, 또 그 소리셔?"

"아니 그런 게 아니라……."

"연예인병 아냐, 연예인병?"

"그런 게 아니라니까!"

날카로운 비명처럼 수정이 소리를 지르고 말았다. 순간 정적이 찾아들었다. 수정이 그런 반응을 보일 줄 예상하지 못했는지 송지훈도 눈을 크게 뜨고 아무 말도 못 했다. 그는 심히 당황한 듯 말했다.

"기분 나빴다면 미안."

수정은 낮은 한숨을 쉬면서 흐트러진 앞머리를 넘겼다. 이렇게까지 화내려고 했던 것은 아닌데 자신도 심했다는 생각이 들었다.

"아냐, 내가 더 미안."

송지훈이 다가와 그녀를 안았다. 평소 같았으면 땀 냄새가 날까 봐 피했겠지만 오늘은 가만히 그에게 안겼다.

"요즘 너무 피곤한 거 아냐?"

"그런가 봐."

수정은 그의 말대로 요즘 지쳐서 그런 거라고 생각했다. 그래서 예민해진 거라고.

정수정의 병원 간호사 중 가장 마지막으로 입사한 엄소록은 다른 간호사들이 출근하는 시간보다 삼십 분 더 앞선 8시에 출근했다. 진료 시간보다는 한 시간이나 먼저였다. 그녀는 누구보다 더 열심히 일해 신뢰를 얻고 있는 지금이 싫지 않았다. 앞으로도 계속 남들보다 더 빨리 출근해서 남들보다 더 많이 일해 신뢰를 잃지 않겠다고 생각했다.

병원 건물로 가까이 다가서면서 엄초록은 핸드백에서 열쇠고리를 꺼내었다. 병원 1층 셔터를 잠그고 있는 자물쇠의 열쇠였다. 가장 일찍 출근하는 엄초록이 열쇠를 관리하는 것이 당연했다. 열쇠는 총 세 개로, 한 개는 원장인 정수정이 가지고 있었고 나머지 한 개는 가장 늦게 퇴근하는 사람이 문을 잠그고 갈 수 있도록 간호사실 안쪽 서랍에 비치되어 있었다. 그러나 대부분 가장 늦게 퇴근하는 것은 정수정, 가장 빨리 출근하는 것은 엄초록이었기에 간호사실 안쪽 서랍이 열리는 일은 없었다.

엄초록은 선 채로 허리를 굽혀 바닥의 자물쇠에 열쇠를 꽂았다. 그때 옆으로 남자의 구두코가 눈에 들어왔다. 처음에는 지나가는 사람인 줄 알았는데 남자는 엄초록의 옆에 그대로 서 있었다. 자물쇠만 푼 채로 엄초록은 얼른 상체를 들어 옆을 보았다.

오십 대 중후반쯤 되었을까. 염색을 전혀 하지 않는지 머리엔 새치가 많고 낡은 양복을 입은 남자였다. 펑퍼짐한 바지는 다림질도 하지 않고 며칠을 입었는지 무릎께가 튀어나와 있었다. 면도도 하지 않은 것 같았고, 머리는 푸석해 보였다. 전체적으로 깔끔해 보이지 않는 인상이었다. 엄초록은 흠칫 놀라며 자기도 모르게 한 걸음 뒤로 물러섰다.

"무슨 일이세요?"

지나가는 사람이 신경을 써 주기를 바라는 마음이 그대로 묻어 나온 목소리는 꽤 높았다. 남자는 목을 꺾어 건물을 올려다보았다.

"여기가 정수정 선생님이 운영하시는 병원 맞죠? 직원이에요?"

"네. 근데 아직 진료 시간이 아닙니다."

"그렇군요."

남자는 그렇게 대답만 할 뿐, 엄초록을 빤히 보았다. 진료를 받으러 온 사람이 아니다. 엄초록은 그런 생각이 들었다.

"진료 시간은 9시부터예요. 이따가 다시 오세요."

남자는 대답을 하지 않았다. 오늘따라 인도에 사람이 많이 다니지 않는다. 평소라면 이 시간에도 행인들이 많다. 엄초록은 목이 마르는 것을 느끼며 다시 물었다.

"아니면 다른 볼일이 있으신가요?"

"아뇨."

남자는 히죽거리며 엄초록의 얼굴을 다시 본 다음 들어가라는 듯이 한 걸음 뒤로 물러섰다. 하지만 다른 곳으로 가지는 않았다. 그 상태로 마냥 서 있을 수도 없어서 엄초록은 얼른 셔터를 올렸다. 허리를 숙여 셔터를 들어 올리는 동안 남자가 자신의 뒤에서 엉덩이를 빤히 보고 있을 것만 같아서 불편한 기분이 들었다. 촤르륵 소리를 내며 셔터가 올라가자 엄초록은 유리 강화문을 열고 도망치듯 안으로 들어갔다.

아침부터 분위기가 묘했다. 대기실에는 진료 시간 삼십 분 전부터 접수를 한 고객이 많았다. 그런데도 간호사들 서넛이 모여 자기들끼리 뭔가 이야기를 나누고 있었다. 평소 정수정이 특히 조심하라고 지적했던 행동이다.

"안녕하세요."

정수정이 일부러 목소리를 높여 손님들에게 인사를 하며 안으로 들어갔다. 간호사들이 화들짝 놀라 몸을 틀고는 정수정에게 묵례했다. 정수정도 고개를 까딱한 후 원장실 안으로 들어갔다.

정수정이 진료 가운을 걸쳐 입고 있을 때 노크 소리가 들렸다.

"원장님."

엄초록이었다. 그녀는 들고 온 찻잔을 책상 위에 내려놓았다. 과하지 않게 자신을 챙겨 주는 것이 고마웠다. 정수정이 출근하기 전 미리 들어와서 OCS처방 전달 시스템를 켜 놓는 것도 엄초록이었다.

"땡큐."

정수정이 인사하자 엄초록이 쑥스럽게 미소 지었다. 그런데 다른 날과 달리 그녀가 머뭇거리며 나가지 않았다. 간호사들끼리 모여 수군대던 조금 전의 일이 머릿속을 스쳤다.

"무슨 일 있어요?"

"저, 오늘 아침에……."

엄초록이 쭈뼛거리며 꺼낸 말은 정수정을 당황케 하기에 충분한 것이었다. 엄초록은 아침에 만난 수상한 남자에 대해 이야기를 했다.

"손님이었을지도 모르죠. 진료 시간을 확인하러 온."

"그런 느낌은 아니었어요. 저희 병원 오시는 고객님들, 딱 느낌이 다르잖아요."

비만과 체형 관리, 피부 관리를 받으러 오는 사람들의 느낌이 아니라는 뜻이다. 정수정도 환자였을 거라고 생각하지는 않았다. 환자였으면 좋겠다고 생각했을 뿐.

사실 짚이는 구석이 있었다. 엄초록이 말하는 남자의 행색을 듣자마자 딱 한 사람이 떠올랐다. 진실은 상관도 없이 그저 이슈 몰이에만 미쳐 있는 삼류 기자. 그 사람 때문에 곤욕을 치른 많은 유명인 중에는 정수정도 있었다. 그가 또다시 자신을 타깃으로 삼은 건가. 만약 그렇다면 요즘 자신을 지켜보던 시선이나 셔터 소리가 설명이 된다.

"아무튼 별일 없었다는 거죠?"

"네. 그냥 이상한 사람이 기웃거려서, 말씀 드려야 할 것 같아서요."

"혹시라도 다음번에 또 보이면 바로 나한테 말해 줘요. 병원이나 나에 대해서 물어도 아무것도 대답하지 말고, 무조건 나를 통해서 들으라고. 알았죠?"

"네, 알겠습니다."

엄초록은 깍듯하게 허리를 굽혀 인사했다. 몸에 달라붙는 간호사복이 엄초록에게 아주 잘 어울렸다. 집에서 관리는 어떻게 하고 있을까. 군살이 하나도 없어 보였다. 어려서 그런지도 모른다.

"차 잘 마실게요."

이 보이차가 엄초록의 비결일 거라고 생각하며 정수정은 웃었다.

엄초록이 나가고 외래 업무를 맡은 이민정 간호사가 들어와 진료 시간임을 알렸다. 정수정은 첫 환자를 호명하는 그녀를 물끄러미 응시했다.

그날 저녁, 정수정은 다른 간호사들을 전부 퇴근시킨 뒤, 이민정 간호사를 불렀다. 하루 종일 보는 이민정 간호사를 그 자리에서 불러 세우지 않고, 모두 퇴근한 뒤 부른 것은 나름의 배려였다. 이민정 간호사는 자신이 왜 불려 왔는지도 모르는 얼굴로 정수정의 방문을 두드렸다.

"부르셨어요, 원장님."

정수정은 이민정 간호사에게 요즘 근무는 어떤지, 어려움은 없는지 묻고 나서 잠시 한숨을 내쉬었다. 이런 말을 하려고 직원들을 부를 때는 그녀도 마음이 편치 않다.

"이 선생, 요즘 몸매 관리 어떻게 하고 있어요?"

그것은 '몸매 관리를 전혀 안 하고 있죠?'라고 묻는 것과 같았다. 그녀의 허리 라인은 크게 보면 팔자로 보였다. 불룩 튀어나온 두 개의 지방층이 정수정의 눈에는 보였다. 피부도 푸석해 보였다.

이민정은 민망한 듯 얼굴이 빨개지면서 자신의 배에 팔을 둘렀다.

"요즘 스트레스 받아서……."

"스트레스 안 받는 사람이 어디 있어요? 다 스트레스 받으면서 자기 관리 하는 거지. 이 선생, 내가 여자라고 무조건 예뻐야 한다는 거 아니잖아요. 생각해 봐요. 입 냄새 나는 치과 간호사 없고, 여드름 난 피부과 간호사 없어요. 우리 같은 비만 클리닉에서 이러면 되겠어요?"

"관리하겠습니다."

이 선생이 고개를 숙였지만, 이 순간만을 벗어나려는 생각뿐이라고 정수정은 생각했다. 이런 일이 처음이 아니기 때문이다. 정수정은 어쩔 수 없는 선택을 해야 했다. 직원을 자르는 것보다는 직원별로 맞는 자리에 재배치하는 일이 훨씬 낫다고 생각했다.

"당분간은 데스크에 엄초록 간호사 앉히시고, 이 선생은 체형 교정 센터 매니저실로 옮기세요."

"……네."

체형 교정 센터에는 재활치료사와 트레이너가 있기 때문에 간호사가 할 일은 없다. 말이 좋아 매니저이지, 기구 청소와 이용자들에게 지급되는 활동복과 수건 정리 일을 하라는 것이었다. 그녀의 얼굴에 자존심이 파괴되는 빛이 일렁였다. 상처를 받아야 독한 마음을 먹게 되어 있다. 언제든 예전 체형으로 돌아오면 복귀시켜 주겠다고 약속했지만 이민정은 대답하지 않았다. 고개를 살짝 숙여 묵례하고는 정수정의 방을 나가려 했다.

"아, 그리고."

정수정의 말에 이민정이 걸음을 멈추고 다시 돌아섰다.

"내일 환자 등록해요. 펜타스페놀 처방해 줄 테니까 일주일 동안 복용하고."

"네."

펜타스페놀은 식욕을 억제해 주는 다이어트 약이다. 이 병원에서 가장 많이 처방되는 약이고, 정수정의 병원을 입소문 나게 해 준 일등 공신이다. 그 약이라면 이민정 간호사도 예전의 몸매를 찾을 수 있을 것이다.

이민정이 나간 뒤 정수정은 자기도 모르게 들고 있던 볼펜을 책상 위로 던지며 마른세수를 했다. 문득 뒤에서 시선이 느껴졌지만 원장실에는 자신 혼자밖에 없었고, 창문 바깥에는 차들이 무심히 지나가고 있을 뿐이었다. 정수정은 창밖을 살펴보며 블라인드를 쳤다.

4

정수정은 그날도 가장 늦게 퇴근했다. 혼자 남아 필라테스 운동을 했다. 요즘 들어 조금 더 몸이 불은 것 같았다. 몸무게는 변하지 않았는데 몸의 밸런스가 무너져 가고 있는 것이다. 나이가 들면 여성호르몬의 분비가 줄어들면서 체형이 바뀐다. 먹는 것은 여전히 신경 쓰고 있지만, 나이가 들수록 칼로리 소모가 적어진다. 운동량을 몇 배나 더 늘려야 한다. 전문 필라테스 강사의 일대일 출장 교습을 받는 게 혼자 운동하는 것보다 훨씬 효과적이겠지만 정수정으로서는 그럴 수가 없다. 보는 눈이 너무 많다. 저렇게 돈을 쓰고 관리하니까 예쁜 거라는 시선은 싫다. 그게 사실이어도 그렇게 보여서는 안 되었다. 평범한 가정주부도 설거지를 끝내 놓고 아파트 단지를 파워 워킹하기만 해도 날씬해질 수 있다는 희망을 주어야 방송에서 그녀를 찾을 것이기 때문이다.

문득 이민정 간호사를 너무 닦달한 것은 아닌가 하는 생각이 들었다. 근무처 재배정에 약 처방까지 얘기한 것이 마음에 계속 걸렸다. 자신의 나태가 누군가에게 폐를 끼치고 있는 것을 깨닫게 해 주는 것도 나쁘지 않다고 생각하지만, 그 방법이 조금 과했던 것을 인정하지 않을 수 없었다.

그런 생각을 할 때 시선이 느껴졌다.

정수정은 브리지 자세에서 바닥으로 등을 내리고 고개를 문 쪽으로 돌렸다. 분명 누군가 있었다. 수건을 어깨에 두르고 재빨리 나가 보았다. 아무도 없었다. 텅 빈 치료실들만 복도 양옆으로 줄줄이 늘어서 있을 뿐이었다.

'내가 요즘 좀 예민한가.'

갑자기 어깨에 한기가 들었다. 수건으로 땀을 닦아 내며 정수정은 퇴근 준비를 서둘렀다.

필라테스복을 벗고 옷을 갈아입은 뒤 엘리베이터에 오른 것은 십 분 후였다. 샤워는 집에 가서 할 생각이었다. 1층 버튼을 누르고 기다리자 문이 닫혔다. 그녀는 아무 생각 없이 핸드백을 고쳐 메며 고개를 들었다. 승강기 위치 표시 LED 패널을 올려다보는데 갑자기 숨이 쉬어지지 않았다. 가슴이 답답했고 침을 꿀꺽 삼키려는데 잘 삼키어지지 않는 기분이었다.

엘리베이터가 이렇게 느렸던가. 아까부터 계속 2층인 것 같은데.

그건 기분 탓일 뿐이었다. 표시등은 곧 1층을 가리켰다. 하지만 그녀의 호흡은 점점 나빠졌다. 식은땀이 줄줄 흘러내렸다. 그녀는 휙 고개를 치켜들고 CCTV 카메라를 보았다. 저것으로 누군가 자신을 지켜보고 있다는 생각이 들었다. 이 건물은 따로 경비원이 없다. 녹화된 영상이 필요할 때 조회

해 보는 방식이다. 하지만 분명 그런 생각이 들었다.

누군가 나를 보고 있다.

점점 숨이 안 쉬어졌다. 정수정은 엘리베이터에 설치된 손잡이를 붙잡은 채로 숨을 헐떡거렸다.

'누가 좀…….'

정수정은 주변을 돌아봤지만 퇴근 시간이 지난 건물에 사람이 남아 있을 리가 없었다. 공포가 심장을 움켜쥐었다.

띵—.

정수정의 몸이 땀으로 흠뻑 젖었을 때 엘리베이터의 문이 열렸다. 그녀는 도망치듯 재빨리 엘리베이터 밖으로 몸을 날렸다. 순간 눈앞에 검은 그림자가 달려들었다.

"꺄아아아아아악!"

그녀의 비명이 텅 빈 건물 안을 울렸다. 그림자가 그녀의 두 팔을 꽉 붙들었다. 정수정은 있는 힘을 다해 몸을 뒤흔들었다.

"수정아! 수정아, 왜 그래 정신 차려. 나야. 나."

익숙한 목소리에 수정은 고개를 들었다. 땀에 전 얼굴에 흐트러진 머리칼이 들러붙었다.

송지훈이었다.

그녀는 쓰러질 것처럼 눈을 감았다가 뜨면서 있는 힘껏 그의 손길을 뿌리쳤다.

"뭐 하는 거야!"

"뭐? 난 너 퇴근 시간이라서……."

당황한 얼굴이었다. 일부러 놀라게 할 생각은 아니었던 것 같다. 하지만 정수정은 끓어오르는 화를 멈출 수가 없었다.

"누가 와 달랬어? 놀랐잖아!"

"놀라게 해서 미안해."

송지훈의 커다란 손이 정수정의 굳은 어깨를 부드럽게 감싸 쥐었다. 그는 걱정이 가득한 눈길로 정수정의 얼굴을 살폈다.

"괜찮아? 요즘 많이 예민해져 있는 것 같아."

"누가 나 평가해 달래?"

"뭐?"

"만나려면 약속을 해야지 왜 병원에 마음대로 오느냔 말이야. 내 입장은 생각도 안 해? 사람들 이목에 오르내리는 내 입장 말이야!"

하아, 하고 송지훈이 긴 한숨을 내쉬었다. 그만해야 한다는 것을 알면서도 정수정은 누군가가 밀어 앞으로 나갈 수밖에 없는 사람처럼 계속 송지훈을 몰아붙였다. 송지훈은 한 마디도 하지 않은 채 정수정이 쏟아 내는 말들을 가만히 들었다. 그는 한참 뒤에야 씩씩거리며 말을 마친 정수정을 당겨 안았다.

"내가 잘못했어."

정수정은 그의 품에서 숨을 가라앉히다 뒤늦게 생각났다. 오늘은 수정이 먼저 만나자고 한 날이었다.

생각해 보면 너무 예민해져 있었다. 요즘 방송 일도 많고 병원 환자도 넘쳐난다. 그 와중에 자꾸 주변을 신경 쓰는 것을 두고 송지훈이 연예인병이니 뭐니 하는 바람에 더 예민해졌는지도 모른다. 어제의 일이 떠올랐다. 백번 화를 내도 이상하지 않을 상황이었지만, 그는 정수정의 화를 모두 들어주고 품어 주었다. 마치 그는 자신을 위해 존재하는 사람인 것만 같았다.

정수정은 아침 출근길, 잠시 정차한 사이 송지훈에게 문자를 보냈다.

[어제는 내가 미안해. 요즘 예민해져서 그러나 봐. 이해해 줘. 저녁에 볼까?]

송지훈으로부터는 답 문자가 없었다. 원래부터 송지훈은 문자로 대화하는 것을 싫어해 답 문자를 보낸 적이 없는데도 정수정은 초조해졌다.

그 자리에서는 정수정을 달래느라 티를 내지 않았지만 사실은 무척 화가 났을지도 모른다. 정수정은 엄지손톱을 물어뜯었다. 그러는 사이 신호가 바뀌었다. 다시 차를 출발시켰다.

병원으로 들어가자 아침 진료를 준비하고 있던 간호사들이 그녀를 향해 묵례를 했다. 눈빛에서 바늘 같은 것이 느껴졌다. 이민정 간호사는 아예 시선을 바닥에 깔고 있었다. 어제 있었던 일이 모두에게 전해진 것이 분명하다. 직업적 특

색에 따라 프로페셔널함을 갖추어야 한다는 생각은 아직 변하지 않았지만, 느닷없이 근무 장소를 바꾸어 버린 것은 지나친 감이 없지 않았다. 정수정은 원장실로 들어가 이민정 간호사를 호출했다.

"네, 원장님."

이민정 간호사가 들어오며 고개를 숙였다. 어깨는 움츠러들어 있었다. 화장은 어제보다 짙었지만 안색은 훨씬 나빴다. 자존심에 상처를 입어 아예 식사를 거른 것일지도 모른다.

"저 오늘 환자 등록해 놨습니다. 약 처방 부탁 드려요."

"네. 그건 그렇게 할게요. 그런데 이 간호사."

이민정이 고개를 들었다.

"내가 요즘 개인적인 일로 좀 예민해져 있었어요. 어제 일로 상처 입지 않았으면 좋겠는데."

정수정은 평소 간호사들의 실수를 그냥 보아 넘기지 않았지만 뒤끝은 없었다. 자신이 실수했을 때는 솔직하게 인정하는 편이다. 그래서 그녀의 사과가 진심임을 알았는지 이민정의 얼굴이 조금 누그러졌다.

"아닙니다. 괜찮아요."

"이 간호사 결혼하고 집안 일에 병원 일에 고생하고 있는 것 잘 알아요. 시간 날 때마다 2층 센터 이용해도 좋아요. 그러니 우리 잘해 봅시다."

정수정은 지갑을 열어 신용카드를 꺼내 그녀에게 내밀었

다. 어리둥절한 얼굴로 이민정 간호사가 카드를 받았다.

"간식거리랑 커피 사서 다른 간호사들이랑 나눠 먹어요."

"아닙니다."

이민정이 카드를 돌려주려 했지만 정수정이 그 손을 막았다.

"괜찮아요. 이 간호사 말고도 요즘 내가 간호사들 신경 너무 못 써 줘서 그래. 잔뜩 쟁여 놔도 좋으니 돈 신경 쓰지 말고 마음껏 사요. 우리에게는 펜타스페놀이 있잖아요."

정수정이 장난스럽게 웃으며 어깨를 으쓱했다.

"선생님 저 그럼 운동 센터 쪽으로……."

"아직 안 옮겨도 되지만 살짝 관리는…… 응?"

"네 알겠습니다."

조금 풀린 얼굴로 이민정 간호사가 카드를 든 채 꾸벅 인사하고는 원장실을 나갔다. 낮은 한숨을 쉬며 정수정은 휴대폰을 확인했다. 아직 송지훈에게서는 답 문자가 없었다.

간식을 사 오는 임무는 엄초록에게 떨어졌다. 신입 간호사이니 잔심부름은 주로 엄초록에게 맡겨지는 편이고, 엄초록 역시 큰 불만은 없었다. 다만 '대충 사 와'라는 임무에는 어쩔 줄 모를 때가 많았다. 선배들은 물론 정수정 원장의 입맛까지 고려한 메뉴를 선택하기란 여간 어려운 일이 아니니. 차라리 업무를 몰아주는 편이 낫다고 생각한 적도 있다. 일이라면 답이 명확하니까.

엄초록은 이민정이 전해 준 카드를 들고 옆 건물에 있는 프랜차이즈 제과점으로 들어갔다. 지금까지 근무해 본 바, 간호사들은 대부분 간식으로 과자나 빵을 즐겼다. 안으로 들어가 보니 빵 종류가 엄청나게 많아서 다시 고민이 깊어졌지만 정수정 원장에게 사다 줄 것은 명확했다. 소스가 뿌려지지 않은 샐러드 세트. 방송을 자주 하면서 정수정 원장은 몸매 관리에 부쩍 더 신경을 쓰는 듯했다. 저녁 늦게까지 남아 운동실을 이용하는 것도 거의 매일이었고, 선배들에게 듣기로 예전에는 자주 간호사들과 식사를 했다고 하는데 요즘은 식사 자리에도 전혀 어울리지 않았다.

샐러드 세트를 하나 집고는 쟁반과 나무집게를 들고 빵 주위를 서성거렸다. 선배들의 얼굴 하나하나를 떠올려 가며 그들이 선호할 만한 빵을 집어 들었다. 이민정 선배는 얼마 전 원장님으로부터 몸매 지적을 받은 터라 아무래도 신경이 쓰일 것이다. 크림이 들어간 것보다는 야채가 들어간 샌드위치가 좋을 것 같다.

빵의 종류도 그렇지만 비용 생각도 해야 한다. 아무리 원장이 준 카드라고 해도 계산 없이 마음껏 사면 센스 없는 사람 취급을 받기 쉽다. 차라리 금액도 정해 주면 좋을 텐데. 그런 생각을 하며 엄초록은 자신이 담은 빵의 개수를 다시 한 번 세어 확인해 보았다.

그때 입구 바깥으로 시선이 갔다. 한 남자가 거기에 서서 자신을 보고 있었다. 사실은 아까부터 그 남자가 거기에 서 있는 것을 알고 있었다. 하지만 자신을 보고 있는지 정확하지 않았기 때문에 계속 시선을 피해 왔는데 이제는 확실히 알 수 있었다. 저 남자는 자신을 기다리고 있다.

사람 수에 맞춰 빵을 담은 쟁반을 들고 계산대로 가면서도 엄초록은 불안했다. 며칠 전 아침에 병원 문을 열 때 말을 걸었던 그 남자였다. 새치가 많은 머리에 낡은 양복 차림 그대로였다. 남자는 가게 입구 앞에 서서 유리문을 통해 자신을 빤히 쳐다보고 있었다. 싱글거리는 웃음이 마치 자신을 놀리는 것만 같았다.

"감사합니다. 또 오세요."

계산을 마치고 영수증을 받은 뒤 돌아서는 엄초록에게 직원이 인사했지만, 엄초록은 그 인사를 받아 주지도 못할 만큼 긴장했다. 그녀는 잠시 다른 사람에게 도움을 청할까 하다가 마음을 바꿔 당당하게 밖으로 나갔다. 아니나 다를까 기다렸다는 듯이 남자가 다가왔다.

"무슨 일이시죠? 오늘 원장님 진료하시는데요."

"알아요. 이거……."

남자가 한쪽 주머니에서 뭔가를 꺼내려고 했다. 엄초록은 왠지 무서워져서 자기도 모르게 뒷걸음질을 쳤다. 남자가 다른 한 손으로 엄초록의 팔을 확 잡아챘다.

"왜 이러세요?"

비명을 지르듯 엄초록이 소리쳤다. 남자는 오히려 자신이 봉변을 당했다는 듯한 얼굴로 인상을 썼다. 엄초록은 심장이 쿵쾅거리는 것을 느끼며 주변을 돌아보았다. 여차하면 누군가에게 도움을 요청할 생각이었다.

하지만 남자는 더 이상 아무 짓도 하지 않았다. 다만 주머니에서 꺼낸 것을 엄초록의 손에 쥐여 주었을 뿐이었다.

노크 소리가 들린 것은 정수정이 인터뷰 의뢰에 거절 이메일을 쓰고 있을 때였다. 주로 결혼과 이혼, 육아에 대한 질문뿐인 삼류 잡지다. 그런 인터뷰는 커리어에 도움되지 않는다. 대답을 하자 엄초록이 문을 열고 들어왔다. 그녀의 손에 들린 쟁반 위에는 샐러드가 있었다. 엄초록이 눈웃음을 지으며 그녀의 책상 위에 샐러드를 내려놓았다. 센스가 보이는 메뉴 선택이 마음에 들었다.

"다른 사람들 간식도 샀죠?"

"네. 다들 잘 먹겠다고 감사하다고 하세요."

엄초록이 카드를 돌려주며 말했다. 분명 그런 말들은 하지 않았을 것이다. 간호사들은 원장이 간식 비용을 내는 것은 당연하다고 생각한다는 것을 알고 있다. 이런 말 한 마디 한 마디에서 엄초록의 배려심이 돋보였다.

"고마워요. 엄 간호사도 나가서 먹어요."

"저 원장님……."

뭔가 할 말이 있다는 듯 엄초록이 쭈뼛거렸다. 정수정이 의아하게 그녀를 보았다. 엄초록은 잠시 고민하다가 주머니에서 뭔가를 꺼내 정수정의 책상 위에 내려놓았다. 명함이었다.

데일리8 매거진

기자 채만근

설명을 요구하듯 정수정이 엄초록을 보았다.

"지난번에 말씀 드린 적 있는데 저 출근할 때 봤다던 이상한 사람이요. 오늘도 빵집 앞에서 절 기다리고 있더라고요. 알고 보니 기자였어요. 명함 전해 달라고 하시던데요. 왜 직접 전하지 않으시냐고 물었더니……."

엄초록이 잠깐 정수정의 눈치를 보았다.

"그냥 전해 드리면 아실 거라고."

정수정은 어이가 없다는 듯 픽 웃었다. 채만근의 이름을 기억하고 있다. 아마 평생 잊지 못할 것이다.

"알았어요. 두고 나가요."

"네."

엄초록이 고개를 숙이고는 방에서 나갔다. 문을 닫을 때, 혹시 자신이 실수한 것은 아닌가 싶어 걱정이 됐는지 정수정을 한 번 더 살피는 시선이 느껴졌다.

문이 닫히고 정수정은 깍지 낀 두 손등 위에 이마를 가져다 대었다. 한동안 잊고 있었던 이름을 떠올리니 가벼운 두통이 일고 속이 메슥거리기까지 했다. 채만근은 기자가 아니다. 적어도 정수정은 그렇게 생각하고 있다. 그는 쓰레기 기자, 사람들이 말하는 기레기일 뿐이다.

일 년 전, 정수정의 이혼에 대한 후속 보도가 있었다. 다름 아닌 전 남편의 부도였다. 보도에서 정수정은 남편의 부도 사실을 미리 알고 재산을 보호하기 위해 위장 이혼한 여자가 되어 있었다. 뱃속에 아이가 있음에도 이혼한 것, 이혼 직후 부도가 난 것 등이 그 뒷받침이 될 증거라고 했다. 이혼 후에도 두 사람이 함께 슈퍼에 있는 사진이 기사에 붙어 있었다.

엄청난 질타가 쏟아졌다. 예정되어 있던 방송 출연과 강연이 줄줄이 취소되었고, 녹화했던 프로그램의 작가진들은 불이 나도록 정수정의 휴대폰에 전화를 걸어 댔다. 그것이 정말 사실이라면 녹화분을 방영하지 못한다고 했다.

그것은 진실이 아니었다. 이혼 전까지 부도의 가능성에 대해서는 알지도 못했다. 그와는 같이 살기만 했을 뿐 처음 결혼했을 당시부터 경제권은 공유하지 않았다. 각자 생활에 필요한 물건을 사서 쓰는 것이 전부였고, 바쁜 일상 때문에 함께 식사할 일도 없었다. 그저 잠만 같이 자는 룸메이트와 다를 바가 없었고, 그래서 결정한 이혼이었다. 슈퍼도 함께 간 것이 아니었다. 정수정이 슈퍼에 들렀을 때, 짐을 빼러 왔다가 쓰레기봉투를 사려 한 남편과 우연히 마주쳤던 것뿐이었다. 정수정은 즉각 항의했다. 기사는 정정 보도되었지만 악플은 끊임없이 올라왔다.

그런 나쁜 이미지를 없애는 데 꼬박 일 년이 걸렸다. 그래서 오히려 더 당당히 이혼녀의 삶을 방송에 공개한 것이다. 전 남편과 몰래 만나는 것이 아니라는 것을 알려야 했기 때문이다. 덕분에 당당한 여성의 이미지를 얻기는 했지만 정수정에게는 두 번 다시 생각하고 싶지 않은 일이다. 아마 요즘 그녀가 느꼈던 시선의 정체 역시 채만근일 것이다. 이제 와서 뭘 어쩌자고 주변을 얼쩡거리는지 알 수 없었다.

힘껏 쥔 주먹 안에서 채만근의 명함이 구겨졌다. 그녀는 쓰레기통 뚜껑을 열고 명함을 힘껏 내던지려 하다 말고 멈칫했다. 질긴 인간이었다. 피하고 싶다고 해서 피해질 인간도 아니었다. 그런 일이 있고 나서 사과 한 마디 한 적 없었다. 이제 나타나서 뭐가 궁금한 건지 알고 싶기도 했다. 무엇보다 피할 이유가 없다. 자신은 아무런 죄도 짓지 않았다.

그녀는 휴대폰을 들어 명함에 적힌 전화번호로 전화를 걸었다. 전화가 걸리는 신호음이 귀에 들러붙는 채만근의 목소리를 떠올리게 해서 짜증이 났지만 전화를 끊지는 않았다. 채만근은 신호음이 열 번 가까이 이어지고 나서야 전화를 받았다. 조금 전 명함을 건넨 데다 전화를 기다리고 있었을 텐데. 일부러 전화를 늦게 받는 거라고 생각하니 화가 났다.

「네.」

목소리를 듣자 묵직한 분노가 올라와 명치를 꽉 막았다. 흥분하면 안 된다. 채만근은 흥분을 이용해 이쪽의 말실수를 기다리는 교묘한 놈이다. 정수정은 전화기 너머로 소리가 들어가지 않게 숨을 들이쉬었다.

"정수정입니다. 저희 간호사에게 명함을 남기셨던데요."

「아, 생각보다 빨리 전화를 주셨네요.」

능글거리는 소리가 마음에 들지 않았다.

"병원까지 오셨으면 그냥 들어오시지. 저희 간호사님이 좀 놀라셨다고 하더군요."

「병원까지 찾아가도 되는 거였습니까? 그렇다면 병원으로 직접 갈 걸 그랬습니다. 무작정 들어가면 안 받아 주실 줄 알고요.」

연락도 없이 병원까지 찾아왔다면 당연히 받아 주지 않았을 것이다. 알면서 느물거리는 것에 진력이 났다.

"무슨 일로 절 찾으신 거죠?"

길게 통화하고 싶지 않아서 본론을 꺼냈다.

「실은 요즘 선생님께서 새로운 연애를 하고 계시는 것 같다는 소문을 들어서 취재를 좀 하려고 했는데…….」

순간적으로 송지훈의 얼굴이 떠올랐다. 병원에 찾아왔던 그를 봤을지도 모른다.

"어디서 또 헛소문을 들으셨나 보네요."

날선 대답에 전화기 너머에서 채만근이 후, 하고 웃었다.

「완전 헛소문은 아니었구요. 강남에 있는 프라이빗 일식당에 선생님이 가신다는 제보가 있어서요. 혼자 그런 곳에 가실 이유가 없잖아요?」

순간 입이 다물렸다. 정수정은 가만히 그의 다음 말을 기다렸다.

「그래서 그냥 선생님 주변을 맴돈 것뿐인데, 그러다가 제가 재밌는 얘기를 들었네요?」

"본론만 말씀하시죠."

「대학교수 살해 사건, 아시죠?」

혹시 송지훈과의 열애설이라도 터뜨리려고 하나 싶었는데, 전혀 상상치도 못한 이야기가 나와서 놀랐다.

"잘 모르겠는데요."

「모르실 리가 없을 텐데요. 그 사건에 증인으로 나가셨었잖아요.」

비웃는 듯한 목소리에 인상이 자연스레 구겨졌다. 네 머리 꼭대기 위에 내가 있어. 그렇게 말하는 것 같았다. 대체 채만근이 어떻게 알았을까? 대학교수 살해 사건으로 기사가 몇 건 나긴 했지만 그녀가 아는 한 자신의 이름이 보도된 적은 없었다.

"뭐, 그렇게 말씀하시니 알겠네요. 그 사건이 그런 이름으로 불리는 줄 몰랐거든요. 저는 그저 전문가 자문 정도로 나가서 그 사건에 대한 자세한 내용은 모릅니다."

「증인으로 나갔는데 자문이라……. 거참. 암튼 자세히는 모르신다니 설명해 드리죠. 살해당한 교수와 가해자인 여자는 전혀 모르는 사이였어요. 그런데 말이죠, 그 여자가 처음 본 교수의 목을 느닷없이 찔렀다고 합니다. 범인은 즉시 체포됐는데 정신분열 진단을 받았구요.」

"안된 사건이네요. 근데 제가 왜 지금 그 이야길 듣고 있어야 하죠? 진료 예약이 있어서 빨리 전화를 끊었으면 하는데요."

「잠깐만요. 그래서 지금 질문 드리려고 합니다. 그 여자가 선생님 병원을 다녔다고 하는데요. 맞죠?」

"환자와 관련된 사항은 기밀이라서요."

「그래요? 어쨌거나 그 여자가 선생님께 처방받은 약이 펜타스페놀, 다이어트 약이었습니다. 혹시 그 약이 우울증이 있는 환자가 먹을 경우 정신분열증까지 일어날 수 있다는 거 알고 계십니까?」

사실 펜타스페놀은 마약 성분이 들어간 식욕억제제다. 우울증 환자에게 처방될 경우의 부작용 정도는 이미 알고 있다. 하지만 자신이 정신과 의사도 아니고, 환자가 우울증 약을 먹고 있다고 직접 말하지 않는 이상 알 수가 없다. 먹고 있는 약이 있는지 묻기는 하지만 환자가 말을 하지 않으면 그대로 처방한다. 환자 입장에서야 다이어트 약을 처방받고 싶은데 우울증 약 이야기를 하면 처방받을 수 없을 테니 말하지 않는 것이다. 그것까지 의사가 어찌할 수 있는 것은 아니다. 채만근이 말한 사건의 재판에서도 증인으로 채택되어 그 사실을 명확히 말했다.

「식약처에서 만든 가이드라인에는 체중 감량이 필요한 사람, 그러니까 체질량지수 30kg/㎡에 한해 삼 개월 이내로 복용하도록 제한한다는데 지키셨나요?」

하, 하고 정수정은 황당하다는 듯한 웃음소리를 냈다. 이제 알 것 같았다. 그가 이번에 자신에게 어떤 틀을 씌우려고 하는지를 말이다. 정신병자가 낸 사고를 자신이 처방한 다이어트 약 때문이라고 보도할 생각인 것이다. 정수정은 여기서 애매하게 대처했다가는 빌미를 제공할 뿐이라는 것을 잘 알고 있었다.

"가이드라인은 가이드라인일 뿐이라는 거 잘 알고 계시죠? 강제성이 있는 게 아니라 그저 권고 정도라는 걸요."

「하지만 이 약의 품질 설명서에 보면…….」

"죄송합니다만."

정수정이 날카로운 목소리로 그의 말을 끊었다.

"다시 한 번 말씀 드리지만 환자에 대한 내용은 기밀이라, 환자 상태는 물론 어떤 약을 얼마나 처방받았는지 말씀 드릴 수가 없군요. 그리고 환자와 관련 없이 한마디 하셨는데요, 필요한 사항이 있으면 정식 인터뷰 요청을 하세요. 사람

뒤따라 다니면서 훔쳐보실 것이 아니라요. 이건 명확히 말씀드리죠. 저에게 사실 확인도 없이 이상한 뉴스를 내면 이번엔 정말로 가만히 있지 않겠습니다."

그녀는 휴대폰을 거의 집어 던지듯 전화를 끊었다. 전화를 끊고 나서도 속이 시원하지 않았다. 갑갑한 덩어리가 명치끝에 걸려 있는 것 같았다. 그녀는 간호사실로 통하는 인터폰을 들고 버튼을 눌렀다.

「네, 원장님.」

엄초록 간호사가 인터폰을 받았다.

"나 차 한 잔만 줘요."

오후 진료를 하려면 일단 안정을 취해야 했다.

5

퇴근 시간이 가까워졌다. 평소 같았으면 오늘도 병원에 혼자 남아 운동을 했을 테지만, 곧장 퇴근하기로 했다. 그럴 기분이 아니었다.

"다들 잘 정리하고 퇴근해요."

"조심해서 들어가세요, 원장님."

간호사들의 인사를 받으며 퇴근한 정수정은 곧장 지하 주차장으로 향했다. 바닥을 향해 치닫던 기분은 차에 올라탄 순간 확 바뀌었다. 조수석에 송지훈이 앉아 있었기 때문이었다.

"언제 와 있었어?"

"얼마 안 됐어."

"왔다고 문자하지."

"방해될까 봐."

근래 들어 정수정이 다른 사람들의 시선을 더욱 신경 쓰는 것을 알기 때문에, 일부러 차에서 기다린 것 같았다. 정수정은 송지훈의 손을 가만히 잡았다.

"문자 없어서 화난 줄 알았어."

"그럴 리가 있나. 이렇게 예쁜 사람한테 어떻게 화를 내."

거짓말인 줄 알면서도 정수정은 기분이 좋았다. 그의 팔짱을 꼈다.

"저녁 먹을까?"

"당신 얼굴에 나 피곤해 쓰여 있어. 잠깐 얼굴만 보고 내릴 거야. 집에 바로 가서 뜨거운 물에 몸 좀 담가."

그 말에 하루 종일 일렁거렸던 마음이 단번에 평정으로 돌아오는 것만 같았다. 정수정은 감격해서 그의 팔을 끌어안았다.

"어쩜, 내 마음에 꼭 드는 말만 해 주고. 나 피곤한 거 어떻게 알았어?"

"내가 아마 당신보다 더 당신을 잘 알걸?"

정수정은 웃으며 그의 어깨에 기대었다. 깊은 만족감이 그녀의 가슴을 한껏 채웠다.

조금 풀린 기분은 집에 돌아가자마자 원상태로 돌아가고야 말았다. 집으로 들어가는 내내 정후의 울음소리가 들려왔다. 내일은 아침부터 방송이 있다. 오늘 밤 잠을 설치면 내일 화장이 잘 먹지 않는다. 몸매 관리와 뷰티 케어에 대해 말하는 의사가 푸석한 얼굴로 카메라 앞에 서면 누가 그 말을 곧이듣겠는가. 그 자리에서 돌아서고 싶은 마음을 애써 억누르며 수정은 현관문을 열었다.

"오늘은 일찍 오신댔잖아요."

정후의 울음소리를 뚫고 신 여사의 목소리가 들려왔다.

"일이 너무 많아서요. 초과된 시간 다 계산해 드릴게요. 수고하셨어요, 어서 들어가세요."

차에서 송지훈과 애기를 나누느라 시간이 가는 줄 몰랐다. 채만근과 악연으로 얽힌 이야기를 송지훈이 가만히 들어 주는 것만으로도 마음이 풀렸다. 정수정은 핸드백을 소파 쪽으로 던져 놓았다. 당장 뜨거운 물에 몸을 담그고 싶었다.

"제가 지금 돈 때문에 이래요?"

무슨 소린지 모르겠다는 얼굴로 정수정은 고개를 돌렸다. 자신의 말이 그렇게 들릴 거라고는 예상하지 못했다. 미안하다는 말을 하지 않아서 기분이 나빴던 걸까? 하지만 이미 자신은 그녀에게 아주 오래전부터 저자세여야만 했다. 아이를 맡긴 대신 시어머니를 모시는 기분이었다.

"아이 안 받으세요?"

정후는 얼굴이 벌게진 채로 울음을 그치지 않고 있었다. 입에서 침이 뚝뚝 떨어졌다.

"씻어야 돼요. 침대에 눕히세요."

"이렇게 우는데 그냥 가져다 놓으라구요?"

눕히라고 했을 뿐이지 가져다 놓으라고는 말하지 않았다. 그녀는 정수정이 모정도 없는, 아이를 물건 취급이나 하는 여자로 만들려 작정을 한 것 같았다.

"그럼 어쩌라고요?"

참다못해 정수정이 빽 소리를 질렀다. 정후는 눈을 크게 뜨더니 더 큰 소리로 울어 대기 시작했다. 신 여사가 아이를 흔들며 얼렀다.

"애가 짐도 아니고……. 분유가 안 맞아서 고생하는데 좀 안아서 달래 주시든가 젖이라도 한번 물리시지 어쩜. 정말 본인 애 맞아요?"

"무슨 소리를 하시는 거예요? 여사님은 돈 받은 만큼 일하시면 돼요. 내가 모유를 주든 여물을 주든 상관하지 말고 시키는 일이나 하시라고요!"

지긋지긋했다. 이혼 발표를 했을 때도, 혼자 아이를 낳아 키운다고 했을 때도 주변 사람들은 걱정의 가면을 쓰고 참견질을 해 댔다. 그녀에게 참견할 수 있는 사람은 언젠가부터 엉망이 되어 버린 이 거미줄 같은 인생 속에서 그녀를 꺼내 줄 사람뿐이다.

피곤하다는 듯 스카프를 벗을 때 신 여사가 아랫입술을 깨물더니 아기 침대에 정후를 눕혀 놓고 나왔다. 신 여사의 품을 떠난 아기는 더 죽을 듯이 고함을 질러 댔다. 정수정은 지갑에서 오만 원짜리 석 장을 꺼내 신 여사에게 내밀었다. 그것을 받아 든 신 여사는 정수정을 노려보면서 바닥에 돈을 던졌다.

"돈 필요 없고요. 저 이제 여기 일 그만둘게요."

정수정은 이마를 짚었다. 아랫입술을 깨물고 눈을 감은 다음 깊이 호흡했다. 잠시 후 눈을 뜬 그녀는 곧장 저자세를 취했다.

"제가 죄송해요. 요즘 너무 피곤해서 저도 모르게……. 내일 당장 방송 있는데 그만두시면 어떻게 해요. 제가 신 여사님 고생하시는 거 잘 알고 있어요. 다음 달에는 급여도 원하시는 만큼 올려 드릴 테니까……."

그런 그녀를 향해 신 여사가 침을 뱉듯 말했다.

"당신은 또 돈이지. 무슨 대단한 부잣집 마나님이라도 되는 양. 아주 역겨워서 못 다니겠으니까 사람 새로 구해요. 당신 아들이 불쌍해."

어린이집은 수정의 집에서 차로 사십 분 거리에 위치해 있었다. 차로 들어갈 수 있는 커다란 입구가 막혀 있었고, '어린이집 통학 차량 출입구 주차 금지'라고 쓰인 표지판이 붙어 있었다. 표지판이 붙어 있는 옆으로 사람이 드나들 수 있는 철문이 있어 밀고 들어갔다. 이른 아침인데도 남자아이 둘이 마당에 나와 흙장난을 하고 있었다. 수정은 아이를 안은 채로 건물을 올려다보았다. 붉은색 벽돌로 지은 2층짜리 건물은 상당히 노후되어 보였고, 어린이집이라는 간판조차 상당히 변색되어 있었다. 아이를 왠지 보육원에 맡기는 느낌이 들어 수정은 가슴이 무거웠다.

밤새 인터넷을 뒤져 이십사 시간 어린이집을 찾았다. 퇴근 시간도 일정치 않은 수정이 택할 수 있는 유일한 방법이었다. 지훈에게는 이 방법밖에 없어서 속상하다고 말했지만, 속으로는 이십사 시간 어린이집이 있다는 것을 알았다면 진작 맡길 걸 그랬다고 생각했다.

"일찍 퇴근하시는 날이면 말씀하시고 데리고 가셔도 돼요. 이십사 시간 맡긴다고 생각하시면 마음이 많이 아플 테지만 저희가 신경 많이 쓰니 걱정 마세요, 어머님."

그녀를 맞이한 원장은 몸매가 통통한 오십 대 중후반의 여자였다. 팔십 년대 고등학교 교사가 입었을 것 같은 투피스 정장을 입고 안경을 끼고 있었다. 정수정은 집에서 싸 가지고 온 아이의 짐 가방을 책상 위에 올려놓으며 주변을 두리번거렸다. 이곳의 선생님으로 보이는 젊은 여성도 보였다.

"아이 엄마들 신분은 노출 안 하시는 거 맞죠?"

"네?"

안경 너머로 원장이 눈을 둥그렇게 떴다. 눈치를 봐서는 정수정을 모르는 것 같았다. 차라리 모르는 사람이면 다행이지만 먼발치에 떨어져서 힐끔거리는 젊은 여선생이 거슬렸다.

"그러니까 신분 노출 같은 거, 개인 정보 보호 확실한지요. 누가 찾아와서 이 아이의 엄마가 누구냐고 묻거나 제 이름을 대면서 아이에 대해 물어도 말씀 안 하셨음 좋겠거든요. 제 말 무슨 뜻인지 이해하시죠?"

원장이 그제야 눈을 부드럽게 뜨며 웃었다.

"물론이죠."

"여기 계시는 선생님들 모두에게 잘 좀 말씀 드려 주세요."

"걱정 마세요."

"그럼 잘 부탁 드리겠습니다."

정수정은 고개를 살짝 숙이고는 자리에서 일어나 어린이집 바깥으로 나갔다. 인터넷에서 확인한 정보로는 이 어린이집은 이십사 시간 보육 말고도 일반적인 어린이집을 겸하고 있다. 아이들의 등원 시간이 되어 보호자들이 몰려들기 전에 빠져나가는 것이 좋을 것 같았다. 그녀는 어린이집을 빠르게 나와 차 문을 열었다. 그러고는 선 채로 주변을 둘러보았다. 그녀를 보고 있는 사람은 없는 것 같았다.

서둘러 운진석에 앉아 시동을 걸었다. 출발하면서 정수정은 자신이 아이에게 눈길도 한번 주지 않고 나왔다는 것을 깨달았다.

「선생님, 큰일 났어요!」

엄초록 간호사가 전화를 한 것은 정수정이 그녀의 병원 건물에 주차를 막 했을 때였다. 아무리 바빠도 침착함을 잃지 않던 엄초록의 목소리가 상당히 격앙되어 있었다. 그래서일까. 정수정의 가슴에 불안감이 깊어졌다.

「뉴스에 나왔나 본데, 저희가 처방한 약 때문에 정신병 걸린 환자가 사람을 죽였다고……. 그래서 지금 병원 앞에 기자들이 엄청 몰렸어요.」

순간 머릿속에 채만근의 모습이 지나갔다. 결국 보도를 낸 모양이었다. 휴대폰을 꺼내 곧장 인터넷을 열었다. 기사를 검색할 필요도 없이 이미 검색어 순위에 정수정의 이름이 올라와 있었다. 1위가 그녀의 이름이었고, 2위가 교수 살인 사건, 3위가 펜타스페놀이었다. 그녀는 본인의 이름을 클릭했다. 최초 보도 기자는 역시나 채만근이었다.

> 지난 3월 아침, 버스에서 출근하던 대학교수를 생면부지의 전모 씨(26)가 칼을 휘둘러 사망케 했다. 수사 결과 그녀가 마약류 성분이 포함된 식욕억제제를 장기간 복용해 온 것으로 밝혀지면서 이 약의 부작용으로 정신분열 증상이 발생한 것이 아니냐는 의혹이 파문을 일으키고 있다. 전모 씨는 당시 170㎝의 키에 몸무게 51kg으로 저체중이었던 데다 우울증 치료를 받고 있는 상태였다. 문제

가 되는 식욕억제제는 펜타스페놀로 뇌하수체의 특정 부분을 자극해 입맛을 떨어뜨린다. 뇌를 건드리는 작용을 하므로 가슴 두근거림과 우울증, 심한 경우 정신분열증까지 부작용이 나타날 수 있어 우울증을 앓는 환자에게는 특히 더 조심해서 처방해야 하고, 식품의약품안전처 가이드라인에 따라 삼 개월 이내로만 복용하도록 제한하여야 한다. 전모 씨는 최근 방송 활동으로 이삼십 대 여성의 인기를 끌고 있는 J씨가 운영하는 병원을 찾아 다이어트 약을 처방받았다. 처방 당시 병원은 우울증 여부도 확인하지 않았고, 방문하는 때마다 환자의 요청대로 약을 처방했다고 알려졌다. 처음 해당 병원에 내원했을 당시 전모 씨는 이미 육 개월째 약을 복용 중이었다. 이 문제로 기자가 의사인 J씨를 찾아 취재를 요청하자 J씨는 식품의약품안전처 가이드라인은 가이드라인일 뿐 강제성이 없다며 처방에는 책임이 없다는 뜻을 피력했다. 그러나 심할 경우 정신분열증까지 발현되는 펜타스페놀의 처방과 전모 씨 사건의 발발이 인과관계가 없는지에 대해서는 앞으로도 논란이 계속될 예정이다.

채만근 기자

논란이 계속될 예정이라고는 하지만 그 여자가 미쳐서 사람 죽인 것이 완선히 펜타스페놀, 아니 자신 때문이라고 적은 것이나 다름없었다. 최근 방송 활동으로 이삼십 대 여성의 인기를 끌고 있는 J씨라니. 정수정을 빼놓고는 생각할 수도 없다. 그때 전화벨이 울렸다. 두어 달 전 인터뷰를 했던 신문사의 기자였다. 수신 거절을 누르고, 엘리베이터로 향할 때쯤 또 전화가 울렸다. 저장되어 있지 않은 번호였지만 보나마나 기자의 전화일 것이다.

정수정은 지하 주차장에서 엘리베이터를 타고 잠깐 고민했다. 1층엔 많은 기자들이 짐승 같은 눈으로 기다리고 있을 터다. 3층으로 올라가 내부 계단을 통하면 원장실까지 들어갈 수 있다. 하지만 그렇게 되면 잘못을 인정하는 셈이다. 정수정은 눈을 꼭 감고는 아랫입술을 깨물었다. 그녀는 단호한 얼굴로 엘리베이터에서 내려 1층의 출입문을 열었다.

"정수정 선생님, 기사 보셨습니까?"

"지난번 교수 살인 사건과 선생님의 처방에 연관성이 있다는데 어떻게 생각하십니까?"

"기사 내용을 인정하십니까?"

엘리베이터에서 내리자 스무 명도 넘는 기자들이 바글바글 모여 있었다. 일부는 2층 계단에 올라가 있을 정도였다. 슬쩍 보니 병원 안에는 환자 한 명 없고 간호사들만 기자들의 출입을 막은 채 밖을 내다보며 곤경에 처해 있었다.

"기사는 사실이 아닙니다. 정확한 정보도 아니고요. 사태를 파악하는 즉시 법적 대응하겠습니다."

정수정은 고개를 빳빳이 세우고 힘주어 말한 다음 기자들 사이를 파고들어 앞으로 나아갔다. 많은 질문들이 쏟아졌지만 단 한 마디도 대답하지 않았다. 정수정이 병원 문 앞에 도달해서야 간호사들이 문을 열어 주었다.

"이런 개자식!"

정수정은 휴대폰을 집어 던졌다. 채만근은 전화를 받지 않았다. 정수정은 안절부절못하며 진료실을 이리저리로 걸어 다녔다. 다시 휴대폰을 주워 들고 전화를 걸었지만 여전히 받지 않았다. 전화를 끊음과 동시에 휴대폰은 계속 울려 댔다. 기자가 분명했다. 채만근이 아니라면 지금은 누구와도 통화할 생각이 없었다.

그때 노크 소리가 들리고 이민정 간호사가 얼굴을 들이밀었다. 계속 울려 대는 정수정의 휴대폰 벨소리를 백 뮤직 삼은 듯 그녀는 인상을 찡그리고 말했다.

"선생님, 병원으로 계속 전화 오는데요, 환자들한테는 뭐라고 하죠?"

정수정은 이를 악물고 화를 꾹 눌러 내리며 말했다.

"오늘은 휴진이라고 하세요."

"펜타스페놀 처방받으신 분들 문의 전화도 계속 오는데……."

정수정은 폭발해 버렸다.

"괜찮다고 해! 그 정도 먹는다고 미쳐 날뛰는 게 아니란 말이야! 이 선생은 그 정도 눈치도 없어?"

"죄송합니다."

이민정은 파랗게 질려서 얼른 문을 닫고 나갔다. 정수정은 욕을 하는 대신 다시 휴대폰을 집어 던졌다. 그러고는 책상으로 가 엎드려 버렸다. 이리저리 냄새나 킁킁 맡고 다니는 개새끼 하나가 어렵게 쌓아 올린 인생을 뒤엎어 버렸다. 도저히 용서할 수 없었다. 하지만 지금 당장은 그 개새끼를 잡는 것보다 해야 할 일이 많았다. 반박 기사가 올라가게 하고, 병원 앞에 진을 친 기자들을 돌려보내고, 환자들을 안심시킬 수 있는 설명을 준비하고, 그리고 또…….

그때 인기척이 들렸다. 정수정은 또 이민정인가 싶어 고개를 들었다. 하지만 이번엔 그녀가 아니었다. 그를 보자 정수정의 얼굴은 당장 울음을 터트릴 것처럼 일그러졌다. 기자들을 뚫고 어떻게 들어왔을까. 정수정을 완연히 걱정하는 송지훈의 얼굴을 보니 비로소 안심이 되었다. 이혼 이후 절대 남자에게 의지하지 않겠다고 생각해 왔는데, 송지훈에게 심적으로 기대고 있었던 모양이었다.

지훈은 정수정에게 다가서기 무섭게 양손으로 그녀의 얼굴을 감쌌다.

"괜찮아?"

어떻게 된 일이냐고 묻지 않고, 뭐가 진실이냐고 묻지 않고 그녀를 걱정해 주었다. 절대 남 앞에서 울지 않던 정수정은 참지 못하고 눈물을 흘리고 말았다. 그녀는 대답하는 대신 고개를 끄덕였다. 지훈은 계속 울려 대는 전화를 보고는 정수정의 앞으로 다가왔다.

"전화를 받아야 돼. 그 환자에 관한 것은 공개 가능한 범위 내에서 곧 설명하겠다고 말하고, 펜타스페놀의 경우 아무리 제한된 처방을 해도 이 병원 저 병원 찾아다니며 모으는 환자도 있어서 병원의 역할에 한계가 있다고도 말해. 게다가 환자가 직접 말하지 않으면 우울증인지 알 수도 없고, 부작용이 나타나더라도 의사가 과다 처방을 해서 생긴 문제인지 인과관계가 확실히 증명된 적이 없다고 해. 혹시 아는 기자가 있어?"

정수정은 잠시 생각한 뒤 고개를 끄덕였다.

"작년 상반기 동안 신문에 칼럼 쓴 적 있는데 그 담당 기자와는 친해."

"잘됐네. 그 기자에게 조목조목 말해. 일단 당신과 직접 인터뷰한 보도가 나가면 다른 매체에서도 그 기사를 참고해서 보도를 낼 테니까. 최초 보도한 채만근 기자에게는 명예훼손으로 법적 절차를 밟겠다고도 하고."

머릿속이 엉망진창이었던 것이 한 번에 정리가 되어 버렸다. 쿵쿵 뛰던 심장이 가라앉았다. 정수정은 앉은 채로 송지훈의 허리를 끌어안았다. 마음이 차분해졌다. 그가 부드럽게 머리를 쓰다듬어 주었다.

처음으로 정수정은 송지훈과의 결혼을 생각했다. 이렇게 난리가 난 상황에서도 그런 생각이 들다니 스스로도 이상할

지경이었지만, 지금이어서 더 그런 생각이 나는 건지도 모른다. 정수정은 단 한 번도 재혼할 생각이 없었다. 남자라는 것은 자신의 이상과는 달랐다. 기댈 수 있는 존재도 함께할 존재도 되지 못했다. 남자라는 생물은 자신보다 뛰어난 여자를 참을 줄 몰랐다. 말끝마다 네가 뭐가 잘났느냐며 언성을 높여 댔고, 그녀의 자존감을 무너뜨리기 위해 사력을 다하는 사람처럼 굴었다.

그래서 그녀는 두 번 다시 결혼은 하지 않을 것이라고 생각했다. 송지훈을 만나 마음이 끌리면서도 결혼을 염두에 둔 적은 없었다. 하지만 이 남자라면 괜찮지 않을까, 이런 상황 속에서도 그녀는 그런 생각을 했다.

그때 노크 소리가 들렸다. 들어온 것은 엄초록이었다. 쟁반을 들고 있었다. 사무실에 들어서는 엄초록이 정수정의 안색을 살폈다.

"선생님, 너무 놀라신 것 같아서 따뜻한 차 한 잔 드시라고요."

"아, 고마워요. 손님이 한 분 더 계신 걸 몰랐나 보네. 한 잔 더 갖다줄래요?"

엄초록이 고개를 들었다. 그제야 송지훈의 존재를 알아챘는지 당황하며 말했다.

"죄송합니다. 곧 한 잔 더 갖다 드릴게요."

"아녜요. 괜찮아요. 난 금방 갈 거예요."

송지훈이 배려심 있게 말했다. 정수정은 그의 그런 모습에 왠지 뿌듯함을 느꼈다. 정수정이 말했다.

"그래요, 차는 안 갖다줘도 돼요. 그리고 아침부터 나 때문에 다들 정신이 없었죠? 곧 내가 다 정리할 테니까 오늘은 오전까지만 기자들 들어오지 못하게 지켜 주고, 오후엔 퇴근들 하세요."

"네 알겠습니다."

"차, 너무 고마워요. 초록 씨."

엄초록이 인사를 하고 나갔다.

"정말 좋은 간호사야. 눈치도 있고. 난 이 차만 마시면 안정이 되는 것 같단 말이야."

"무슨 찬데?"

"보이차."

"그래, 그거 좋은 차지."

정수정은 차분히 앉아 차를 마시기 시작했다. 할 일을 하나하나 생각했다. 지훈이 말한 대로 가장 믿는 기자에게 전화를 걸어 자신의 무고함을 알릴 것이다. 아무 확인도 거치지 않고 보도한 기자에 대해서는 법적 조치를 밟을 것이다. 채만근의 얼굴을 떠올리자 절대로 합의는 하지 않을 거라는 결심이 생겼다. 조금 정리가 되면 채만근의 회사로 직접 항의 방문할 생각도 했다.

"지금 기자들에게 전화 돌릴게."

"아, 수정아. 그전에 먼저 채만근이란 사람 회사에 전화를 걸어서 항의부터 하는 게 맞을 것 같아."

"그렇지?"

수정은 얼른 책상으로 돌아가 서랍을 열어 뒤지기 시작했다. 구겨진 명함이 서랍 구석에 박혀 있었다. 채만근의 휴대폰은 전원이 꺼져 있었다. 명함에 있는 회사 번호로 걸었더니 곧장 전화를 받았다.

"정수정입니다! 말씀 안 드려도 누군지 아시겠죠? 절 인터넷 검색 순위에 올려놓으셨으니까?"

상대편에서는 정수정이라는 이름에 잠깐 입을 다물었다. 사이를 두었다가 다시 목소리가 들려왔다.

「무슨 일이시죠?」

"채만근 기자 바꿔 주세요."

「기자님은 지금 안 계십니다. 기사 송고하고 오늘부터는 휴가세요.」

"휴가요? 지금 남의 인생에 폭탄을 터뜨려 놓고 휴가를 갔다구요? 좋아요. 앞으로 법적으로 대응할 테니 잘 대처하라고 알리세요."

수정은 전화를 끊었다. 화가 치밀어 올랐지만 지훈에게 보이고 싶은 모습은 아니었다. 지훈이 말했다.

"밖에 있는 기자들에게도 당당히 말해. 네 잘못이 아니라고. 자세한 것은 인터뷰를 통해 발표할 거라고. 반박에 쓸 만

한 해외 논문은 내가 찾아볼게."

지훈은 힘을 주려는 듯 그녀의 양어깨를 잡아 꾹꾹 주물렀다. 수정은 지훈의 눈을 보며 고개를 끄덕였다. 이런 일에 져서는 안 된다는 생각이 들었다. 무엇보다 이 일엔 병원이 걸려 있다. 자신의 인생을 갈아 넣어 세운 병원이다. 반드시 자신은 교수 살인 사건과 관계가 없다는 것을 밝혀내야 한다. 수정은 힘 있게 고개를 끄덕인 후 원장실을 나섰다.

"원장님."

이민정 간호사와 엄초록 간호사가 걱정스러운 얼굴로 다가섰다. 정수정은 단호한 얼굴로 그들에게 고개를 끄덕인 후 정문 앞으로 갔다. 동시에 플래시 세례가 터지기 시작했다. 정수정은 유리 문 상단에 붙어 있는 잠금쇠를 돌려 문을 열었다.

"선생님, 한 말씀만 부탁 드립니다!"

"정말 약과는 관계가 없는 건가요!"

"그동안 얼마나 많은 환자에게 약을 처방하셨습니까?"

둑을 연 것처럼 질문들이 수정에게 쏟아졌다. 수정은 담담한 얼굴로 그 앞에 섰다.

"뜻하지 않은 일로 많은 분께 우려와 심려를 끼쳐 드리게 된 점 진심으로 송구하게 생각합니다."

정수정은 취재진들의 앞에서 허리를 깊숙이 숙였다. 그녀의 등 위로 플래시 세례가 파도처럼 쏟아졌다. 그녀는 허리를 세우고, 단호하게 그들을 응시했다.

"이것 하나만은 확실히 말씀 드릴 수 있습니다. 저희 병원은 다이어트를 위해 약만 권하는 병원이 아닙니다. 분명 운동 처방도 함께 합니다. 그러나 약만으로 다이어트를 하려는 환자는 여러 병원을 전전하며 무작위로 약을 모으기 때문에 병원 입장에서는 알 수가 없는 경우가 많습니다. 또한 제가 처방한 펜타스페놀은 의사의 처방과 부작용의 인과관계가 증명된 어떠한 경우도 없습니다. 저는 이런 소견을 해당 사건의 재판정에서 정확히 증언하였습니다. 만약 이런 제 증언이 납득되지 않았다면, 살인 사건의 가해자 측이든 피해자 측이든 제게 법적 책임을 물었을 것이나, 그런 일이 없었다는 것이 무엇을 뜻하는지 모두 아실 겁니다. 기자 여러분께 말씀 드립니다. 확인되지 않은 사실을 기사화하는 경우 엄중히 법적 책임을 물을 것입니다."

다시 플래시 세례가 터졌다. 수정은 묵묵히 그 시간을 견뎠다.

## 6

그날은 병원 진료를 하지 못했다. 간호사들은 일찍 퇴근시켰다. 수정은 병원에 남았다. 지훈이 피곤한 기색도 없이 내내 옆을 지켜 주었다.

수정은 대학교수 살인 사건의 담당 경찰서와 통화했다.

"아니, 개인 정보라고 이름조차 알려 주지 못한다고요? 지금 제 병원은 쑥대밭이 되어 있단 말입니다! 그럼 채만근이라는 그 기자는 대체 어떻게 안 거죠? 그분이 제 병원에서 처방을 받고 정신병을 얻은 거라고 어떻게 알았느냐는 말이에요! 기자한테는 알려 주고 당사자인 데다 지금 막심한 피해를 입고 있는 저한테는 뭐라고요? 개인 정보 보호요?"

수정의 목소리가 날카롭게 하늘로 치솟았다. 소파에 앉아 있는 지훈에게 보이고 싶은 모습은 아니었지만 수정은 분노를 제어할 수가 없었다. 저쪽에서는 완전히 귀찮은 잡상인 대하듯 하고 있었다. 그녀는 아랫입술을 질끈 깨물며 말했다.

"좋아요. 그럼 말씀하신 대로 기다려 보죠. 유가족이 이름과 연락처를 저한테 알려 줘도 된다고 허락하면 저한테 통보해 주신다는 거죠?"

그렇다는 대답을 끝으로 수정은 통화 종료 버튼을 누르고 소파에 핸드폰을 던져 버렸다. 그녀는 자신의 책상에 주저앉으며 머리를 움켜쥐었다. 채만근은 정수정의 염문설을 내기 위해 주변을 맴돌다가 이 사건에 관한 내용을 들었다고 했다. 누군가의 제보가 있지 않았을까? 그렇다면 가해자 측, 그러니까 정신병이 펜타스페놀 때문이라고 주장했던 살인범 측의 가족일 가능성이 높다. 일단 기사가 가해의 원인이 다른 곳에 있다고 지목하고 있기 때문이다. 여론 몰이로 항소심에서 유리한 판결을 받고 싶은 것이다. 그렇다면 그들을 만나야만 한다. 그들이 정수정의 편에서 인터뷰만 해 준다면 이 문제를 깔끔하고 빠르게 해결할 수 있다. 원하는 것이 있다면 합리적인 선에서 들어줄 생각이다.

하지만 문제는 그들의 연락처를 알 수 없다는 것이다. 이름만 알면 등록된 환자 명부에서 주소 정도는 찾을 수 있을 텐데, 도무지 그녀의 이름이 기억나지 않았다. 증인으로 출석할 당시 딱 한 번 조회해 봤을 뿐이니 기억나지 않는 것이 당연했다.

송지훈이 다가와 위로하듯 그녀의 어깨를 감싸 안았다.

"오늘은 이만 집에 가자. 당신 이러다 죽겠어."

수정은 깊은 한숨을 내쉬었다. 지훈이 귓가에 대고 속삭였다.

"우리 수정이 힘들어서 어떻게 하나. 내가 지켜 주고 싶은데."

상황이 이런데도 그녀는 몸이 달아오름을 느꼈다. 그녀는 오늘밤 그와 함께 있을 것임을 예감했다.

집 앞에 차를 세우자, 여느 날과는 다르게 지훈이 내리지 않았다. 그것은 사실 수정이 바라는 바이기도 했다. 수정은 가슴속에 응어리진 뜨거운 열기가 복받쳐 올라오는 것을 느꼈다. 한계까지 내몰린 그녀는 자신의 외로움을 인정하지 않을 수가 없었다. 그녀는 지훈의 손을 가만히 잡았다. 지훈이 그녀를 응시했다. 수정은 주차장으로 곧장 차를 진입시켰다.

"같이 내리자."

지훈은 집 안으로 들어서기 무섭게 그녀에게 달려들었다. 수정의 허리를 감싸 안고 입술을 부딪치며 벽으로 밀어붙였다. 수정이 이 집으로 들어오면서 특별히 신경 쓴 거울 문을 단 신발장이었다. 수정은 거기에 기대어 지훈의 키스를 오롯이 받아들였다. 그의 키스는 점점 깊어지면서 목덜미로, 그리고 그보다 좀 더 아래로 내려갔고, 걸리적거리는 그녀의 블라우스 위를 고집스럽게 탐하기 시작했다. 지훈은 그동안 참아온 것이 기적인 것처럼 그 자리에서 수정을 가지고 싶어 했다. 수정은 그에게 안긴 채 쿡쿡 웃었다.

"여기서 일을 치를 셈이야? 난 우리의 처음이 좀 더 아름다웠음 좋겠는데."

수정은 열기가 가득한 눈으로 주변을 두리번거리는 그의 두 뺨을 감싸며 입을 살짝 맞췄다.

"안방은 저기야."

나체가 된 두 사람은 거의 한 몸이 되어 안방의 침대에 나뒹굴어졌다. 수정이 킥킥 웃어 댔고 그가 그녀의 몸 위로 올라갔다. 수정의 얼굴에서는 점점 웃음이 사라져 갔고, 그와는 반대로 점점 몸은 뜨거워졌다. 그녀는 언젠가부터 잊고 지낸 여자로서의 봄 곳곳을 일깨우는 지훈의 머리를 마구 헝클어트리며 깊은 신음을 흘렸다. 그때 문득 그녀는 생각했다. 아이를 어린이집에 맡기기를 잘했다고. 죄책감도, 자기

합리화도 없이 그녀는 곧 정신을 잃을 만큼 깊은 욕망 속으로 빠져들어 갔다.

어깨에 한기가 들어 수정은 잠에서 깼다. 문득 눈을 떴을 때, 지훈이 없었다. 그녀는 그의 부존재를 믿을 수 없는 사람처럼 빈 침대 위를 더듬었다. 침대에 온기가 없었다. 자리를 비운 지 시간이 꽤 지난 모양이었다. 어디를 간 것일까. 그녀는 얼른 침대에서 일어섰다. 얇은 슬립 하나만 입은 몸 위에 나이트가운을 걸치고 거실로 나가 보았다.

"지훈 씨?"

그러나 거실 역시 어둠뿐 아무것도 없었다. 화장실도 마찬가지였다. 아무리 급한 일이 있더라도 이야기 없이 돌아갈 사람이 아니었다. 수정은 잠시 두려움을 느꼈다. 다시 한 번 지훈의 이름을 불러 보았지만 텅 빈 집 안에는 수정의 목소리만 길게 퍼져 나갈 뿐이었다.

혹시 마당에 있을지도 모른다는 생각이 들었다. 수정은 그대로 현관문을 열고 정원으로 나갔다. 도로의 가로등이 정원을 희끄무레 밝히고 있었다. 빠르게 시선으로 훑었지만 그의 모습은 보이지 않았다.

부스럭.

갑자기 들려온 소리에 수정은 빈색하며 뒤돌아섰다. 순간, 거뭇한 어떤 형체가 재빠르게 건물 뒤로 몸을 숨겼다.

"지훈 씨?"

수정은 천천히 뒤뜰을 향해 걸음을 옮겼다. 그의 이름을 부르기는 했지만, 두려움이 수정의 가슴속을 가득 채운 것을 모르는 척할 수는 없었다. 수정의 부름에도 그가 몸을 숨길, 그 어떤 이유도 없음을 너무나 잘 알고 있기 때문이었다.

조금 전 형체가 사라진 건물 옆에서 수정은 주먹을 꾹 움켜쥐었다. 목이 바짝 탔다. 아랫입술을 꾹 깨물면서 용기를 내어 재빠르게 건물 뒤로 몸을 틀었다.

아무도 없었다.

그녀는 깊은 한숨을 내쉬었다. 잘못 본 것이 분명했다. 고개를 저으며 뒤를 돈 순간, 수정은 날카로운 비명을 지르고 말았다.

채만근이었다. 벙거지 모자를 깊이 눌러쓰기는 했지만 채만근이라는 것을 한눈에 알아볼 수 있었다.

"당신이 왜 여기에……. 여긴 어떻게 들어왔어?"

날카로운 목소리를 낸 순간 그녀는 주춤, 뒤로 물러섰다. 채만근이 비척거리며 한 걸음 앞으로 나섰기 때문이었다. 그때 눈앞이 휘돌았다. 심한 현기증이 느껴졌다. 중심을 잡는 것이 고작이었다. 수정은 정신을 차리려는 듯 머리를 가볍게 흔들었다. 눈에 힘을 주고 채만근을 노려보았다. 그는 한 손을 내밀고 뭔가 말하고 있었는데, 그것은 정상적인 소리가 아니었다. 늘어진 테이프가 내는 소리 같기도 했고, 쇠의 마찰음처럼 귀를 자극하는 소리 같기도 했다.

"당신 뭐야."

그렇게 말한 순간이었다. 수정의 눈에 들어온 믿을 수 없는 광경이 그녀의 사고를 정지시켰다. 채만근의 손에 칼이 들려 있었다. 정육점에서 정형을 할 때나 쓸 법한 칼의 끝에서 핏물이 툭 떨어져 내렸다. 눈이 찢어질 듯 커다래진 채로 수정은 자신도 모르게 중얼거렸다.

"지훈 씨……."

만약 채만근이 무단으로 침입한 것을 알았다면 지훈은 가만히 있지 않았을 것이다. 수정의 입장 때문에라도 사람들 입에 오르내리는 것을 염려해 신고는 피했을 것이다. 지훈은 수정이 걱정하지 않도록 자신의 선에서 어떻게든 정리해 돌려보내려 할 사람이다. 그런 사람이 지금 보이지 않는다. 채만근의 손에 들린 칼에서 흘러내린 피가 그녀의 시선을 옭아맸다.

"지훈 씨……. 당신 무슨 짓을 한 거야?"

그녀는 짐승과도 같은 소리를 질렀다. 눈물이 시야를 흐렸다. 채만근은 알아들을 수 없는 소리를 내며 이쪽을 향해 걸어왔다. 그의 칼이 수정을 향해 있었다.

"오지 마."

그녀는 뒷걸음질을 쳤다. 그러나 채만근과의 사이는 벌어지지 않았다. 채만근의 걸음이 점점 빨라졌다.

"오지 마!"

비명을 지른 순간 채만근이 달려들었다. 그는 수정의 한 팔을 거세게 잡아챘다. 수정은 혼신의 힘을 다해 비명을 지르며 팔을 휘둘렀다. 예상치 못했는지 채만근이 수정의 팔을 놓치고 말았다. 수정은 머리가 하얘졌지만 곧 정신을 차리고 창고를 향해 달려갔다. 창고에는 정원을 가꿀 때 사용했던 삽이 있었다. 그것을 집어 들고 나간 순간, 눈앞까지 다가온 채만근을 발견했다. 채만근이 입을 커다랗게 벌렸다.

"저리 가!"

수정은 정신없이 삽을 휘둘렀다. 허공을 가로지른 삽의 머리가 정확히 채만근의 머리를 강타했다. 채만근이 바닥을 나뒹굴었다. 수정은 거친 호흡으로 가슴을 씨근덕거리며 신음을 흘리는 채만근을 내려다보았다. 바닥에 떨어진 칼을 보는 수정의 눈에서 차가운 눈물이 흘러내렸다.

어렵게 얻은 사람이었다. 어떤 선입견도 없이 자신을 오롯이 여자 정수정으로 느낄 수 있게 해 준 사람이었다. 자신이 논란에 휩싸여도 멀어지지도 다그치지도 않은 사람이었다. 두 번 다시 얻을 수 없을, 그런 사람을…….

"네가! 네가!"

일어나려 비틀거리던 채만근의 머리를 그대로 내리쳤다. 한 번, 두 번, 세 번. 점점 채만근은 움직임을 잃어 갔지만 수정은 손을 멈추지 못했다. 그녀를 그렇게 만든 것은 끓어오르는 화가 아니라 공포였다. 지훈을 잃었다는 공포.

"수정아, 그만 그만."

뒤에서 익숙한 손길이 그녀를 끌어안았다. 그제야 수정은 손을 멈췄다. 수정은 고개만 돌려 자신을 끌어안고 있는 지훈의 얼굴을 보았다. 그의 얼굴에는 아주 작은 상처도 없었다. 수정은 다시 채만근 쪽으로 시선을 돌렸다. 채만근은 조금도 움직이지 않았다. 보기에도 끔찍할 정도로 머리가 짓이겨져 있었다. 그녀는 거친 숨을 몰아쉬었다. 둑이 터지듯 눈물이 터졌다. 지훈이 손으로 그녀의 눈을 가리고 다른 팔로 힘껏 안아 주었다. 수정의 손에서 바닥으로 떨어진 삽이 둔탁한 소리를 냈다.

새벽의 어스름이 거실을 밝혔다. 수정은 따뜻한 차가 담긴 잔을 두 손으로 감싸 쥐고 있었다. 놀랄 만큼 마음은 평정을 유지하고 있었다. 수정은 맞은편에 앉아 있는 지훈을 보았다.

"지훈 씨, 정말 괜찮은 거지?"

지훈은 대답 대신 부드러운 미소를 지었다.

"왜 나에게만 이런 일이 일어나는 거지?"

수정이 울먹이는 목소리로 말했다. 지훈이 말했다.

"괜찮아. 아무 일도 없을 거야."

"그 사람이 당신을 죽이려고 했던 거지? 우리는 정당방위야, 그렇지?"

지훈이 일어나 떨고 있는 수정의 옆으로 왔다.

"아무 걱정 하지 마. 내가 다 알아서 할게."

수정은 고개를 끄덕였다. 자신의 손을 잡아 주는 지훈의 손이 이 순간 너무나 간절했다.

처리를 위해 지훈이 나간 뒤 수정은 서랍에 넣어 두었던 휴대폰을 꺼내 전원을 켰다. 어제 그와의 밤을 위해 모든 연락을 차단했다. 모든 것에서 벗어나고 싶었지만, 피할 수 있는 일은 아니었다. 전화를 켜자마자 부재중 연락이 이십여 통 가까이 와 있었다. 병원과 평소 친분 있던 기자와 친구로부터 걸려온 전화였다.

처음엔 그냥 걱정 때문에 건 전화라고 생각했다. 하지만 메시지 내용을 보니 그 문제만이 아니었다.

[너 보도 봤어??]

[선생님, 위드엑스 기자 최설인입니다. 아이에 관한 입장을 솔직하게 밝혀 주시기 바랍니다. 연락 부탁 드립니다.]

내용은 거의 비슷했다. 수정은 얼른 인터넷에 접속했다. 또다시 그녀의 이름이 검색어 순위 1위를 장식하고 있었다. 그녀는 자신의 이름을 클릭한 순간 기절할 듯 큰 충격을 받았다.

> [단독 보도] 여성들의 로망 정수정 의사! 아이는 24시간 어린이집에 맡기고 자유로운 생활. 그녀는 정말 슈퍼맘일까?

정수정은 간호사들 중 나이가 가장 많은 이민정 간호사에게 전화를 걸었다. 당분간 병원을 열지 않을 테니 출근을 하지 말고 대기하라는 지시를 내렸다. 다른 간호사들에게는 이민정 간호사가 전화를 해 주기로 했다. 전화를 끊기 무섭게 또다시 전화가 울렸다. 저장되어 있지 않은 전화번호였다. 고민하다 전화를 받았다.

「안녕하십니까? 영인경찰서입니다.」

정수정은 자신도 모르게 흠칫했다. 혹시 채만근과 관련된 것일까? 하지만 다행히도 그녀가 두려워할 일로 전화를 건 것은 아니었다.

「일전에 알려 달라고 하신 이름 있잖습니까? 선생님 병원에서 약 처방받고 나서 살인 저지른 피의자요. 이름과 생년월일 정도는 알려 줘도 된다고 동의받고 연락 드린 겁니다.」

정수정은 살짝 한숨을 내쉬었다. 그녀는 메모지와 볼펜을 찾아 주변을 둘러보았다. 화장대 서랍에서 볼펜 하나를 찾았다. 메모지는 적당한 게 보이지 않아 휴대폰을 어깨와 얼굴 사이에 끼고 손바닥을 들었다.

"이름이 뭐죠?"

「전해영입니다. 생년월일은 95년 4월 5일입니다.」

정수정은 경찰이 불러 주는 이름과 생년월일을 손바닥에 적고는 감사하다는 인사를 하고 전화를 끊었다. 그녀는 전해영이라는 글자가 당사자라도 되는 양 손바닥에 쓰인 이름을 노려보았다. 병원까지 일시 휴업한 마당에 정확히 자신의 처방 내역을 확인하고 대처해 나갈 생각이었다.

수정은 노트북을 가지고 주방으로 들어갔다. 노트북의 전원을 눌러 놓고 차를 한 잔 탔다. 엄초록에게 부탁해 병원에서 먹는 것과 같은 제품으로 구입한 차였다.

정수정은 뜨거운 차를 한 모금 마시며 자리로 돌아와 인터넷에 접속했다. 메인에는 이미 그녀와 관련된 기사가 도배되어 있을 터이지만, 가급적 뉴스와 실시간 급상승 검색어에는 시선을 주지 않으며 병원에서 사용하던 OCS 사이트에 로그인했다. 곧장 환자 관리 내역에 들어가 전해영이라는 이름을 검색했다. 동일인이 여러 명 나왔지만 생년월일로 금세 누구인지 확인할 수 있었다.

마우스를 더블클릭해 그녀의 자세한 처방 내역을 확인한 순간 정수정은 살짝 미간을 찌푸렸다. 전해영에게 펜타스페놀을 처방한 것은 총 오 개월이었다. 짜증스러운 듯 아랫입술을 깨물었다. 식품의약품안전처의 처방 가이드라인은 삼 개월 이내였다. 물론 그동안 말해 왔던 대로 가이드라인을 어겼다 해서 법적인 책임은 없다. 하지만 언론에서는 얼씨구나 할 일이었다. 그녀는 날짜를 하나하나 확인해 가며 빠져나갈 구멍을 확인했다. 그리고 얼마 지나지 않아 그것을 찾아냈다.

첫 번째와 두 번째로 찾아왔을 때 각 한 달분을 처방해 주었다. 그리고 세 번째로 내원했을 때는 지난 내원으로부터 두 달 뒤였다. 한 달의 텀이 있었다. 그렇기에 세 번째로 내원했을 때 초기 처방으로 다시 계산했다고 하면 된다.

지훈의 말이 맞았다. 차분히 생각하면 뭐든지 해결할 수 있다.

차를 한 모금 마시며 살짝 웃던 정수정의 눈에 뭔가 걸리는 것이 하나 있었다. 진료 금액이었다. 진료비는 공단 부담금과 환자 본인 부담금으로 나뉘는데, 첫 번째 방문 때의 환자 본인 부담금 칸이 영 원으로 되어 있었다. 이런 경우는 개인적으로 아는 인물이거나 병원 홍보에 동의한 유명인사일 때이다. 전해영은 그런 인물에 속하지 않았다. 비고란에 'F'라고 적혀 있는 것이 눈에 들어왔다.

정수정은 엄초록에게 전화를 걸었다. 전산 등록은 대부분 엄초록이 하고 있다. 그녀는 곧장 전화를 받았다.

「원장님. 어디세요?」

걱정이 되어 물어보는 것일 테지만, 정수정은 한가롭게 대답할 정신이 없었다.

"물어볼 게 있어서 전화했는데요. 혹시 전해영이라는 사람 알아요?"

전화기 너머에서는 잠시 대답이 없었다.

"이 사람이 내 약 먹고 사고 났다는 사람이라는데, 이 사람 진료 때 본인 부담금도 안 받고, 비고란에 F라고 되어 있어서. 이 F가 뭐지?"

「모르세요? F면 원장님 팬 카페 회원이에요.」

대답하는 엄초록의 목소리가 딱딱했다. 그것도 모른다는 것이 말이나 되느냐는 듯한 비난처럼 들렸다.

"네?"

그러고 나서 생각해 보니 그 여자가 처음 찾아왔을 때가 떠올랐다. 팬 카페 회원이라고 하면서 자신이 출간한 책까지 들고 찾아왔다. 사인을 해 주면서 기분이 좋아서 첫 회 진료비를 받지 말라고 했던 기억이 났다. 그런 식으로 진료비를 받지 않은 사람이 몇 명쯤 있었다.

"고마워요."

수정은 전화를 끊었다. 병원 프로그램을 끄고 곧장 자신의 팬 카페에 접속했다. 팬 카페에서는 정수정의 공식 발표가 나올 때까지 그녀를 믿자는 편과 그녀를 비판하는 편이 나뉘어져 전쟁을 벌이고 있었다. 정확한 사안이 확인될 때까지 잠시만 기다려 달라는 글을 올릴까 생각하다가 그만두었다.

다행히 카페는 실명으로 닉네임을 사용하도록 규정하고 있었다. 안티들이 팬을 가장해 가입하는 경우도 많기 때문에 '지역명/본명' 식으로 닉네임을 만들도록 되어 있었다. 수정은 전해영이라는 이름을 검색했다.

'서울시/전해영'은 한 명이었다. 그런데 그 한 명이 올린 글이 수백 개가 넘었다. 거의 매일같이 글을 올린 것 같았다.

대부분의 글이 오늘은 병원에 다녀왔다든가, 오늘은 날씨가 좋다든가 하는 것들이었다. 일기장에나 쓸 일을 카페에 일일이 보고하다니 이상한 사람이었다. 정수정은 그녀가 우울증을 앓았다는 기사를 떠올렸다.

그녀는 드륵드륵 마우스 휠을 굴려 대충 넘기다 전해영이 올린 사진이 있어 클릭해 보았다. 그동안에도 많은 사진을 올렸지만 모두 풍경이나, 빠진 몸무게 인증 샷이었는데 처음으로 다른 사람과 찍은 사진이 있었기 때문이었다. 클릭하고 게시글에 들어가자 사진이 크게 떴다. 순간 정수정은 굳어 버리고 말았다.

엄초록이었다.

엄초록이 전해영의 어깨를 감싸 안고 밝게 웃고 있었다. 게시글에는 '동생과 함께'라고 쓰여 있었다.

엄초록이 동생? 하지만 성이 다르다. 그냥 아는 사람인 걸까? 그럼 왜 모르는 척했던 걸까. 정수정의 머리는 순간적으로 엉망이 되어 버리고 말았다. 그녀는 다시 화면 속 엄초록의 얼굴에 시선을 박았다. 한눈에 엄초록이라는 것을 알아보았음에도 뭔가 이질감이 들었던 이유를 깨달았다. 바로 화장이었다. 화장을 거의 하지 않은 엄초록의 얼굴은 생기 있고 훨씬 어려 보였다. 그 순간 심장 아래 부근에서 불길한 기분이 일렁였다. 분명 이 얼굴을 본 적이 있다. 이 사진과는 다른 좀 더 구겨지고, 분노한 듯한 얼굴.

'히포크라테스 선서 했잖아!'

날카로운 숨을 들이쉬며 정수정은 고개를 젖혔다. 머릿속에 떠오른 그 외침이 정수정을 정확히 그 시간에 던져 놓았다. 엄초록을 분명 본 적이 있다. 법정이었다.

'피고인의 정신적 혼란이 펜타스페놀에 의한 기전이라는 근거는 전혀 없습니다. 처방도 본인이 원했던 것이고요.'

'과다 처방이었어! 당신 히포크라테스 선서 했잖아!'

방청석에서 누군가 소리를 쳤다. 정수정은 소리가 난 쪽으로 고개를 돌렸다. 제지하러 달려가는 법원보안관리대원의 어깨 너머로 그녀의 얼굴이 보였다. 일그러진 얼굴로 쏘아보는 것은 엄초록이었다. 그 얼굴은 멀지 않은 기억을 불러냈다.

'히포크라테스 선서 하셨잖아요?'

가득 찬 진료 대기 환자들에게 밥도 못 먹는 약을 먹이고 싶다고 푸념하던 그녀에게 장난처럼 말하던 엄초록이 떠올랐다.

왜 이제야 깨달았을까. 정수정은 떨리는 손으로 휴대폰을 열었다. 엄초록의 전화번호를 찾아 그녀의 번호를 눌렀다. 몇 번이나 신호가 가도 엄초록은 전화를 받지 않았다.

그때였다. 초인종 소리가 울렸다. 누가 찾아온 것일까. 혹시 엄초록이 아닐까, 하며 생각했지만 전혀 예상외의 사람들이었다.

"서울경찰서 김진근 형사입니다. 잠깐 문 좀 열어 주시죠."

인터폰 화면에 검은 재킷을 입은 남자의 모습이 보였다.

그 뒤로, 순경인 듯 보이는 경찰 두 명이 있었다. 심장이 쿵, 떨어져 내렸다.

"문을 열어 주지 않으시면 강제로 진입할 수 있습니다."

형사가 겁을 주듯 말했다. 정수정은 열림 버튼을 눌렀다. 잠시 후 김진근 형사와 경찰 두 명이 현관문을 열고 들어왔다. 그들이 들어올 때까지 정수정은 현관문 근처에 서 있었다.

김진근 형사는 자신의 신분증을 보이고 다짜고짜 말했다.

"채만근 씨 아시죠?"

정수정은 고개를 끄덕이며 말했다.

"송지훈 씨가 신고했죠?"

"송지훈 씨가 누구죠?"

김진근의 미간이 살짝 좁혀졌다. 그의 얼굴에 의혹의 그림자가 스쳤다. 당황한 것은 오히려 정수정이였다.

"그럼 어떻게……."

김진근 형사가 표정 변화 없는 얼굴로 주머니에서 휴대폰을 꺼내 정수정에게 내밀었다. 그의 휴대폰 안에서는 영상이 플레이되고 있었다. CCTV의 영상 같았는데 위치가 바로 정수정의 집 앞이었다. 영상에서 채만근은 정수정의 집 담 너머에서 카메라로 뭔가를 촬영하고 있었다. 날짜를 보니 바로 어젯밤이었다. 정수정은 아랫입술을 질끈 깨물었다. 어젯밤에는 지훈과 동침하였다. 그것을 찍어 뭘 어쩔 생각이었는지 생각만 해도 치가 떨렸다. 한참이나 사진을 찍던 채만근은 그것만으로도 부족하다는 듯 사진기를 목에 걸고는 담에 매달렸다. 담을 넘으려는 것이다. 거기까지 정수정이 확인하자 김진근 형사가 영상을 종료시켰다.

"오늘 새벽, 채만근 씨가 가족과 통화하던 중 비명 소리가 들리면서 전화가 끊어졌다는 신고가 접수됐습니다. 범죄에 연루된 것일 수도 있어 동선을 추적하던 중 이 집으로 들어간 채만근 씨의 나오는 모습이 없다는 걸 확인했죠."

그는 채만근이 이 집에 있다는 것을 확신하고 있는 듯했다. 김진근 형사는 곧 담담한 표정으로 말했다.

"이 집에서 채만근 씨를 만났습니까?"

"……네."

"채만근 씨는 어디 있죠?"

수정은 고개를 숙인 채 잠시 숨을 골랐다. 어디서부터 어디까지 설명해야 좋을지 알 수가 없었다. 어쨌든 결론은 하나다. 채만근이 먼저 공격을 했고, 자신들은 정당방위일 뿐이다. 그렇게까지 생각했을 때 지훈을 불러야 한다는 생각이 들었다. 지훈이 신고한 게 아니라면 그는 지금 어디에 있는 것일까.

"모두 설명할게요. 그 전에 전화 좀 할 수 있게 해 주세요. 그 사람이 오면 다 설명할 수 있어요. 일단 올라오세요. 근데 내 핸드폰 어디로 갔지……."

김진근 형사는 날카로운 눈으로 수정을 응시했다. 그는 옆에 서 있는 다른 형사를 향해 눈짓을 했다. 그가 수정을 현관에 세워 둔 채 밖으로 나갔다. 수정은 휴대폰을 찾으러 거실로 올라갔다가 자신도 모르게 형사를 뒤따랐다. 그곳은 창고가 있는 곳이었다.

"거긴……."

채만근의 시신을 발견하는 것보다, 자신의 설명이 우선되어야 한다고 생각했을 뿐이었다. 하지만 정수정은 형사를 따라잡기도 전에 걸음을 멈춰 세웠다. 엉망이 된 채만근의 시신이 바닥에 그대로 널브러져 있었다. 흥건하게 흘러내린 피가 이미 검붉게 굳었다. 희멀겋게 뜬 채만근의 눈이 수정을 보고 있었다. 그 눈을 곧게 응시하면서 수정은 생각했다.

'알아서 다 해 준다고 했는데, 지훈 씨는 어디 갔지.'

경찰은 즉시 정수정을 살인 혐의로 체포했다. 채만근의 손톱에서는 정수정의 유전자가 검출되었고, 정수정의 머리카락, 정수정의 잠옷과 같은 재질의 실밥도 검출되었다. 정수정은 모든 혐의를 인정했지만, 정당방위임을 줄곧 주장했다.

경찰서로 연행되던 시각, 많은 기자들이 집결했다.

"기자 살인 혐의, 인정하십니까?"

"정당방위였어요. 절 헤치려고 했고, 저와 같이 있던 사람도 그 사람이 죽이려고 했어요. 그 사람이 증인이에요!"

"평소 병원의 홍보를 위해 직원들에게 무리한 다이어트를 요구하고 약을 먹였다는데 사실입니까?"

"그건……."

"본인도 다이어트 약을 상습 복용했다는데 사실입니까?"

"아닙니다. 전 운동으로만……."

"병원에 불이익을 준 보도 때문에 채만근 기자를 살해하신 겁니까?"

"육아와 일의 완벽한 병행으로 슈퍼맘의 대표 주자로 손꼽히셨는데, 이십사 시간 어린이집에 아이를 맡기신 것이 사실입니까?"

순간 연행되던 정수정이 걸음을 멈추었다. 그녀는 창백한 얼굴로 기자들을 돌아보았다. 지금 질문한 것이 누구인지를 찾으려는 듯 기자들을 돌아보는 그녀의 눈빛이 형형히 빛났다. 방송에서는 단 한 번도 볼 수 없었던 흐트러진 머리로 그녀는 나직하게 중얼거렸다.

"당신들이 원했잖아, 애 낳고도 아름다운 여자를. 육아도 잘하면서 일도 확실히 하는 여자를. 그래서 보여 줬는데 내가 무슨 잘못이 있다는 거야?"

그녀의 얼굴 위에서 플래시가 터졌다.

7

"평소에도 직원들에게 다이어트를 강요하셨고, 저에게는 다이어트 약까지 처방하셨어요. 요즘 일이 많아서 그런지 화를 내는 일이 잦았고, 연예인병도 있었죠."

정수정이 운영한 병원의 간호사 이민정의 증언이었다.

"네. 그 기자님이 취재를 시작하신 후론 더욱 불안해하셨어요. 그냥 인터뷰하면 될 텐데 뭘 숨기려고 저러실까 하고 생각하기는 했어요. 간호사들에게 다이어트 강요요? 네, 맞아요. 평소 선배들에게 그러는 것도 보았고, 본인도 거의 병적으로 다이어트에 집착했어요. 다이어트에 좋다는 보이차에 약도 타 드셨어요. 스스로 본인에게 다이어트 약을 처방해 먹었어요."

같은 병원의 엄초록 간호사의 증언이었다. 실제로 정수정의 병원과 자택에서 보이차 가루가 발견되었다. 국과수 검사 결과 펜타스페놀 성분이 검출되었고, 병원에서 사용하는 OCS에서 자신에게 약을 장기간 처방해 온 기록이 발견되었다.

인터뷰가 방송에 나오자 그녀를 향한 비판이 거세게 일어났다.

"TV에서는 그렇게 안 봤는데……. 애를 맡기고 뒤도 안 돌아보고 가더라구요. 자기 자식인데 어떻게 저러나 하고 생각했죠."

정수정이 아이를 맡긴 어린이집 원장의 증언이었다. 아이는 절차에 따라 생부에게 인계되었다.

정수정은 내내 채만근이 자신을 죽이려 했음을 주장했다. 채만근의 사망 추정 시각, 정수정이 집에는 송지훈이라는 의사가 함께 있었고, 무슨 이유인지 알 수는 없으나 채만근이 칼을 들고 숨어들었으며, 인기척을 듣고 나온 송지훈뿐만 아니라 자신까지 죽이려 하였다고 말했다.

하지만 조사 결과, 송지훈이라는 인물은 존재하지 않았다. 정수정이 제출한 휴대전화에 문자 발신 내역은 있었지만 그녀가 회신받은 문자는 없었다. 해당 전화번호에 전화를 걸어 보았지만 없는 전화번호라는 안내만 나올 뿐이었다. 카드 사용 내역을 토대로 정수정의 행적을 확인했지만 유의미한 결과는 나오지 않았다. 일식집에서도 혼자 와서 시간을 보내고 갔다는 진술만 나왔다.

영장을 발부받아 정수정의 집 전체를 수색하였으나 채만근이 들고 있었다던 칼은 어디에서도 발견되지 않았다. 다만 채만근의 시신 근처에서 그의 것으로 추정되는 카메라만 발견되었을 뿐이다. 카메라에 저장된 사진 속 정수정은 거실에서, 침대 위에서 모두 혼자였다.

"반포중학교 앞이요."

유성 시외버스 터미널에서 내려 택시에 올라탄 엄초록은 자신이 가야 하는 곳보다 훨씬 앞인 공주 반포중학교를 말했다. 택시 기사들이 목적지를 들으면 그녀가 왜 그런 곳에 가는지 궁금해하며 귀찮게 한다는 것을 경험으로 알고 있기 때문이다. 반포중학교라고 말하면 학교에 뭔가 볼일이 있는 거라고 생각하고 조용히 내려 준다.

반포중학교 앞에서 내려 걷기 시작하면 마치 산속으로 들어가는 듯한 기분이 든다. 커다란 나무들이 우거져 있어서 그렇기도 하지만 실제 길의 양옆으로 산이 있기 때문이다. 인적도 거의 없는 길을 이십 분 정도 들어가야 그곳이 나온다. 거기에 언니가 있다. 자신의 언니 전해영이.

엄초록은 지금 공주 치료감호소로 가고 있었다. 한때 인터넷을 뜨겁게 달궜던 교수 살해 사건의 범인 전해영. 그녀는 결국 정신분열증으로 치료감호소에 수감되고 말았다.

엄초록은 휴대폰을 꺼냈다. 정수정의 기사들이 아직도 인터넷을 뜨겁게 달구고 있었다. 이걸 언니에게 보여 주면 언니는 어떤 반응을 보일까.

엄초록은 나이 다섯 살에 부모의 이혼으로 한 살 위의 언니인 해영과 헤어졌다. 엄초록은 아버지와, 해영은 어머니와 살게 되었고, 이후 어머니가 재혼한 탓에 해영은 새아버지의 성을 따라 전해영이 되었다. 하지만 두 사람은 자주 연락하며 지냈다. 부모가 이혼했다고 해서 자매의 연까지 끊어지진 않았다.

하지만 언젠가부터 해영이 변하기 시작했다. 엄마와의 불화로 우울증을 겪는 것은 알고 있었지만, 웬일인지 외모에 집착하면서 우울증이 더 심화되는 것 같았다. 가끔 주고받는 문자도 점차 끊겼고 전화도 잘 받지 않았다. 그러나 언니의 소식을 들은 것은 뉴스에서였다. 언니가 교수라는 남자를 살해했다는 소식을 들었을 때는 하늘이 무너지는 것만 같았다.

간호대학을 나와 개인 병원 내과에 근무하고 있던 엄초록은 엄마를 만났다가 해영이 다이어트 약까지 먹고 있었던 것을 알게 되었다. 그것이 펜타스페놀이었다. 엄초록은 도서관에서 그 약에 대해 조사하다 저체중이나 우울증 환자에게 무분별하게 처방하는 것의 위험성을 경고하는 해외 논문을 발견했다. 국내에서는 삼 개월 이내로 투약하도록 권고하고 있었다. 해영은 우울증을 앓고 있음에도 오 개월 이상 약을 먹고 있었다. 담당 의사는 정수정이었다.

엄초록이 그녀를 처음 대면한 것은 언니 해영의 재판정에서였다. 증인으로 채택된 정수정은 그 약의 처방이 법적으로 전혀 문제 되지 않음을 피력했으며, 해영이 낸 사고는 그녀의 정신병력 때문이라고 했다. 해영의 우울증이 폭력적으로 폭발하게 된 것과 자신의 처방 사이에는 어떠한 인과관계도 없다고 선을 그었다.

'그 논문에서 나온 내용은 그저 실험에 불과합니다. 표본 집단 내에서도 증상이 발현하지 않은 사람들이 높은 비율을 차지합니다. 그 논문은 실험 기간 동안 증상을 보인 피험자들에게 펜타스페놀을 제외한 또 다른 변수가 없었다는 것을 증명해 내지 못했어요. 이런 설명을 계속 하는 것이 무슨 의미가 있을지 모르겠네요. 다시 말하지만 처방에는 어떠한 법적 문제도 없었습니다.'

그 말은 정수정 역시 논문의 내용에 대해 이미 알고 있었다는 말과 다르지 않았다. 엄초록은 벌떡 일어나 울부짖었다.

'히포크라테스 선서 했잖아!'

순간 돌아보던 정수정을, 그녀의 입가에 어렴풋하게 걸린 비웃음을 엄초록은 평생 잊지 못할 것 같았다.

정수정을 상대로 소송을 생각해 보지 않은 것은 아니었다. 그러나 상담한 모든 의료사고 전문 변호사들은 소송에 회의적이었다. 도덕적으로는 어떻든지 정수정의 처방은 법적 테두리 안에서 적법했다는 것이었다.

정수정을 증오했다. 재판 이후 엄초록의 절망과는 반대로 정수정은 수도 없이 TV에 나와 웃었다. 그녀의 병원은 여전히 호황이었다. 그것은 엄초록을 무력하게 만들었다. 자주 멍한 상태가 되었다. 덕분에 실수가 잦아져서 다니고 있던 병원에서 엄초록에게 사직을 권했다. 다른 일자리를 알아보던 도중 정수정의 병원에서 간호사를 구하고 있는 것을 알았을 때는 운명이라고 생각했다. 정수정의 병원에 지원했고, 정수정은 엄초록을 알아보지 못했다.

처음엔 이혼한 여자니까 남자 친구가 있다든가 하는 기색을 보이면 소문을 내서 곤란하게 만들 생각 정도였다. 병원이 제법 규모 있으니 세금 탈루라든가, 의료 급여 허위 청구 정도는 찾아낼 수 있을지도 모른다고 생각했다. 하지만 정수정이 우울증 약을 먹고 있다는 것을 우연히 이민정 간호사로부터 듣고 계획을 바꿨다. 엄초록은 정수정에게 똑같이 해주어야 한다고 생각했다. 정수정에게 주는 차에 펜타스페놀을 섞었다.

정수정은 아직도 정당방위를 주장하고 있다고 한다. 정신병으로 위장해 감형을 받으려는 계획이라고 분석하는 뉴스도 있었다. 그녀가 복용해 온 펜타스페놀의 영향이라는 의견도 있다. 엄초록은 이 뉴스가 더 부각되기를 바랐다. 그래서 이 약이 얼마나 위험한지를 알리고, 또한 법으로 약의 처방이 엄격히 규제돼야 한다고 생각했다.

정수정은 펜타스페놀을 자신이 먹고 있는지도 몰랐을 것이다. 정수정은 경찰에 펜타스페놀을 스스로 먹은 적이 없다고 할 것이다. 하지만 처방 시스템에도 그녀의 이름으로 처방되어 있기 때문에 신뢰를 받지 못할 것이다.

언니를 보고 펜타스페놀이 얼마나 위험한 약인지는 이미 확신하고 있었지만, 정수정이 아무도 없는 곳을 가리키며 손님에게 차를 내주라고 할 때는 정말 놀랐다. 경찰 조사에서 그녀는 존재하지 않는 사람에 대해 계속 말했다고 들었다. 그녀는 어떤 사람을 만들어 낸 걸까. 그 사람에게서 정수정은 무엇을 얻고, 기대했던 걸까.

엄초록은 문득 연행되어 가던 뉴스 속의 정수정을 떠올렸다.

'당신들이 원했잖아. 애 낳고도 아름다운 여자를. 육아도

잘하면서 일도 확실히 하는 여자를. 그래서 보여 줬는데 내가 무슨 잘못이 있다는 거야?'

그렇게 말하는 그녀는 아름다웠고, 괴물 같았다.

면회실에 도착해 기다리니 문이 열리면서 투명한 벽 너머로 전해영이 나왔다. 엄초록과는 다르게 그녀의 눈빛에는 생기가 없었다.

"언니, 나 왔어."

동생을 끔찍하게 여겼던 언니가 왜 이렇게 변해 버렸을까. 언니는 살해 사건 이후 모든 것을 놓아 버렸다. 의자에 앉은 언니는 엄초록이 아닌, 오른쪽 허공을 보고 있었다.

"언니, 나 복수했어."

전해영의 표정에는 여전히 변화가 없었다. 엄초록의 아래턱이 살짝 떨렸다.

"그런데 언니, 어째서……."

전해영이 눈을 크게 깜박였다. 천천히 그 시선이 엄초록에게로 향했다. 엄초록의 눈에서 눈물 한 줄기가 흘러내렸다.

"어째서 나도 괴물이 됐을까."

채만근에게 펜타스페놀과 관련된 사건의 제보를 한 것은 엄초록이었다. 복수에 눈이 멀어 있던 그녀는 자신의 앞에 나타난 채만근의 존재를 그저 기회라고만 생각했다. 그에게 정수정의 집 주소를 알려 준 것도 그녀였다. 그런 일이 날 것이라고는 예상하지 못했지만, 적어도 정수정이 정상적인 상태가 아니라는 것은 알고 있었다. 채만근의 죽음은 모두 자신 때문이었다. 몰래 찾아간 채만근의 장례식장에서 울부짖는 그의 딸을 보며, 엄초록은 자신 역시 살인자와 조금도 다르지 않다는 것을 깨달았고, 자신은 내일이 주어질 자격이 없는 사람이라는 것을 알았다. 엄초록은 이제 면회를 올 수 없을 거라고 말했고, 전해영은 그녀를 멍하니 응시하다 허공으로 시선을 돌렸다.

이후로 두 사람은 아무런 말도 하지 않았다.

▼

내 능력과 판단에 따라, 나는 환자에게 도움이 된다고 생각한 처방을 따를 뿐 환자에게 해를 끼칠 수 있는 처방은 절대로 따르지 않겠다. 나는 어떤 요청을 받더라도 치명적인 의약품을 아무에게도 투여하지 않을 뿐만 아니라, 그렇게 하도록 권고하지도 않겠다.

—히포크라테스 선서 中

# 버릴 수 없는

송시우

## 1

"자, 들어가서 보시죠. 조사관님."

김태구 경위가 백조원룸 201호의 문을 열어젖혔다. 비켜서는 김 경위의 강팍한 얼굴에 비웃음이 걸린 것을 느낀 것도 잠시, 문설주 양옆으로 천장까지 쌓아 올린 종이 더미가 눈앞을 덮쳤다. 종이 쓰레기와 음식물이 한데 뒤섞여 썩어 가는 냄새가 났다. 인권증진위원회 한윤서 조사관은 순간적으로 한 대 맞은 듯 움찔했다.

"뭐 볼 게 있다고 그러시는지는 모르겠지만……."

김태구 경위는 이마를 덮은 수북한 앞머리를 쓸어 넘기고 한쪽 귀를 긁었다. 한윤서 조사관은 오른쪽 소매를 팔 밖으로 빼서 코를 막고 마음을 다잡았다. 피해자의 집을 굳이 들여다볼 필요는 없었는데, 윤서가 고집해서 여기까지 온 것이니 동요하는 모습을 보이는 건 좋지 않았다.

집 안으로 진입하기 위해서는 문 가운데 무릎 높이까지 쌓인 종이 더미를 뛰어넘은 다음 종이의 벽이 만든 동굴 같은 통로를 지나야 했다. 오래된 신문, 잡지, 과자 포장지, 광고 전단지, 종이 박스 따위가 거의 천장까지 쌓여 있었다. 몸을 옆으로 틀어야 지날 수 있는 비좁은 통로에도 바닥은 보이지 않았다. 고대 유물을 탐사하듯 조금씩 전진하며 윤서는 신음을 흘렸다. 손주아가 여기서 어떻게 먹고 자고 생활했는지 상상도 되지 않았다.

"처음 여기 들어왔을 때 우리 중 누가 그러더라고요. 현장보다 집이 더 더럽다고……."

김태구 경위가 열린 현관문을 잡고 선 채 중얼거렸다. 현장이란 손주아가 시체로 발견된 폐가를 말하는 것일 터였다. 윤서도 사건 기록에 첨부된 현장 사진을 봤다. 여기서 사 킬로미터 떨어진 폐건물이었다. 무슨 이유인지 반쯤 허물다 말고 방치된 주택이었는데, 건축자재와 자질구레한 쓰레기가 굴러다녔고 철거 과정에서 생긴 돌먼지가 자욱했으며 벽과 바닥은 빗물이 스며들어 축축했다. 다리가 많은 벌레와 쥐들의 소굴이었는데, 그들이 시신의 일부를 뜯어 먹었다.

윤서는 머리를 흔들며 사건 현장의 이미지를 털어 냈다. 죽음의 잔혹함과는 또 다른 끔찍한 현실이 앞에 있었다. 삶이 죽음보다 많이 나은 것 같지는 않았다.

누구 책임일까.

사람들이 말하듯이 우리 책임일까.

윤서는 부엌으로 짐작되는 곳에서 냉장고를 발견했다. 냉장고 문이 겨우 열릴 만큼의 공간이 비어 있었다. 통로는 싱크대 개수대와 어찌어찌 연결되었다. 식탁과 조리대 위로 씻지 않은 배달 음식 용기와 인스턴트식품 봉지가 가득했다. 음식 찌꺼기 주위에 시꺼멓게 모여 있던 바퀴벌레가 사각사각 발소리를 내며 흩어졌다. 소름이 오도독 돋았다. 목 뒤를 긁으며 윤서는 고질병인 아토피 피부염이 도질까 걱정했다.

"도대체 어디서 잔 걸까요? 손주아요."

어깨를 옹송그리고 선 채 윤서가 물었다. 지나가다 잘못 건드렸다가는 종이 탑이 와르르 무너져 내릴 것만 같아 절로 몸이 움츠러들었다.

"난들 압니까. 조사관님. 저희도 피해자가 여기 살았다니까 산 줄 아는 거죠."

김태구 경위의 빈정거리는 말투를 흘려보내고 윤서는 주위를 둘러보았다. 사람이 누울 만한 공간이 없었다. 군데군데 쓰러진 종이 더미가 붕괴된 댐처럼 통로를 막고 있었다. 누군가의 집이 아니라 쓰레기 처리장 같았다.

손주아는 밤마다 종이 탑을 옮기며 잠자리를 마련했을까? 자다가 탑이 무너져 깔려 죽지 않은 게 다행이다 싶었다. 저장강박증이 있는 정신 질환자의 집을 실제로 본 것은 처음이었고 벌어진 풍경은 상상 밖이었다. 누울 자리도 자리지만 이 냄새를 어떻게 견디고 살았을까. 정신병은 냄새를 맡는 기능도 왜곡시키는 걸까.

경찰, 조현병 살해 피해자 112 구조 요청 묵살

지난주 기사가 뜨고 이 지역 경찰은 쑥대밭이 되었다. 손주아가 죽기 전 마지막으로 전화한 곳이 112 신고 센터였던 것이다. 녹음된 112 통화 내역이 언론에 공개됐다. 손주아는 다급하고 괴로운 목소리로 맞아서 죽어 가고 있다고 소리쳤다. 신고를 접수하는 경찰이 장소를 물었지만 손주아는 알아듣기 힘든 울부짖음과 함께 살려 달라는 말만 반복했다. 이십이 초 후 전화는 불쑥 끊겼다. 경찰은 발신 번호 휴대전화 위치를 추적했고, 마지막 통신 신호가 잡힌 장소로 순찰 경찰에 출동 지령을 내렸다. 평소 손주아의 허위 신고 전화에 이골이 난 지구대 경찰은 순찰차로 그 주변만 둘러보고는 이상 없다는 보고를 했다. 문제의 폐건물은 창문 구멍으로 슬쩍 들여다만 보고 말았다. 몇 발자국만 안으로 진입해서 살펴봤다면 손주아를 발견할 수 있었던 상황이었다.

삼 일 후 폐건물 앞을 지나다가 이상한 냄새를 맡은 주민의 신고로 손주아의 시신이 발견됐다. 며칠간 급격히 올라간 기온 탓에 시신의 부패가 상당히 진행된 상태였다. 시신의 손끝에 반파된 휴대전화가 놓여 있었다. 손주아는 범인에게

폭행당한 후 약간의 의식이 남아 있을 때 112 신고를 한 것으로 보였다. 공격당할 때 파손된 휴대전화는 이십이 초 후 더 이상 작동하지 못하고 고장 났다. 부검 결과 손주아는 의식을 잃은 뒤 그 자리에서 뇌출혈로 사망한 것으로 추정됐다.

피해자의 마지막 구조 요청을 묵살한 경찰에 대해 비난 여론이 들끓었다. 한편 손주아가 피해망상에 시달리는 조현병 환자였다는 게 알려지며 정신 질환자와 범죄를 보는 시선이 일시에 뒤바뀌었다.

그동안은 정신 질환자가 범죄를 일으키는 것이 문제였다. 임대 아파트에 살던 조현병 환자가 새벽에 자신의 집에 불을 지르고 화재를 피해 달아나는 이웃 주민 다섯 명을 칼로 찔러 죽인 사건이 대표적이었다. 불친절하다는 이유로 피시방 아르바이트생의 얼굴에 마구 칼을 휘둘러 죽인 청년은 우울증으로 인한 심신미약을 주장했다. 조현병을 앓는 남성이 지하철 여자 화장실에 숨어 있다가 화장실에 들어온 젊은 여성을 칼로 찔러 죽인 사건은 여성 혐오를 극단적으로 드러낸 사회적 징후로 해석되었다. 사람들은 정신 질환자를 잠재적 범죄자로 간주하고 무서워했다. 지역사회에 숨어 있는 정신 질환자를 색출하여 가두어야 한다는 주장이 득세했다. 정신 질환자의 범죄율은 일반인보다 오히려 낮다, 잠재적 범죄자 취급은 치료에 오히려 도움이 되지 않는다는 교과서 같은 주장은 실제 벌어진 범죄의 공포 앞에서 쉽게 설득력을 잃었다.

손주아 사건은 정신 질환자의 위치를 범죄 가해자에서 피해자로 바꿔 놓았다. 가족과 지역사회의 관리로부터 방치되어 외롭게 살았던 손주아에 대한 동정론이 일었다. 지금까지 정신 질환자를 범죄 가해자로만 취급했던 게 미안했다는 듯이 여론은 정신 질환자의 범죄 피해에 대한 대책을 마련해야 한다는 쪽으로 흘러갔다. 정신 질환자가 범죄에 가담하는 경우보다는 범죄 피해를 입는 경우가 더 많은 것이 사실이었다. 단지 그전에는 아무도 주목하지 않았을 뿐이다.

인권증진위원회는 경찰의 손주아 구조 묵살에 대해 직권조사를 하겠다고 발표했다. 더불어 손주아 사례를 바탕으로 지역사회의 정신 질환자 관리와 치료에 관한 문제점도 조사해서 개선책을 찾겠다고 밝혔다. 베테랑 한윤서 조사관이 사건을 맡았고 같은 부서의 배홍태 조사관이 보조하기로 했다.

국가기관의 인권침해를 감시하고 개선점을 권고하는 인권위의 책무에 맞게 경찰에 대한 대중의 공분을 공정하게 처리하면 되겠다 싶었는데, 독립적인 조사 기구로서 인권위에 대한 대중의 신뢰는 딱 하루밖에 안 갔다. 피해자 손주아가 이 년 전 정신병원에 강제 입원되었다가 인권위의 권고로 퇴원한 뒤 죽 혼자 살았다는 게 드러난 것이다. 치료가 필요한 정신 질환자를 무턱대고 사회로 내보낸 인권위로 비난의 화살이 돌아갔다. 윤서는 경찰과 함께 쌍으로 욕을 먹으며 경찰을 조사해야 하는 상황이 됐다.

손주아의 가족도 비난을 피하지 못했다. 인권위 권고로 퇴원한 손주아는 노모가 사는 집으로 돌아갔다가 이틀 만에 가출했다. 가족들은 가출한 손주아를 찾지 않았다. 노모와 오빠, 여동생은 손주아가 치료가 필요한 상태라는 걸 뻔히 알면서도 나 몰라라 했고 이것이 비극을 낳았다는 식의 기사가 나오자 정신 질환자 가족 모임에서 성명을 내고 반발했다. 정신 질환자의 가족으로 사는 것이 얼마나 고통스러운지 아느냐, 왜 정신 질환자를 강제 입원시킬 책임을 가족에게만 떠밀어 놓고 같이 지옥을 헤매라고 하느냐, 지역사회는 왜 아무것도 하지 않느냐.

죽은 사람만 빼고 주변과 사회가 모두 시끄러워졌다. 손주아의 죽음은 영향력이 컸다.

"어떠십니까? 감회가?"

쓰레기로 가득 찬 집을 나오는 윤서를 향해 김태구 경위가 물었다.

"어떨 것 같은데요?"

윤서가 되받아쳤다.

"피해자 말예요. 하루 종일 카트 끌고 다니며 동네 배회하고, 마주치는 사람마다 자기를 감시한다고 시비 걸고, 툭하면 누가 자기 욕을 하네 도청을 하네 신고해서 지구대 경찰 괴롭히고, 해 지면 카트 가득 쓰레기 담고 들어와 집에 쌓아 놓는 게 일이었다죠."

김태구 경위는 백조원룸 201호의 문을 닫았다. 문고리를 잡은 손등에 굵고 푸른 정맥이 돋아 있었다.

윤서는 살인 현장 감식 사진을 떠올렸다. 손주아는 살해되기 전 얼굴과 머리를 집중적으로 폭행당한 듯 보였다. 피 묻은 각목이 현장에 떨어져 있었다. 본래 폐건물에 버려져 있던 물건이었다. 범인의 지문이나 DNA는 발견되지 않았다. 시신에 성폭행의 흔적은 없었다. 돈이나 금품을 빼앗긴 것도 아니었다. 손주아에게는 돈이 없었다. 한도가 아슬아슬하게 남은 모친 명의의 마이너스 통장과 집 안 가득 쌓아 놓은 쓰레기가 손주아가 가진 전부였다. 월세로 살고 있는 원룸도 집주인이 명도 소송을 제기해 놓은 상태라 판결이 나면 쫓겨날 처지였다.

"직무 유기라. 경찰이 무슨 권한이나 있습니까?"

김태구 경위의 표정이 딱딱하게 굳었다. 김 경위는 손주아 살인 사건의 담당 수사관이었다. 동시에 이 지역 경찰로서 지금 경찰이 받는 비난에도 자유롭지 않았다.

"정신 질환자가 허위 신고로 괴롭혀도 당하기만 하지 입원시킬 권한이 있습니까 뭐가 있습니까. 경찰이 뒤치다꺼리할 때는 그런 일은 알지도 못했던 사람들이. 네? 언제부터 정신 질환자 문제에 그렇게 관심이 있었답니까?"

"위원회에서 판단할 겁니다."

원론적인 답변이었다. 조사관이 조사를 해서 밝혀낸 사실관계를 바탕으로 위원회 회의에서 인권침해 여부를 결정할 것이라는.

김 경위는 코웃음을 쳤다.

"정작 피해자를 사회에 내놓고 뒷짐 진 건 인권위 아닙니까?"

"안내 감사했습니다. 경위님."

"인권위가 경찰을 조사할 자격이 있는지 전 의문입니다."

"저는 집주인 면담하러 가야 하니까 경위님하고는 여기서 헤어져야 할 것 같습니다."

"피해자를 정신병원에서 턱 꺼내 놓고, 인권위는 뭘 하셨느냐고요."

김태구 경위는 작정한 듯 집요하게 따지고 들었다.

"경위님. 인권위의 퇴원 권고에는 문제가 없었습니다. 위법한 절차에 의한 입원이었으니까요. 우리는 그 당시 해야 할 일을 한 것뿐입니다. 인권위가 피해자의 치료를 막은 건 아닙니다."

"참, 말이 좋아 인권입니다."

윤서는 김태구 경위와 마주 서서 눈빛으로 대치했다. 냉랭한 분위기가 좁은 복도를 가득 채웠다. 윤서는 뒷머리가 당기고 겨드랑이 아래가 찌르르 가려웠다. 적대감을 버티며 서 있기가 쉽지 않았다.

사람들의 말처럼 우리에게도 책임이 있는 건 아닐까.

우리는 그냥 옳기만 했을까.

자신감이 흔들렸다. 흔들리는 모습을 들키고 싶지 않았다.

"집주인은 이 건물 5층에 삽니다. 연락해 뒀으니까 아마 집에 있을 겁니다. 그럼 수고하십시오. 조사관님."

김 경위는 바지 주머니에 양손을 찔러 넣고 팔자걸음으로 터덜터덜 계단을 내려갔다. 경찰의 커다란 몸집이 사라지자 윤서는 그제야 한숨을 쉬고 복도 벽에 몸을 기댔다. 한 손으로 지끈거리는 이마를 짚고 다른 손으로는 가방에서 휴대전화를 꺼내 쥐었다. 수신자 목록에서 배홍태 조사관을 찾아 문자메시지를 입력했다.

[언제 끝나요? 백조원룸으로 오세요. 집주인 면담 같이 해요.]

윤서는 계단을 타고 건물을 빠져나갔다. 배홍태 조사관이 합류할 때까지 좀 쉬고 싶었다. 온몸에 악취가 따라붙는 느낌이었다. 바깥 공기가 필요했다.

## 2

배홍태 조사관은 지구대 소파에 다리를 꼬고 앉아 지구대장이 내민 서류 뭉치를 뒤적였다. 맞은편에서 지구대장이 쩍 벌린 양 무릎 위에 손을 올리고 하소연했다.

"이십일 개월 동안 총 사백십칠 건입니다. 우리 지구대에서 처리한 112 신고 건수가."

"많은 건가요?"

"이거 좀 보시라고요. 조사관님."

지구대장은 홍태가 보고 있는 지구대 업무 일지 복사본을 제 앞으로 끌어가 펄럭펄럭 넘겼다.

"길에서 어떤 남자가 따라오며 통화 내용을 엿듣는다…… 배달시킨 치킨에 독이 들어 있다…… 위층에서 천장을 쿵쿵거리고 벽에 무슨 장치를 해서 욕을 한다…… 편의점 사장이 자기 나체 사진을 찍고 협박한다…… 대학교수에게 감시당하고 있다…… 교수의 사주를 받은 사람에게 주차장에서 맞았다……."

손주아의 112 신고는 하루에도 대여섯 번씩, 거의 매일 접수됐다.

"이런 신고 들어오면 어떻게들 처리합니까?"

홍태가 개구리같이 불룩한 눈을 굴리며 물었다. 손주아가 직접 써서 제출했다는 신고서라는 제목을 단 문서가 업무 일지에 편철되어 있었다. 신고서의 내용을 해독하기 위해 집중하다 보니 평소에도 그다지 곱지 않은 홍태의 인상이 심술궂게 변했다.

신고서

모함으로 피살 위기. 나=백조원룸=29호 화장터. 276년간 이 소문은 음해 아님. 301호 무단 습격 침입으로 구타. 괴롭히고 정 교수

(프로페서) 모함하여 새벽에 만나고 전자파 방해. 나=피해자=고문 세뇌 벽으로 통신하고 오점 남기고(살인, 강도) 아무것도 허용하지 않으며(관리 소홀) 꼭 201호도 있다. 니네 집에서 떠들어라. 조작하고 전기 고문. 칩 삽입. 경찰에 증거 있으나 기록자가 믿을 수 없어 후회할 일 만들지 말라! 새벽 3시에 죽인다고 협박하고 죄가 늘면 뉘우쳤다고 할 수가 없다…….

지구대장은 끙, 소리와 함께 몸을 뒤로 물렸다. 허리에 손을 올리고 서서 지구대장과 홍태와의 대화를 지켜보던 젊은 경찰이 대신 답했다.

"출동해야죠. 신고 들어오면 출동을 안 할 수 없으니까 가긴 가는데, 가면 늘 같은 상황이고. 정 문제 되면 따로 고소장 제출하시라고 하고 달래고 오는 수밖에요."

실제로 손주아가 정식으로 고소를 제기한 건도 있었다. 손주아는 음식 배달 업체 라이더를 배달 음식에 독을 탔다며 살인미수로, 자신이 아르바이트를 했던 편의점의 사장을 성추행으로 고소했다. 사건은 관할 경찰서에서 모두 무혐의로 처리됐다.

홍태는 손가락으로 신고서를 톡톡 두드리며 그만하면 알 만하다는 표정을 지었다. 분열된 사고를 보여 주는, 앞뒤가 연결되지 않는 지리멸렬한 문장. 신고서의 문장은 전형적인 조현병 환자의 문장이었다. 누구라도 조금만 겪어 보면 손주아가 정신에 문제가 있는 사람이라는 것을 짐작할 수 있었을 것이다.

손주아는 이 동네에 사는 사람들에게는 일찍부터 유명 인사였다. 주민들은 멀리서라도 손주아가 나타나면 알아서 피해 다녔다. 폐지를 담은 카트를 끌고 광기를 품은 눈으로 주변을 쏘아보며 동네를 배회하는 손주아 때문에 이웃 사람들은 노이로제에 걸릴 지경이었다고 했다.

"아시잖아요? 누굴 때리거나 죽겠다고 칼 들고 설치거나 하지 않는 한 경찰이 뭘 어떻게 합니까."

지구대장이 슬픈 목소리로 말했다.

다행이라 해야 할지 손주아의 마지막 112 신고를 받은 날 출동 지령을 받은 지구대는 이곳이 아니라 옆 동네 지구대였다. 범죄 현장이 여기서부터 약 사 킬로미터 떨어진, 관할 밖 장소였기 때문이었다. 하지만 결코 남 일이 아니었다. 지구대장은 본인 소속 지구대에서 출동했어도 과연 꼼꼼히 순찰했을까 장담을 할 수 없었다. 손주아로부터 워낙 당할 만큼 당해 왔으니까.

"응급 입원시킬 상황은 아니었다, 그런 말씀이신데……."

홍태가 말하며 혀를 끌끌 찼다.

인권증진위원회 조사관인 홍태는 정신 질환자 강제 입원 절차에 대해 물론 잘 알고 있었다. 눈앞에서 당장 자기 자신이나 남을 해칠 만한 위험한 상황이 발생하지 않는 한 경찰에게는 정신 질환자로 보이는 사람을 강제 입원시킬 수 있는 권한이 없다. 환자의 평소 행동에서 병증을 느끼고 정신병원 강제 입원에 동의할 수 있는 사람은 환자의 가족뿐이다. 가족과 유리

되어 떨어져 사는 정신 질환자는 본인이 치료를 받겠다고 하지 않는 한 제삼자가 어찌할 방법이 없다. 문제는 망상에 빠져 있는 조현병 환자는 자기가 병에 걸렸다는 걸 인정하지 않는다는 것이다. 그게 그 병의 특징이다. 그들은 실제로 들리지 않는 소리를 듣고, 존재하지 않는 것을 본다. 환청과 환시가 그들에겐 진짜 경험이다.

"피씨네. 피씨. 우리 고객 중에도 많습니다."

경찰들은 뜨악한 표정으로 홍태를 쳐다보았다. 홍태가 익살스러운 얼굴로 웃었다. 돌출된 눈에 불룩한 뺨이 영락없는 개구리 상像이었다.

피씨는 피해망상 진정인이라는 뜻의 패러노이어 컴플레이너Paranoia Complainer의 줄임말로 인권위 조사관들끼리 통하는 은어다. 누구보다 홍태가 자주 사용했다. 홍태는 인권위에 들어와 조사관 훈련을 받을 때 진정을 접수하는 상담 업무에 투입됐는데, 이 세상에 망상 장애가 그렇게나 많은지 그때 처음 알았다. 첫 내담자였던 중년 여성이 너무나 진지한 얼굴로 9시 뉴스 진행자가 뉴스 시간 내내 자기를 향해서 저주를 퍼붓는다는 말을 했을 때는 거침없는 성격의 홍태도 뭐라 답해야 할지 몰라 꾸물거렸다. 외계인이 자기 머릿속에 칩을 심어 놓고 생각을 조종하고 있으니 구해 달라는 내담자도 있었다. 어떤 남성은 전화를 걸어 삼십 년 동안 국정원에서 자기를 따라다니고 있는데, 지금도 건너편에서 국정원 직원이 쳐다보며 자기 동태를 누군가에게 보고하고 있다고 했다. 전직 대통령을 비롯한 백육십팔 명의 정치인에게 강간을 당했다고 주장하는 여성, 엄마로 가장하고 있지만 진짜 엄마는 아닌 여자가 음식에 독을 넣었다며 썩은 음식물을 봉투에 넣어 가지고 온 대학생, 군 제대 이후로 계속되는 기무사의 도청을 막기 위해 온몸에 은박지를 칭칭 감고 나타난 남성 등 끝도 없었다.

"우리가 자석이야? 전국의 피씨들이 다 모이네."

새로운 망상 장애 민원인과 상담을 마치고 나면 홍태는 자리에서 큰소리로 말하며 조소했다. 망상에 빠진 고소광들이 국가기관을 들락거리며 현실이 아닌 문제를 해결해 달라고 떼를 쓰는 건 너무나 소모적인 일이었다. 한둘이라면 모를까 고정적인 피씨와 새로 유입되는 피씨가 합쳐져 전체 민원인 중 결코 적지 않은 비율을 차지했다. 그들은 인권위가 아니라 정신병원에 가서 치료를 받아야 했다. 인권 보호를 내세우며 정신 질환자에 대한 강제 입원 요건을 마냥 까다롭게 만드는 것이 과연 능사일지는 다시 한번 생각해 봐야 할 문제다.

"우리 경찰이 잘한 건 없습니다. 아무렴. 신고를 받았으면 피해자를 끝까지 찾아서 구조했어야죠. 하지만 당시 순찰하는 인력이 매정한 사람이라서가 아니고요. 이걸 보십시오. 경찰에게도 이런 사정이 있다는 걸 조사관님이 잘 좀 감안하고 돌아가서 보고해 주셔야……."

"어허, 누가 죽였을까요? 손주아 같은 사람을?"

홍태가 지구대장의 읍소를 끊고 중얼거렸다. 지구대 업무 일지 자료를 확보하는 일을 끝내 놓고 보니 범죄 사건의 진상에 호기심이 쏠리는 거였다. 한윤서 조사관이 옆에 있었다면 경찰의 인권침해 사실에만 집중하라고, 수사에 쓸데없이 관심 가지지 말라고 쏘아붙였겠지만 윤서는 지금 옆에 없었고 홍태의 호기심은 홍태의 자유였다.

사건 발생 이후 경찰이 강도 높은 수사를 진행하고 있었으나 아직 용의자가 특정되지 못한 상태였다. 경찰 범죄 분석관은 범인이 살인의 의도는 뚜렷하지 않고 피해자에 대한 분노나 처벌의 감정이 앞선 것으로 보인다고 분석했다. 피해자를 불편하게 생각한 사람은 많았지만 밀폐된 공간에 몰아넣어 잔인하게 구타할 만큼 악감정을 가진 사람을 찾기는 쉽지 않았다.

손주아의 어떤 점이 범인을 화나게 만든 걸까?

범인은 손주아를 평소 아는 사람이었을까? 계획된 범죄일까?

홍태가 골똘히 생각하고 있는데, 지구대 현관문이 열리고 갈색 파마머리를 하나로 묶은 중년 여자가 고개를 들이밀었다.

"요 앞에 사료 놓아둔 거 치웠어요? 치우지 말지 좀."

여자는 민원 접수대 쪽으로 성큼성큼 걸어 들어왔다. 불룩한 천 가방을 한쪽 어깨에 메고 손에는 커다란 생수병을 든 채였다.

"우리 안 치웠습니다."

접수대에 앉아 있던 경찰이 여자에게 말했다. 여자는 지구대 방문이 꽤 익숙한 듯 보였다. 무거워 보이는 천 가방을 접수대에 올려놓고 한숨 돌리며 경찰과 대화를 이어 갔다. 누군가 고양이 사료를 자꾸 치운다는 말과 동네 길고양이 동향에 관한 잡담이었다. 이 동네에서 활약하는 열성적인 캣맘 같았다.

"참. 선생님. 고양이 누가 죽였는지 그거 수사 안 해도 되죠, 이제?"

지구대장이 여자를 향해 몸을 돌리고 물었다. 그간 많이 재촉당한 듯 이 기회에 매듭을 짓기를 원하는 말투였다.

"왜요?"

여자는 손에 든 생수병까지 마저 접수대 위에 올려놓고 눈을 치떴다.

"허이구 참. 안 그래도 백조원룸 사건 때문에 여기 인권증진위원회 조사관님도 나와 계신데……."

지구대장이 손바닥을 펴서 홍태를 가리켰다.

"선생님이 범인이라고 말한 사람이 죽었지 않습니까. 진짜 그 사람이 한 일이라도 죽은 사람에 대한 수사는 안 하는 게 원칙입니다."

"아니. 지구대장님. 근데 그 여자가 맞아요. 맞다니까. 저기, 인권위에서 나오셨다고요?"

여자가 홍태를 보고 눈을 반짝이며 다가왔다.

"저기, 권 여사님. 나중에 얘기합시다."

지구대장이 여자를 말리려고 엉거주춤 일어섰다.

"손주아 씨 말하는 겁니까?"

홍태가 호기심 어린 표정으로 응수했다.

여자가 화제를 덥석 물었다.

"그래요. 죽은 여자. 백조원룸 201호. 그 여자가 바둑이랑 연탄이를 죽였다니까요!"

"어허. 그 얘기 조사관님께 할 거 없고."

지구대장이 홍태와 여자의 사이에 서서 손을 내저었다.

"뭔데요? 손주아 씨 관련된 얘기면 뭐, 들어나 봅시다."

홍태가 서류 뭉치를 가방에 챙겨 넣으며 선심 쓰듯 말했다. 여자가 기회를 놓치지 않고 맞은편 소파에 털썩 앉았다.

"네, 제 말 좀 들어 주세요. 저는 이 동네에서 칠 년째 살고 있고요. 권연미라고 해요."

짐작대로 길고양이를 돌보는 캣맘이었다.

권연미는 매일 밥을 챙겨 주는 길고양이들에게 모두 이름을 붙여 주었다. 바둑이는 등에 삼색 털이 바둑판 모양으로 배열된 삼색 고양이었고, 연탄이는 호박색 눈 빼고는 몸 전체가 연탄같이 새까만 고양이었다. 바둑이가 먼저 백조원룸 주변을 제 구역으로 삼고 살다가 어미 고양이에게서 막 독립한 연탄이가 들어오는 걸 허락했다. 둘은 같은 구역을 쓰면서 서열 다툼 없이 밥도 사이좋게 같이 먹었다. 기특한 마음에 권연미는 둘에게 자주 캔 간식과 말린 닭 가슴살을 챙겨 주곤 했다.

작년 겨울, 한참 날이 추워서 애들이 얼어 죽지 않을까 걱정되던 때였다. 권연미가 백조원룸 앞에 사료와 따뜻한 물을 놓고 막 발을 뗐는데, 누군가 후다닥 뛰어와 사료 그릇을 발로 차서 엎었다. 발목까지 내려오는 검은 패딩 점퍼를 입고 빨간 비니를 눈썹까지 내려 쓴 여자였다.

"너 뭐야? 박 교수가 보냈어?"

빨간 비니 여자가 표독스럽게 소리치며 달려들었다. 작은 세모꼴 얼굴에 일그러진 눈 코 입에는 귀기가 서려 있었다.

"어머! 애들 밥을 왜 뒤집어요?"

권연미가 소리쳤다. 그동안 길고양이에게 밥 주는 활동을 못마땅해하는 사람들에게 많이 당해 왔지만 이렇게까지 노골적인 공격을 받은 건 처음이었다.

"아하. 그러니까 기관에서 보냈구나. 누구야? 너 누구한테 지시받았어? 이번엔 어디서 왔어? 아주 웃기고들 있어!"

"이 여자가 무슨 말을 하는 거야?"

빨간 비니의 위협적인 태도에 평소 드세다는 소리를 듣는 권연미도 목소리를 떨었다. 상대의 광기 어린 표정이 무서워 권연미는 도망쳤다. 자리를 뜨고 생각해 보니 폐지를 실은 카트를 끌고 동네를 자주 돌아다니던 바로 그 여자였다.

그 뒤 권연미는 백조원룸에 다가갈 때면 빨간 비니가 나타나지 않을까 겁먹으며 눈치를 보게 되었다. 가뜩이나 먹이 활동이 어려운 겨울에 바둑이와 연탄이의 밥 챙기는 걸 건너

뛸 수는 없었다. 행여 또 시비에 걸릴까 황급히 놓고 온 다음 날이면 사료 그릇과 물 그릇은 어김없이 뒤집혀 있었다.

올해 봄, 바둑이와 연탄이가 백조원룸 인근 화단에서 머리가 깨져 죽은 채 발견됐다. 시체의 상태와 현장에 남은 흔적을 보니 약 섞인 간식으로 유혹한 다음 망치 같은 둔기를 휘두른 것 같았다. 권연미는 빨간 비니의 짓이라는 심증을 굳히고 즉각 지구대에 신고했다. 경찰은 좀처럼 살해 장면을 담은 CCTV 영상을 확보하지 못했다. 백조원룸 201호가 범인이 틀림없다고 권연미가 아무리 떠들어도 경찰은 증거가 없다는 말만 되풀이했다. 미친 사람이 아니고서야 아무에게도 해를 끼치지 않는 예쁜 생명체를 그렇게 끔찍하게 죽일 수는 없는 일이라고 따져도 속수무책이었다.

"그러니까 내가 말할 때 잡았어야죠, 그 여자를!"

권연미는 꾸짖듯 소리쳤다.

지구대장이 이마에 굵게 자리 잡은 주름을 꿈틀거렸다.

"그 여자 소행이라는 것이 다 선생님 짐작인 거지, 증거가 없……."

"뿐이에요? 저기 저 할머니 보이시죠?"

권연미가 지구대장의 말을 잘라먹고 지구대 앞 도로를 가리켰다. 모두의 시선이 그쪽으로 향했다. 빼빼 마른 몸에 남루한 옷을 대충 걸쳐 입은 할머니가 폐지를 실은 리어카를 끌고 지구대 앞을 힘겹게 지나고 있었다.

“박스 주워서 할아버지랑 둘이 겨우 입에 풀칠하고 사는 할머니예요. 그 미친 여자가 저 할머니가 종이 훔쳐 갔다고 얼마나 난리 쳤는지 알아요? 아니, 버리려고 내다 놓은 종이에 뭐 이름 쓰여 있답니까?”

“오. 폐지 줍는 할머니와 폐지 쟁탈전을 했다?”

홍태는 재밌다는 듯 추임새를 넣었다. 홍태의 반응에 힘을 얻었는지 권연미가 목소리를 높였다.

“지지난 주였나? 맞다! 내가 선거운동 하다가 지나면서 봤으니까…… 그래, 선거 전주였으니까 삼 주 전이었네.”

권연미는 이 주 전 치러진 지방 선거에서 야당 선거운동원으로 활동했다고 했다. 정당을 상징하는 색깔의 점퍼를 입고 후보자 이름을 크게 외치며 골목을 돌아다니는 모습이 눈에 선히 보이는 듯했다. 괄괄하고 활동적인 성격에 잘 맞는 일거리였을 것이다.

“우리가 피켓 들고 지나가는데 백조원룸 주차장에 누가 이사를 가는지 버리는 짐을 잔뜩 내놨더라고요. 저 할머니가 폐지 골라 주워 가려고 하니까 말이죠. 그 여자가 내 거라고 건드리지 말라고 아주 그냥 손톱을 세우고 달려드는 거 있죠? 저 할머니가 아주 학을 뗐어요. 그 여자 있는 쪽으로는 오줌도 안 눈다고 그랬다니까요.”

손주아이 끔찍한 죽음도 캣맘의 분노를 잠재우지는 못한 모양이었다. 이어서 권연미는 살해당한 길고양이 얘기를 되풀이하며 눈물을 찔끔거렸다. 홍태는 조금 지겨워졌지만 잘 참았다. 우리는 인권위원회 조사관이지 묘권위원회 조사관이 아니거든요.

한참을 하소연하고 나서야 권연미는 천 가방과 생수병을 들고 지구대를 나섰다. 지구대장이 살살 어르며 문 앞까지 권연미를 배웅했다.

저 캣맘 아줌마가 손주아를 죽인 것 아닐까.

홍태는 저 혼자 피식 웃었다. 바둑이와 연탄이에 대한 복수로 손주아에게 각목을 휘두르는 권연미의 모습을 상상했다. 각목을 든 손의 주인은 방금 전 본 폐지 할머니로 바뀌었다. 홍태의 머릿속에서 허리도 제대로 펴지 못하는 빼빼 마른 노인이 무협지에 나오는 숨은 고수처럼 검술을 부렸다. 이 동네 폐지 소유권을 뺏긴 분풀이로 죽였다고 하면 말이 되려나.

자리를 정리하고 지구대를 나오는데 휴대전화가 드르륵 몸을 떨었다. 언제 끝나느냐고 묻는 한윤서 조사관의 문자메시지였다. 끝나면 손주아가 살았던 백조원룸의 집주인을 같이 면담하자는 거였다.

홍태는 삼십 분 후에 만나자는 답신을 보냈다.

"잠시 어디 좀 들렀다 가겠습니다."

혼잣말로 중얼거리고 홍태는 성큼성큼 활개를 치며 걸었다.

"기다리세요. 심심하면 커피나 한잔하시든가."

3

윤서는 백조원룸에서 한 골목 떨어진 동네 커피숍에 자리를 잡았다. 아이스 아메리카노를 단숨에 반쯤 들이켜고 나니 정신이 드는 것 같았다.

커피숍 전면에 난 창문으로 한가롭게 거리를 오가는 사람들의 모습이 보였다. 장바구니를 들거나 반려견을 산책시키는 사람들이 서로를 알아보고 거리에 서서 대화를 나눴다. 오래된 단독주택이 많은 동네라서 그런지 이웃 간의 교류가 많은 것 같았다.

저들에게 손주아는 얼마나 달갑지 않은 존재였을까.

윤서의 눈에 그들이 마치 손주아의 죽음으로 평온을 되찾아 기뻐하는 것처럼 보였다. 비난은 멈추지 않고 자기 자신을 향해 나아갔다.

나라고 해서 뭐가 달랐을까. 정신 질환자 주변을 둥그렇게 피해 가는 것 말고 무엇을 할 수 있었을까. 손주아 같은 사람이 내 옆집에 살지 않아서 다행이라는 생각을 오늘 몇 번이나 했던가.

지역사회가 중증 장애인이나 알코올중독자나 전과자나 결혼 이주자나 난민 같은 소수자들을 포용하고 그들이 제 능력에 맞는 역할을 하며 살아가도록 지원해 줘야 한다고는 하지만, 지역사회라는 곳에 과연 그런 여유나 능력이 있을까. 우리는 정신장애인을 시설에 방치하는 대신 지역사회에 방치하고 더 나은 일을 했다는 만족감을 느끼고 있는 건 아닐까. 나는 그들의 인권을 침해하지 않았다는 안도감.

현장 조사를 나오기 전 윤서는 손주아의 정신병원 강제 입원 사건을 담당했던 조사관을 만나 경위를 들었다. 지금은 지원 부서에서 행정 업무를 하고 있는 정 사무관이었다. 정 사무관은 이 년 전 담당했던 사건이 문제가 되어 책임을 추궁당하는 상황이 매우 거북한 듯했다.

"사건 자체는 간단했어. 한 조사관. 오빠와 여동생 동의로 강제 입원됐는데 오빠나 여동생 모두 손주아랑 같이 살고 있지 않았던 거야. 부적격 보호자에 의한 입원이었지."

정년이 얼마 남지 않은 정 사무관은 윤서에게 편하게 말을 놓았다.

"손주아는 혼자 살고 있던 건가요? 그때도?"

"아니. 모친하고 둘이. 근데 모친은 입원 동의를 꺼린 거야. 그래서 오빠가 나선 거지."

종종 있는 일이었다. 손주아는 스물네 살에 어머니의 동의로 정신병원에 첫 강제 입원되었다가 육 개월 후 어머니가 있는 집으로 돌아갔다. 얼마 지나지 않아 약을 끊고 병증이 재발했다. 폐쇄 병동에 강제로 갇혀 행동을 제약받고, 자기 자신을 부정당한 첫 입원의 트라우마는 어머니를 향한 지독한 원망으로 나아갔고 손주아는 몇 년간 어머니를 무수히 괴롭혔다. 어머니는 퇴원하고 돌아오면 또 무슨 원망을 들을까 무서워 손주아를 다시 정신병원에 보내는 걸 겁냈다. 보다 못한 오빠가 막내 여동생까지 끌어들여 손주아를 강제 입원시켰다. 그런 그림이 그려졌다.

하지만 정신보건법상 강제 입원 동의를 할 수 있는 가족은 원칙적으로 직계가족이나 배우자다. 형제자매는 환자에게 직계가족 또는 배우자가 없거나, 있어도 입원 동의를 할 수 없는 특별한 사정이 있을 때, 그것도 환자와 생계를 같이 하는 경우에만 강제 입원 동의를 할 수 있다.

손주아의 두 번째 입원은 명백하게 절차를 어긴 불법 입원이었다. 인권위가 정신병원에 퇴원 권고를 한 것은 당연한 조치였다. 손주아가 살해당하면서 이전의 일이 소환되지 않았다면 아무 문제 없이 지나갔을 사건이다.

"병원에 가서 진정인 면담도 했었어. 손주아 말이야. 입원해서 약물 치료도 어느 정도 진행된 때여서 그런지는 몰라도 얌전하더라고. 알잖아? 망상은 있었지. 뭐라더라? 대학 다닐 때 담당 교수가 자기 생각을 훔쳐서 논문 발표하고 하다가 들키니까 자기를 죽이려고 했대. 그 뒤로 가족이고 경찰이고 뭐고 다 그 교수가 손을 써서 호시탐탐 자기를 감시하고 죽이려고 한다나. 사랑하는 남자가 생기면 교수가 그 남자에게 손주아가 얼마나 더러운 여자인지 아느냐고 음해를 해서 떠나가게 만들었다고 하고. 퇴원하면 프랑스인가 네덜란드에 망명 신청을 할 거라고도 했던 것 같고. 아, 그리고 날 보자마자. 전화 받고 왔죠? 이러는 거야. 뭔 전화요? 하니까 무슨 교수에게 전화 받고 왔죠? 자긴 다 들린다고 느껴진다고 하고. 그래도 말하는 태도나 행동하는 건 비교적 괜찮았어. 병식病識이 없어서 그렇지."

조현병은 대부분 십 대 후반이나 이십 대 초반에 첫 발병을 한다. 손주아는 대학을 다닐 때 첫 발병을 했고, 무슨 이유인지 당시 지도 교수에게 망상이 집중되었다.

망상을 늘어놓는 것 자체는 크게 해롭지 않다. 문제는 치료를 받지 않아 현실감각이 점차 희미해지고, 망상이 그 사람의 세계를 잡아먹어 매분 매초 공포에 쫓기게 만들 때부터다. 손주아는 두 번째 퇴원을 하고 백조원룸에서 혼자 살면서 그런 단계로 나아가고 있었다.

"퇴원 권고하면서요…… 정 사무관님."

윤서는 돌아올 답이 무엇인지 알면서도 뻔한 질문을 했다.

"퇴원 이후의 치료나 재활 시설 연계 같은 건 혹시?"

정 사무관은 단번에 불쾌한 표정을 지었다.

"아니. 안 했지. 한 조사관은 사건 처리할 때 그런 거 알아봐 주나? 요새는 그래?"

"아닙니다. 혹시나 해서요."

정신 질환자가 사회에서 기능을 유지하며 살아 나가기 위해서는 퇴원 이후가 중요하다. 꾸준히 약을 먹고, 외부 세계와 소통하고, 직업을 가지고 일상을 꾸려 나갈 수 있도록 지원해야 하지만, 그러기에는 시스템도 인력도 정신 질환자에게 열려 있는 일자리도 턱없이 부족하다. 사람들은 여전히 정신 질환자를 가두는 데만 관심이 있다. 인권에 대한 논의 역시 그들을 함부로 가두지 못하게 하는 것에 집중되어 있고 그 이상으로 나아가지 못한다. 윤서 또한 그동안 진정 사건을 처리하면서 불법 입원인지 아닌지 정신병원에서의 처우가 인권적인지 아닌지만 따져 왔다.

정작 피해자를 사회에 내놓고 뒷짐 진 건 인권위 아닙니까?

김태구 경위의 말이 아프게 와닿았다.

윤서는 방금 전 손주아가 만들어 놓은 쓰레기 방을 탐험하고 왔다. 습기에 눅눅해진 종이 박스와 광고 전단지, 식품 포장지의 탑, 지독한 악취와 득실거리는 벌레들 사이를 누비고 다니는 건 괴로운 일이었다. 하지만 왜였을까. 윤서는 보고 싶었다. 손주아의 삶이 무엇이었는지 궁금했다. 왜 손주아는 죽어 가면서 마지막으로 보낸 구조 요청조차 무시당해야 했을까.

윤서는 조사관들이 흔히 피씨라고 부르는 망상 장애 진정인들을 떠올렸다. 자기가 대한제국의 황손이라고 주장하며 경복궁에 입주하게 해 달라고 진정을 냈던 노인이 있었다. 노인의 세계에서는 대한민국이 여전히 황궁의 질서가 살아 있는 나라였고 자기가 그 나라의 주인이었다. 업무 보고를 받아야겠다며 무시로 위원장실에 들어가려고 시도했고 인권위 직원들을 신하처럼 대했다. 웃겼다. 정신병은 한 발짝 떨어져서 보면 웃음거리였고 가까이서 보면 끝날 기약이 없는 슬픔과 고통이었다.

윤서는 아메리카노 한 잔을 다 비우고 시계를 봤다. 지구대에서 자료를 확보해 오는 일이 이렇게 시간이 오래 걸릴 일이 아닌데, 홍태가 무엇을 하고 있을지 불안해졌다. 또 탐정 노릇을 하며 이리저리 찔러 보고 다니는 건 아닐까. 이미 그런 전력이 있으니 충분히 의심할 만했다. 왜 또 홍태와 한 조가 되게 만들었는지 조직이 원망스러웠다. 아무튼 같이 일하기 쉽지 않은 사람이었다.

4

편의점엔 손님이 없었다. 하늘색 조끼를 입은 오십 대 즈음의 남자가 냉동식품을 정리하고 있었다. 남자는 홍태가 들어오는 걸 보고 서둘러 계산대 안쪽으로 들어갔다. 홍태는 음료수를 고르며 남자의 얼굴을 힐끔거렸다.

홍태는 지구대를 나오기 전 경찰들에게 손주아가 고소를 했다는 배달 업체 라이더와 편의점 사장에 대해 물었다. 배달 업체 라이더에 관해서는 지구대 경찰들은 별로 아는 게 없었다. 다만 손주아 살인 사건 수사 초기에 그 라이더가 다소 곤욕을 치렀다는 말은 들었다고 했다. 수사관들은 왜 손주아가 집에서 사 킬로미터나 떨어진 폐건물에서 발견되었는지 궁금하게 여겼는데, 탐문 과정에서 손주아가 종종 그 폐건물이 있는 곳까지 폐지를 주우러 배회하고 다니는 걸 보았다는 진술이 나온 것이다. 진술을 한 사람이 하필 손주아에게 고소를 당한 적 있는 배달 업체 라이더였다.

"그 양반은 그냥 자기가 배달하는 구역에서 손주아가 카트 끌고 돌아다니는 걸 몇 번 본 것뿐이죠. 악연이 있으니까 대번 딱 알아본 거 아니겠어요? 근데 잠깐이나마 살인한 거 아니냐고 의심을 받았으니 얼마나 억울했겠습니까. 이해는 되죠."

지구대장 뒤에 서 있던 젊은 경찰이 말했다. 어쨌든 지금은 라이더에 대한 혐의는 풀린 모양이었다.

편의점 사장이 누군지는 지구대 경찰들도 잘 알고 있었다. 지구대에서 걸어서 이삼 분밖에 걸리지 않는다고 하며 경찰들은 편의점 위치와 상호를 알려 주었다.

"사장님이시죠?"

홍태가 담배와 음료수를 계산대에 올려놓고 물었다. 바코드를 찍으려던 손을 멈추고 남자가 홍태를 쳐다보았다.

"네. 제가 사장입니다만."

홍태가 명함을 건넸다. 인권증진위원회 조사관 배홍태. 남자는 미심쩍은 얼굴로 명함과 홍태의 얼굴을 번갈아 바라보았다. 남자는 마른 체격에 배만 불룩 튀어나왔고 누적된 피로 때문인지 얼굴빛이 좋지 않았다.

"이 편의점에서 아르바이트했던 손주아 말입니다. 그분 살해된 사건과 관련해서 여기 지구대에 조사 나왔다가…… 뭐 참고가 될 만한 말을 들을 수 있을까 하고 들렀습니다. 겸사겸사. 경찰이 사장님 얘기를 하길래."

손주아라는 이름이 나오자마자 남자는 얼굴을 찌푸렸다.

"우리 가게에서 두 달도 안 일했는데요. 그것도 거의 일 년 전에."

"알아요. 당시 성추행으로 고소당하셨죠?"

남자는 진절머리가 난다는 듯한 표정으로 홍태를 쏘아보았다.

"성추행은 무슨! 정신 이상한 여자인 거 아시잖아요? 성추행은 무혐의 됐고요, 가족은 풍비박산이 났죠."

홍태가 계산을 마친 캔 커피 마개를 따서 남자에게 내밀었다.

"알죠. 다 알죠. 제가 처음 뵙지만 사장님 마음 알 것 같습니다. 저기, 잠깐 쉬면서 얘기 좀 나누시겠습니까?"

"아씨. 내가 그때 생각만 하면 열불이 터져서……."

"담배 태우십니까?"

홍태가 담배 포장지를 까며 밖에 나가자는 의미로 턱짓을 했다. 남자는 투덜거리면서도 순순히 앞장서 나갔다. 남자는 인권증진위원회가 정확히 뭘 하는 곳인지, 홍태가 손주아 사건 관련해서 무슨 자격으로 자기를 찾아왔는지는 잘 모르는 것 같았고 알 생각도 없어 보였다. 하지만 손주아와 관련해서는 할 말이 잔뜩 있는 듯했다. 이야기를 얻어듣기에는 좋은 상황이었다.

사장의 이름은 이승수였다. 이승수는 편의점 앞 파라솔 탁자에 앉아 홍태가 권하는 캔 커피를 마시고 담배를 피웠다.

이승수는 이혼 위기는 겨우 넘겼지만 부부 사이는 아직까지도 서먹서먹한 상태였다. 성추행을 했다 안 했다 말이 나올 당시에 아내가 조금이나마 이승수를 의심하는 기색을 보였고, 이승수는 그랬던 아내에게 서운함을 느꼈다. 신뢰는 깨졌고 가족은 좀처럼 이전으로 돌아가지 못했다.

"일을 못했어요. 자꾸 계산이 틀리고, 물건 정리도 못하고. 실수하면 지가 오히려 손님에게 화를 내고. 혼잣말로 자꾸 뭘 중얼중얼거리고……. 처음엔 좋게 좋게 말했지만 일이 안 되는 걸 어떡합니까. 과자 한 봉지 진열하는 것도 수십 번을 들었나 놨다 하고. 가게 안에 CCTV 있잖아요? 어느 편의점이나 다 있는 거 아닙니까? 거기 찍히는 게 싫다고 알바가 수건으로 얼굴을 꽁꽁 가리고 있질 않나. 그래 가지고 손님이 오겠어요? 왔던 손님도 나가지?"

이승수는 담배를 세 대째 피워 물었다. 시연의 요지는 아르바이트로 채용한 손주아가 일한 지 한 달이 넘도록 주의

가 산만하고 실수를 거듭해서 작정하고 싫은 소리를 했더니 그날 이후 자기를 성추행범으로 몰았다는 것이었다. 추행했다는 내용도 어이가 없었다. 상품을 정리하고 있는 손주아를 뒤에서 껴안고, 음탕한 농담을 하고, 가슴을 주물렀다는 주장이었다. 둘만 있을 때도 그랬고 가게에 손님이 있을 때도 그랬다고 했다.

"제가 미쳤습니까? 조카뻘인 알바에게 남들 보는 데서도 그러게? 손님이 있을 때도 그랬다는데 그 손님이 대체 누구냐고요."

이승수는 말을 하면 할수록 열이 치솟아 올랐다. 중간에 두 번 손님이 와서 가게로 들어가 계산을 하고 나와서도 흥분이 식지 않았다. 정말 기가 막혔던 것은 새빨간 거짓말을 마치 진짜 있었던 일인 양 얘기하던 손주아의 태도였다. 처음에 항의를 받았을 때는 이승수조차 자기가 조금이라도 오해받을 만한 행동을 했던 것 아닐까 생각했을 정도였다. 상대가 정신병이 있는 여자라는 정황이 드러나서 억울함을 풀었지만, 초기에는 손주아의 진술에 이승수도 속았고 아내도 속았고 남도 속았다.

"그 여자 말 들으면 제가 거의 발정 난 개예요. 갈수록 말이 보태지고 보태지는데 한도 끝도 없습디다. 제가 볼에 뽀뽀를 했다고 하지를 않나 엉덩이를 주물렀다고 하지를 않나. 자기한테만 그런 게 아니라 자기 옆집 여자도 가게에 불러들여 뽀뽀하고 껴안았다고 하지를 않나…….”

“옆집 여자 얘기는 거기서 왜 나옵니까?”

홍태가 테이블에 놓인 재떨이에 담배를 비벼 끄며 물었다.

“내 말이요.”

“손주아 씨 옆집 사는 여자를 아십니까?”

“아뇨. 처음엔 그게 뭔 소리인가 했어요. 나중에 안 건데…… 어떤 여자가 뭐 사러 왔다가 자기 가게 놀러 오라고 명함 주고 간 일이 있었단 말이죠. 왜 그런 데 나가는 아가씨들이 자기 술집 홍보하는 거 있잖아요. 그걸 보고는 혼자 뭘 상상한 건지. 아무튼 그 술집 여자가 옆집에 사는가 봅디다.”

손주아가 경험하는 현실에서는 이승수가 자신을 대놓고 추행하고, 이승수와 옆집 여자가 눈앞에서 애정 행각을 했을 것이라고 홍태는 짐작했다. 자기가 듣고 보는 게 환청이나 환시인지를 인식하지 못하는 정신병 환자는 나름엔 절박한 마음으로 수사기관의 문을 두드린다. 그러다가 무고죄로 역고소 당해 교도소에 들어가고 교도소에서 비로소 정신과 치료를 받게 되는 경우도 흔하다.

“무고로 고소할 생각은 안 하셨습니까?”

이승수는 남은 커피를 입에 털어 넣고 씁쓸한 미소를 지었다.

“왜 없었겠어요. 그런데 막상 아픈 여자가 그런다는 얘기를 들으니까 불쌍하기도 하더라고요. 괜히 나중에 더 해코지

당할 것 같기도 하고. 그냥 미친개에게 물렸거니 생각하고 잊고 살자 했죠."

"아유. 사장님 대인배시네."

홍태가 이승수를 치켜세웠다. 그리고 한편으로 이승수가 손주아를 죽이진 않은 것 같다는 생각을 했다. 하긴 이승수에게 혐의점이 있었다면 경찰이 먼저 알아챘을 것이고 홍태가 이렇게 이승수와 마주 앉아 애기를 나누지도 못했을 것이다.

"웃긴 게 말이죠. 조사하는 형사님들도, 저도, 와이프도 그 여자가 정신 이상한 여자라는 건 다 알았어요. 새빨간 거짓말로 고소장 내서 사람들 괴롭히고 하는 거 다 알았다고요. 형사님들이 먼저 저에게 그랬다니까요. 아이고 사장님 잘못 걸려서 고생이 많다고. 그래도 정신병원에는 못 보낸다고 하더라고요? 왜 그런 거예요 법이?"

이승수가 도무지 이해하지 못하겠다는 표정으로 말했다. 담배 한 대를 더 피워 물며 홍태는 쓴웃음을 지었다.

## 5

백조원룸 건물주 김태언은 반쯤 벗어진 머리에 두꺼운 안경을 쓰고, 베이지색 카디건을 걸친 차림으로 인권증진위원회 조사관을 맞았다. 건물 5층을 터서 지은 큰 집에 네 식구가 살고 있는 것 같았다. 거실 벽에 걸린 가족사진 속에서 중

년 부부와 두 남매가 흔한 구도로 앉아 웃고 있었다.

김태언은 윤서와 홍태를 거실 가죽 소파로 안내하고, 방에서 가지고 나올 것이 있다며 잠시 자리를 떴다. 윤서는 가족의 생활감이 묻어나는 가구와 장식품을 둘러보았다. 세입자들이 자기 한 몸 대충 구겨 넣고 사는 아래층 원룸에 비교하자면 이곳은 타워팰리스 같았다. 각자의 방과 거실이 분리되어 있는 곳, 가족이 함께 모여 사는 집다운 집이었다.

"사람이 죽었다는데 이런 말 하면 안 되지만, 정말 재수 옴 붙었다 싶어요."

김태언이 방에서 나와 소파에 앉았고, 윤서와 홍태 앞에 내용증명과 소장 꾸러미를 펼쳐 보였다. 손주아는 살해당할 당시까지 이십일 개월째 월세를 내지 않은 상태였다. 보증금은 진작 까먹었고 밀린 월세가 사백사십만 원이었다.

"그 돈 안 받아도 좋다고, 이사비도 줄 테니 제발 나가만 달라고 해도 안 나가고. 오죽하면 제가 이랬겠어요?"

윤서는 김태언이 내민 명도 소송 소장을 넘겨 보았다. 지난달에 제기한 거였다. 다른 세입자들과 집주인에게 금전적으로나 정신적으로 막대한 피해를 주는 손주아 같은 세입자를 내보낼 방법이 소송밖에 없는 게 말이 되는 거냐고 김태언은 따졌다. 조물주 밑에 건물주라느니 건물주 갑질이 어쩌고 운운하는 사람이 있으면 쫓아가 자리를 엎이 비티고 싶은 심정이라고도 했다.

"구체적으로 어떤 문제들이 있었습니까?"

윤서가 물었다.

김태언은 한쪽 손바닥으로 이마를 짚고 길게 한숨을 내쉬었다.

"처음 원룸 계약하러 왔을 때는 멀쩡했어요. 첫인상은 오히려 똑 부러지는 여자 같더라고요."

김태언은 원래 대학생 자취방으로 임대할 용도로 백조원룸을 지었다. 근처 대학에 다니는 학생들이 주로 입주했지만 혼자 사는 젊은 직장인도 제법 들어왔다. 이 년 전 이십 대 후반의 손주아가 들어올 때도 그저 미혼의 직장인이거나 대학 시간강사 정도 되겠거니 했다. 어려운 말도 몇 개 섞어 가면서 또랑또랑한 말투로 월세 계약을 하는 모습을 보고 대학물 좀 먹은 똑똑한 여자 같다는 인상을 받았다.

문제는 손주아가 들어오고 이 개월쯤 뒤부터 생겼다. 김태언은 어느 날 아침을 먹다 말고 손주아가 건 전화를 받았다. 손주아는 다급한 목소리로 새벽 내내 위층에서 바닥을 쿵쿵거려서 한잠도 자지 못했다고 소리쳤다. 알아보니 301호에 사는 남학생은 그런 적이 없다고 했고 오히려 201호 여자가 시시때때로 찾아와 조용히 하라고 하는 통에 미칠 지경이라고 토로했다. 손주아의 전화는 하루걸러 한 번 걸려 왔다. 옆집에서 벽에 대고 자기 욕을 한다고 하는가 하면 집 안 어딘가에 도청기가 숨겨져 있는 것 같다고도 했다. 민원 내용은 점점 이상하게 변해 갔다. 말하는 목소리도, 어쩌다 만나서 얘기할 때 보이는 눈빛도 정상이 아니었다. 어느 날은 301호 학생이 새벽에 바닥에 귀를 대고 자기가 화장실에 가는 소리를 엿들었다며 난리를 쳤다. 위층 학생이 바닥에 귀를 대고 있었다는 걸 어떻게 아는지 여부는 차치하고라도 그날 301호 학생은 MT를 가느라 집에 들어오지도 않았다고 김태언이 아무리 설명해도 이해하려 하지 않고 화만 냈다. 김태언은 시간을 가리지 않고 걸려 오는 손주아의 전화를 더는 받지 않았다. 손주아는 직접 이웃을 찾아가 말도 안 되는 항의를 하며 시비를 걸었고, 급기야 경찰도 불렀다. 견디다 못한 세입자들이 떠나갔다. 2층 세입자는 전세 입주를 한 202호 말고는 모두 나갔다. 301호는 일 년 넘게 비어 있는 상태다.

"집에 쓰레기 쌓아 놓고 있는 건 아셨습니까?"

윤서가 방금 전 보고 온 201호의 처참한 상태를 떠올리며 물었다.

"아이고, 말도 마세요."

김태언은 진저리를 치며 말을 이었다.

"얼마 전부터는 복도에까지 쓰레기 냄새가 나는데, 2층에 하나 남아 있는 202호까지 냄새 때문에 못 살겠다고 해서 달래느라 혼났다고요."

"202호면 손주아 씨 바로 옆집?"

홍태가 끼어들었다.

김태언이 고개를 끄덕였다.

"아직도 안 나가고 있는 게 용하네요. 여기 한윤서 조사관님이 아까 201호에 들어가 보셨다고 해서 상황이 어떤지 들었습니다만. 완전 쓰레기 방이라면서요."

"아, 202호요……."

김태언이 뒷말을 끌며 의미심장한 표정을 지었다.

분명히 더 이어질 말이 있고 거기엔 보통 이상의 의미가 있을 것 같았다. 윤서와 홍태가 기다리는 눈빛으로 김태언을 바라보았다. 중년의 건물주는 어깨를 한번 으쓱하고는 목소리를 은밀하게 깔았다.

"물장사하는 여자 같아요. 듣기에 어디 역전에 있는 룸살롱 다닌다고 하더만. 아침에 들어오고 저녁에 나가니까 201호랑 그동안은 별로 부딪힐 일이 없었던 거죠. 어쨌든 저에게 민원 넣은 건 없어요."

"아까 전엔 201호가 냄새 때문에 못 살겠다 했다면서요?"

홍태가 물었다.

"아, 그게 그러니까. 남자를 들였더라고. 지난겨울인가부터."

김태언이 한쪽 입꼬리를 올리며 피식 웃었다.

"이 주 전이었나. 아, 그날이 아마 선거 날이었을 거예요. 투표하고 집에 들어오는 길에 2층에 갔죠. 재판 결과 나오기 전에 알아서 좀 나가 달라고. 마지막으로 말해 두려고요. 재판해서 강제로 끌어내는 것보다는 그게 낫지 않습니까. 근데 202호 얹혀사는 남자 놈이 201호 문짝을 막 발로 차고 있는 거야. 남의 집 문짝을. 왜 그러느냐고 하니까 201호에서 냄새가 자기 집까지 넘어오고 바퀴벌레도 넘어와서 못 살겠다고 따지러 왔다는 거예요. 여자가 안에 있는 거 아는데 없는 척하고 안 나온다고 성질을 내는데 나 참……."

윤서는 201호 부엌에서 사각사각 흩어지던 바퀴벌레의 검고 윤기 나는 몸뚱이를 떠올리며 소름을 참았다.

"곧 명도 소송 결과 나오면 내보낼 테니까 그때까지만 참으라고 달랬죠. 안에 있으면 들으라고 일부러 크게 말했어요. 남자 놈이 저보고 문 따고 들어가서 같이 따지자고 하는데, 아무리 주인이라도 세준 집에 허락 없이 들어가면 불법 침입이라고 했죠. 당신도 괜히 해코지당하지 말고 참아라, 요 앞에 편의점 사장 고소당한 소문 못 들었느냐고 했어요. 뭣도 모르고 알바로 써 줬다가 성폭행했다고 뒤집어씌웠다잖아요. 집주인이 세입자 기둥서방까지 그렇게 달래야 합니다. 원 참."

김태언이 심히 불쾌한 표정으로 투덜거렸다. 자기 소유 원룸에 업소 여자와 그 기둥서방까지 산다는 게 마음에 들지 않는 눈치였다.

"어느 나라나 일단 살림 들여놓고 살고 있는 세입자 내보내기는 어렵습니다."

홍태가 김태언의 입장에 동조하고 나섰다.

"주거권이라는 게 있으니까요. 오갈 데 없는 사람 함부로 길거리로 내쫓았다가는 아무리 합법적으로 내쫓았다고 해도 반인도적인 처사라고 욕먹죠."

"어쨌든 202호 그놈은 지금은 나간 모양이에요. 요즘 안 보이더라고요."

김태언이 말했다.

"둘이 뭔가 마음이 안 맞았는지 요란하게 싸우더만. 나도 낮에 집을 비워서 나중에 듣기만 했는데. 낮에 202호 여자가 남자 짐을 죄다 꺼내서 주차장에 부려 놨대요. 그놈 그렇게 쫓겨난 것 같던데요. 덩치만 컸지 뺀질뺀질해 보이더니 그놈."

손주아의 죽음이 불쌍하기는 하지만 김태언으로서는 드디어 201호를 돌려받을 수 있게 된 셈이다. 민원의 근원도 없어졌다. 솔직히 속 시원하게 됐다는 걸 김태언은 굳이 숨기지 않았다.

"집주인이 죽인 거 아닐까요?"

백조원룸을 나와 사무실로 돌아가는 관용차에서 홍태가 이죽거렸다.

"무슨 말이죠?"

운전석에서 핸들을 돌리며 윤서가 물었다.

"손주아에게 제일 피해 본 사람이 어쩌면 집주인이니까. 그나저나 건물 가지고 있어도 임대 사업하고 살기 쉽지 않네요. 그죠? 참, 한 조사관님. 아까 지구대 갔을 때 제가 무슨 얘길 들은 줄 아십니까?"

홍태는 지구대에서 캣맘 권연미를 만나 들은 얘기와 지구대를 나와 편의점까지 찾아가 사장 이승수에게 전해 들은 얘기를 신나게 늘어놓았다.

윤서는 얼굴을 찡그렸다. 역시나 살인 사건에 대한 호기심에 선을 넘고 쏘다니느라 늦게 합류한 거였다.

"배 조사관님. 왜 오바하는 거예요. 또?"

윤서가 정색하고 지적했지만 홍태는 아랑곳하지 않았다. 강제력을 쓴 것도 아니고 그냥 좀 물어보고 다녔을 뿐인데 뭐가 문제냐는 식이었다.

도대체 이놈이랑 나는 무슨 인연일까.

윤서는 쉴 틈 없이 떠드는 홍태의 옆얼굴을 체념한 표정으로 바라보았다. 활활 타는 정의감을 내세워 생각보다 몸이 먼저 나가고, 위아래 가릴 것 없이 거침없고 예의 없게 나불거리는 마초. 올해 초 인사 발령에서 정신장애인 인권침해 조사부서에 가게 됐을 때 윤서는 드디어 홍태와 떨어지는구나 싶었다. 하지만 인력 조정이 필요해서 바로 이어진 추가 인사발령에 배홍태라는 이름이 올라온 걸 보고 윤서는 책상에서 이면지를 북북 찢었다. 하필이면 같은 부서에 또 따라붙다니. 미워하는 사람은 부서 옮길 때 세트로 따라간다는 우스갯소리가 현실이 됐다. 그러니까 너무 싫어해도 안 되나 보다.

"이럴 거면 배 조사관은 경찰이 되지 그랬어요? 인권위 조사관이 아니라."

윤서가 냉소를 섞어 말했다.

"경찰 싫습니다."

홍태가 구시렁거렸다.

"왜요?"

"허구한 날 취객들, 피씨들 상대해야 하지, 대형 사건 터지면 덮어놓고 수사 부실하다고 욕먹지, 나쁜 놈들 열심히 잡아넣으면 인권위 조사관이란 것들이 사사건건 인권침해라고 시비 걸잖아요?"

말하고는 홍태가 배를 잡고 껄껄 웃었다.

재밌자고 한 말 같은데 대꾸할 말이 없었다. 윤서는 아직 자신은 많은 수련이 필요하다고 느끼며 액셀러레이터를 밟았다. 금요일 저녁이었다. 사무실에 관용차를 갖다 놓고 얼른 도망치듯 퇴근하고 싶었다.

## 6

토요일 오후, 화려한 장미 덩굴이 수놓인 아쿠아블루색 치파오를 입고 은갈치 비늘을 벗겨 만든 듯한 반짝이는 은색 핸드백을 둘러멘 키 큰 사람이 윤서의 집 차임벨을 눌렀다. 윤서는 목이 늘어난 커다란 핑크색 박스 티셔츠 안으로 손을 넣어 배를 북북 긁으며 문을 열었다.

까만 턱수염이 숭숭 난 얼굴에 곱게 화장을 한 치파오 인간이 한 손에 들고 있던 커다란 박스를 윤서 앞에 내밀었다.

"내가 뭘 들고 왔는지 볼래?"

"세리……."

윤서는 종이 박스를 받아 들고 우아한 몸짓으로 힐을 벗는 친구를 바라보았다.

"좀 평범하게 입는 날도 있으면 안 될까?"

"오늘 나 진짜 자제한 거야. 화장도 기초만 했다고. 천하의 세리 장이! 맥주 있니?"

윤서의 절친한 십년지기 세리 장은 제집처럼 주방에 들어가 냉장고 문을 열었다. 윤서는 코를 킁킁거리며 종이 박스의 냄새를 맡았다. 박스 밑바닥이 뜨끈뜨끈했다.

두 친구는 세리가 수산시장에서 방금 쪄 온 킹크랩 다리를 하나씩 잡고 맥주를 마셨다. 세리는 윤서가 내주는 편한 옷을 모두 거부하고 치파오 치마에 얇은 담요 한 장만 덮었다. 윤서가 하릴없이 틀어 놓은 TV가 한구석에서 저 혼자 떠들었다.

"저장강박증이고 뭐고. 남 일이 아니다 한윤서야. 너 이러다 병나."

손주아의 집에 간 무용담을 늘어놓는 윤서를 향해 세리가 혀를 찼다. 세리는 각종 책들과 벗어 놓은 옷가지와 빈 생수병과 전자기기 케이블 선이 뒤섞여 굴러다니는 윤서의 방을 찝찝한 시선으로 둘러보았다.

"이건 아직까지 여기 있는 거냐?"

세리는 봉투도 뜯지 않은 선거 홍보물을 엄지와 검지만으로 집어 들었다. 윤서는 못 본 척 긴 게살을 쭉 발라내어 세리의 접시에 놓았다.

"먹어."

"뜯지도 않았네? 선거 끝난 지가 언제냐? 인권위 조사관이 이렇게 정치에 관심이 없어서 쓰나."

"투표는 했어. 그럼 됐지."

TV에서는 서너 명의 남녀가 유리 관에 든 도자기를 둘러싸고 진지한 눈빛으로 품평을 하고 있었다. 도자기의 주인인 대머리 노인이 뒷짐을 지고 서서 조상 대대로 내려온 가보의 가치를 뽐냈다.

세리가 리모컨을 집어 들었다.

"너 그거 봤냐? 저 프로그램에 어떤 할아버지가 고문서를 들고 나온 거야. 삼백 년 넘게 집안 장손에게만 전해진 거래. 부르는 게 값이라고 생각하던데. 정기적으로 통풍시키고 말리면서 금이야 옥이야 간직해 온 거라고 얼마나 뻐겼게? 귀한 손님 올 때마다 꺼내서 자랑하면서도 절대 만지지는 못하게 했다더라. 유세가 말도 못하더라고. 근데 그게 뭐였는지 아냐?"

"뭐였는데?"

맘에 드는 프로그램을 찾아 채널을 돌리며 세리가 히죽거렸다.

"노비 문서였어. 누군 얼마고 그 자식은 얼마며 양반네 어느 집안 누구 소유인지 조목조목 적힌 문서였지 뭐야. 그 할아버지는 TV에 나와 우리 조상은 노비였다고 온 세상에 알린 꼴이지 뭐."

킹크랩 다리를 분지르던 윤서가 풋, 하고 웃었다.

"웃프네."

"이거 한번 가지고 나가 봐라, 너."

세리가 침대 옆 탁자에서 언제부터 그곳에 있었는지 모를 한때 귤이었던 물체를 집어 들었다. 쪼글쪼글 말라붙어 대추알만 한 크기로 수축한 상태였다. 윤서가 세리의 손에서 한때 귤이었던 그것을 낚아채 옆에 있던 비닐봉지에 던져 넣었다.

"반대의 경우도 있었어. 정약용이 유배지에서 쓴 서첩이 말이다. 마누라 낡은 치맛자락 잘라서 자식에게 뭐라뭐라 당부하는 글 쓴 거래. 그게 수원에서 폐지 줍고 다니는 할머니 수레에서 발견된 거야. 어떤 사람이 TV에 제보해서 나중에 보물로까지 지정됐고 경매에서 세상에 꺅, 칠억인가 팔억에 팔렸대. 뿐이냐. 골동품상에서 깨진 사발을 헐값에 샀는데 그게 조선백자였던 경우도 있었대고. 그러니까 뭐든 잘 보관해 봐라. 응원한다!"

세리는 뉴스 프로그램에 채널을 멈추고 리모컨을 놓았다. 윤서는 빈 잔에 스스로 맥주를 따라 꿀꺽 마셨다. 고달픈 한 주를 보낸 탓일까 낮술이 달았다. 뉴스 앵커가 창백한 얼굴로 각종 범죄 소식을 전했다.

몇 주간 경찰과 인권위를 뒤흔들어 놓았던 손주아 사건이 다시 두 친구의 화제에 올랐다.

"핸드폰 위치 추적까지 하고도 경찰은 왜 못 찾은 거야? 너무한 거 아냐?"

세리가 물티슈로 주홍색 매니큐어를 칠한 손톱을 닦으며 말했다.

"위치 추적이라는 게 수신된 기지국이 어딘지 나오는 거니까. 피해자 위치가 정확히 잡히는 게 아니라 어디 근방 몇 미터 안이라는 식으로 나오거든."

"그렇더라도."

"그래. 다 핑계지. 위험한 상황이라고 생각 안 한 거야."

"그러니까 제2의 오원춘 사건인 거지 이게?"

세리 장이 2012년에 발생한 악명 높은 살해 사건을 언급했다. 오원춘이라는 중국인이 귀가하고 있는 여성을 골목에서 납치해 집 안으로 끌고 들어가 성폭행 후 살해한 사건이었다. 납치 직후 오 씨는 피해 여성을 집 안에 둔 채 잠시 밖으로 나왔고 그 틈에 피해자가 휴대전화로 112 신고를 했다. 일 초가 급박한 절체절명의 상황에서 신고를 접수하는 경찰은 불필요한 질문으로 시간을 낭비했고 부부싸움인 것 같다는 한가한 소리를 혼잣말로 중얼거렸다. 신고 중 다시 들어온 오 씨에게 피해자가 공격당하는 소리까지 실시간으로 들렸다. 경찰은 그제야 비상 상황으로 파악하고 순찰차에 출동 지령을 내렸으나 피해자가 집 안에 있다는 중요한 정보를 누락시켜 적극적인 주택 내부 수색이 이루어지지 않았다. 그사이 오 씨는 피해자를 목 졸라 살해하고 욕실에서 사체를 무려 삼백오십여 조각으로 잘라 봉투에 나누어 담았다. 이 잔혹한 작업이 끝나고 나서야 오 씨는 지난밤 싸우는 소리를 들었다는 이웃의 신고에 의해 경찰에게 체포되었다.

사건 후 112 녹음 파일이 공개되면서 전 국민의 피가 거꾸로 솟았다. 경찰이 급박한 상황을 재빨리 인식하고 일사천리의 대응을 했다면 피해자를 살릴 수 있었을지도 몰랐다. 적어도 인간의 존엄을 그렇게까지 갈가리 찢어 놓는 방식으로 피해자의 시신이 훼손되는 것은 막을 수 있었을 것이다.

“글쎄. 결이 좀 다르긴 한데…….”

“피해자의 신고를 진지하게 듣지 않았다는 건 같잖아.”

세리가 손으로 한쪽 머리를 받치고 옆으로 길게 누었다. 백팔십 센티미터가 넘는 몸이 펼쳐지니 발끝이 문지방에 닿았다.

“물론 이해할 부분은 있지. 허위 신고, 장난 신고가 얼마나 많을 것이며 온갖 사소하고 잡스러운 전화가 하루에도 얼마나 많겠어. 그래도 말이야. 범죄 신고를 받는 사람이라면 백 번이고 천 번이고 양치기 소년에 속아 주는 자세가 필요한 거 아니냐? 나중에 양치기를 잡아다가 구워 먹든 삶아 먹든

하더라도. 내가 지금 받는 전화가 진짜 절박한 구조 요청일 수도 있다는 생각을 하고. 응? 가장 최악의 상황을 상정하면서 일을 했어야지.”

“언제나 그렇듯이 세리 네 말은 옳아.”

게딱지까지 발라 먹고 난 뒤 윤서도 방바닥에 길게 누웠다. 포만감과 낮술의 취기가 무겁게 몸을 내리눌렀다. 살짝 졸음에 빠져드는 찰나였다.

“누가 죽였을까?”

“으응? 뭐라고?”

먼저 졸고 있던 세리가 눈을 번쩍 떴다.

“아니야…….”

“싱겁긴. 집 좀 치우고 살아.”

“그래…….”

윤서는 친구와 나란히 잠이 들었고 꿈을 꾸었다. 꿈에서 윤서는 쓰레기 더미에 구멍을 낸 이글루 같은 집에서 살았다. 이글루가 무너져 몸이 깔렸다. 윤서는 건물 잔해에 깔린 머리와 팔을 버둥거리며 살려 달라고 소리를 질렀다. 아무도 윤서를 구해 주지 않았다. 장바구니를 들거나, 반려견을 끌거나, 자전거를 타고 지나는 동네 사람들이 모두 옷자락으로 코를 막고 윤서를 지나쳐 갔다. 울부짖는 윤서가 마치 눈에 보이지 않는다는 듯 사람들이 윤서를 외면했다. 윤서는 꿈속에서 죽었다. 쓰레기 더미에서 살 자유를 누린 대가였다. 그러니까 진작 집을 좀 치우라고 했잖아. 꿈속에서인지 현실인지 세리가 혀를 끌끌 찼다.

7

월요일 오전, 손주아의 오빠 손민수가 인권증진위원회에 왔다. 수차례 전화로 설득하고 일정을 조정해서 이루어진 면담이었다. 손민수는 다소 살집이 있는 체형에 도수 높은 안경을 썼다. 지방에 있는 금융회사에서 일하고 있다고 했다. 좋지 않은 일로 왔기 때문인지 표정이 어두웠다. 손주아의 시신이 발견된 뒤 손주아를 돌보지 않았다며 알지도 못하는 사람들에게 비난을 받아 왔으니 이 자리가 편할 리가 없었다.

"대학 들어가서부터에요. 주아가 이상해진 게……."

손민수는 윤서가 권하는 음료수 잔을 만지작거리며 회상했다.

손주아는 일남 이녀 중 둘째로 태어났다. 삼 남매 중 가장 성적이 뛰어났다. 고향에 있는 국립대학에 진학한 오빠나 막내 여동생과 달리 서울 명문 사립대에 합격해서 혼자 서울 유학을 했다. 머리가 좋고 이해가 빨라서인지 말도 빠르고 논리적이었다. 작은 논쟁이라도 벌어질라 치면 오빠인 손민수도 손주아가 단숨에 늘어놓는 말의 속도를 따라잡지 못했다. 성격이 직설적이었으며 자기주장이 강한 편이었으나, 언제까지나 평범함의 테두리를 벗어나지는 않았다.

"그냥 저나 막내 여동생처럼 주아가 고향에서 대학을 다녔다면 가족들이 일찍 알고 대처할 수 있지는 않았을까 생각도 해 봤지만 모르겠습니다. 서울 올라가서 스트레스를 많이 받은 모양이에요. 공부 잘한다고 집에서도 많이 떠받들어줬고 주아도 거기에 자부심을 많이 느꼈거든요. 그런데 명문대에 진학하고 보니 다들 자기만큼은 공부 잘하고 똑똑하고…… 많이 힘들어했다나 봐요."

손주아가 대학 졸업반이 되던 해, 아버지가 간암으로 사망했다. 가족 모두에게 힘든 시기였다. 장례식장에서 손민수는 오랜만에 만난 손주아에게서 이상한 말을 들었다.

"초조한 얼굴로 장례식장 입구를 계속 왔다 갔다 하길래 왜 그러느냐고 물었더니, 방금 박 교수를 본 것 같다는 거예요. 자기 지도 교수요. 그래서 제가 그럼 뵙고 인사 드려야 하지 않겠느냐고 빨리 연락 드려 보라고 했죠. 그랬더니 제 팔을 꽉 잡으면서 안 된다고 하는 겁니다."

손주아는 전혀 장난 같지 않은 표정으로 장난 같은 말을 했다. 박 교수가 손주아의 학부 졸업논문을 접수하지 않고 빼돌리려고 하고 있는데, 이유인즉슨 손주아의 논문이 박 교수의 학설을 완전히 무효로 만들어 버리는 획기적인 내용인데다가 교수로서 제자가 자기보다 뛰어난 논문을 발표하는 것을 용납할 수 없기 때문이라는 것이었다. 실은 박 교수가 작년에 손주아의 생각을 훔쳐서 학회에 발표한 적이 있어서 그 사실이 들통날까 봐 지금 몇 사람을 장례식장에 심어 놓고 감시하는 것 같다고도 했다. 손주아는 여느 때와 같이 또렷한 말투로 빠르게 말했지만 불안하게 흔들리는 눈빛과 굳은 표정은 심상치 않은 정신 상태를 보여 주었다.

"황당무계했죠. 그런데 자리가 자리인 만큼, 아버지 돌아가신 충격이 너무 커서 얘가 이러는가 보다 했어요. 하지만…… 그때 이미 증상이 한참 진행되고 있던 거였죠. 학교에서는 진작부터 문제가 되고 있었고요."

학교 친구들 말에 따르면 2학년 때 박 교수가 전공 수업 시간에 손주아의 발표 내용을 질타하고 망신을 준 적이 있다고 했다. 자기 머리가 남다를 것 없고 대단치 않은 건지도 모른다는 초조함에 시달리던 손주아는 충격을 많이 받았다. 이후로 손주아는 박 교수의 언행에 집착하기 시작했다. 손주아는 박 교수가 자신을 음해하고 주변인 모두를 포섭해서 주변인들이 다 자기 욕을 하며 수군거린다는 망상을 가졌다. 좀처럼 잠을 자지 않고 해쓱한 얼굴로 학교에 나타나 쫓기는 사람처럼 두리번거렸다. 친구들에게 왜 자기 욕을 하느냐며 소리치고 시비를 걸었다. 계절에 맞지 않는 옷차림을 하고 다녔고 복도 구석에 앉아 비닐봉지에 싸 온 상한 것 같은 밥을 먹었다. 그 즈음엔 누구도 손주아와 말을 섞으려 하지 않았고 다가가려 하지 않았다.

일 년 사이 손주아의 행동은 극단으로 치달았다. 손주아는 자신의 망상을 사실로 믿고 박 교수를 수십 가지 혐의로 고소했다. 연구실에서 책을 집어 던지며 행패를 부리기도 했고, 수백 차례 전화와 우편물을 통해 괴롭히다가 급기야 박 교수의 집까지 찾아가 난동을 부렸다. 제자에게 법적 조치를 취하는 것을 마지막까지 참았던 박 교수가 끝내 손주아를 폭행, 모욕, 무고죄로 고소했다.

"쫓아 올라가 보니 상황이 엉망이었어요. 형사처벌받기 전에 어머니가 동의서 써서 정신병원에 입원시키고 고소 취하받았죠. 그때가 주아가 스물네 살 때. 결국 대학은 졸업 못 했습니다. 퇴원하고도 안 가려고 했어요. 박 교수가 죽이려고 한다면서요."

손주아의 망상 대상은 지도 교수에만 그치지 않았다. 정신병의 어둡고 질긴 그림자는 마지막까지 가까운 곳에 남아 있을 수밖에 없는 가족을 향했다. 병 때문에 그런다는 걸 안다고 해서 가족이 받는 고통이 줄어드는 건 아니었다. 손주아는 엄마와 오빠, 여동생이 박 교수의 사주를 받은 영혼 파괴자라고 생각했다. 오빠에게 어릴 때부터 성폭행을 당했다고 주장했고, 가족에 의해 집에 감금되어 있다고 경찰에 신고 전화를 해서 경찰이 출동하기도 했다. 막내 여동생의 약혼자 집안에서는 손주아의 상태를 알고 파혼을 요청했다. 손주아는 그때부터 밖에서 온갖 잡스러운 쓰레기를 주워 와 집을 채웠고 절대 치우지 못하게 했다. 자신을 구원할 비밀문서라도 되는 것처럼 눈에 보이는 모든 쓰레기를 모으고 또 모았다. 보이지 않는 사람과 대화하고 울고 웃으면서 쓰레기 사이에서 잤다. 뭐든지 못하게 하면 폭력적이고 적대적인 모습으로 변했다. 집 안에 먼지가 쌓이고 악취가 진동하고 방에서 방으로 오가기도 힘들게 되었다.

"만약에 말입니다. 동생이 사고로 장애인이 되었거나 식물인간이 되었거나 한다면…… 적어도 의료적으로 무슨 조치를 해야 하고 가족이 뭘 해야 하는지는 알 수 있었을 겁니다. 하지만 밥 먹다가도 갑자기 악마야 저리 가라 소리 지르며 상을 뒤엎고, 새벽에 일어나 울부짖으며 집 안의 모든 전기선을 잡아 뜯는 동생을 어떻게 해야 하는 건지는 모르겠더군요. 약을 먹어야 나아지는데 억지로 입을 벌려 먹일 수도 없고. 진짜 귀신이라도 들린 것 같았어요. 예전의 그 동생이 아니었다니까요."

"어머니가 누구보다 괴로우셨을 텐데요. 입원에는 왜 동의를 안 하신 겁니까?"

손민수가 자리를 고쳐 앉으며 끙, 소리를 내었다.

"우리 어머니 많이 못 배운 사람입니다……."

손주아의 어머니는 멀쩡했던 딸이 환각에 시달리며 극단적인 행동을 하는 것을 이해하지 못했다. 딸의 기괴한 모습을 밖에 알리는 것도 두려워했다. 다른 자녀들에게는 괜찮다, 점점 나아져 간다고 둘러대면서 귀신 들림을 고쳐 준다는 무당과 퇴마사를 찾아다녔다. 조현병을 귀신이 씌운 걸로 치부하고 영적인 능력으로 고쳐 주겠다는 사이비 종교인들이 막막한 조현병 환자의 가족들에게 접근하여 돈을 요구하는 경우는 너무나 많다. 손민수는 그런 어머니에게 손주아를 맡겨 놓고 한동안 신경을 끄고 살았다. 괜찮다고 하니 괜찮은 걸로 치부하고 제 삶을 살았다. 그러다 어느 날 손주아에게 맞아 피멍이 든 어머니의 얼굴을 보고 눈이 뒤집혔다. 정신병이 있는 동생을 어머니에게 맡겨 두고 애써 모른 척하고 살았던 죄책감이 분노를 한층 부채질했다. 손민수는 손주아가 스물여덟 살 되던 해 앞장서서 손주아를 정신병원에 입원시켰다. 위법한 입원이었다. 인권위의 권고로 손주아는 사개월 만에 병원을 나왔다.

가족들은 더 이상 손주아가 앓고 있는 병과 손주아를 구분할 수 없게 됐다. 두 번째 퇴원을 하고 돌아와 이틀 만에 손주아가 가출했을 때 가족들은 안도했다. 자기 삶을 지키기 위해 손민수를 비롯한 가족들은 손주아와의 절연을 택했다. 이미 성인이 된 손주아가 어디서 어떻게 살든지 상관하지 않기로 한 것이다. 손주아는 어머니 명의의 마이너스 통장과 현금카드를 가지고 나갔다. 계좌에서 매달 돈이 빠져나갔으므로 손주아가 어딘가에 살아서 생활을 한다는 건 알 수 있었다. 손주아의 어머니는 계좌의 한도가 차면 당신 능력으로 메꿀 수 있을 만큼 돈을 메꿨다. 손민수는 그 사실을 알았지만 아무 말 하지 않았고 가끔씩 손주아에게 보내는 용도로 쓰도록 어머니에게 돈을 건넸다. 그것이 손주아에게 오빠로서 해 줄 수 있는 마지막 남은 배려라면 배려일 터였다.

"도대체 가족은 무슨 죄입니까? 인권이요? 가족은 인권이 없습니까?"

손민수는 벌컥 화를 냈다.

"주아는 유독 가족들에게만 폭력적이었어요. 남에게는 그렇게까지는 안 하니까 어떤 방식으로든 저 원하는 대로 그럭저럭 살아가겠거니 했습니다."

정신 질환자의 가족을 만날 때면 윤서는 늘 마음이 편치 않았다. 아픈 것과 나쁜 것은 다르지만 정신 질환은 그 둘 사이의 경계를 쉽게 무너뜨린다.

가족은 지쳤다. 혼자가 된 손주아는 어떤 정신의학적인 개입이나 관심에서도 멀어져 완전히 혼자가 되었다. 지역사회는 무엇을 하고 있었을까. 지역마다 나라에서 운영하는 정신건강증진센터가 있어 지역에 사는 정신 질환자의 사례를 관리하지만 어디까지나 신청과 동의에 기초한다. 사건이 터지고 조사해 보니 지역 정신건강증진센터에는 손주아의 자료 자체가 없었다. 손주아와 같이 병식이 없는 정신 질환자 일인 생활자에 대해서는 지역사회 관리 시스템이 전혀 작동하지 않는다고 봐도 무방하다.

"하지만 동생이…… 사람이 그렇게 죽어서는 안 되는 거죠."

손민수의 목소리에서 외면하고 싶은 죄책감과 고통이 느껴졌다.

"불쌍합니다. 불쌍한 애예요. 그래요. 가족이 버린 거 맞습니다. 가족도 버리고 사회도 버리고 경찰도 버리고…… 모두에게 버림받고 한세상 초라하게 끝냈네요."

손민수의 표정이 일그러졌다. 병에 걸리기 전 너무나 평범했던 여동생 손주아의 모습을 떠올리고 있을지도 모른다고 윤서는 생각했다.

8

쓰레기로 가득 찬 손주아의 집과 철거 주택에 방치된 시신. 열성적인 캣맘과 그녀가 돌보던 길고양이의 죽음. 가난한 폐지 할머니의 리어카. 세입자들이 떠나 버린 백조원룸 건물주와 명도 소송 소장. 옆집에 사는 업소 여자와 불만 많은 기둥서방. 망상 속에서의 일로 고소당한 배달 라이더와 편의점 사장. 함께 지옥을 헤맬 수 없어 절연한 손주아의 가족. 발병 초기 피해망상의 대상이 되었고 그 뒤에도 끈질기게 손주아의 망상에 소환당한 지도 교수. 카트를 끌고 거리로 나서는 손주아와 눈길을 피하는 이웃들. 신고 전화에 시달리는 지구대 경찰들. 폐가에서 발견된 시체. 각목으로 구타당해 얼굴뼈가 다 부서진 손주아. 이십이 초밖에 이어지지 못한 112 신고 전화.

“고문당한 거예요.”

윤서가 불쑥 내뱉었다.

맞은편에서 조사 기록을 뒤적이던 홍태가 생뚱맞은 얼굴로 윤서를 바라보았다.

“죽일 생각은 아니었죠. 쾌락 범죄나 분노 범죄라 하기도 뭔가 부족해요. 범인은 단지…… 손주아에게 원하는 게 있었던 거 아닐까요?”

“저, 한 조사관님. 왠지 제 역할을 뺏긴 것 같은 기분이 드는 건 왜죠?”

홍태가 윤서의 표정을 살폈다. 둘은 방금까지 조사 결과 보고서를 쓰기 위한 쟁점을 정리하며 의견을 나누고 있었다. 경찰의 112 구조 묵살에 대해 누구에게 얼마만큼의 책임을 물을 것인지까지 얘기가 끝난 상태였다.

“평소 같으면 제가 할 말인데, 그거? 한 조사관님은 왜 쓸데없이 살인 사건에 개입하려고 하느냐고 저를 지적하는 역할이고. 왜 갑자기 포지션 바꾸는 겁니까?”

윤서는 주먹 쥔 손으로 턱을 괴었다.

“아무렴 어때요. 이번엔 바꿔 보죠.”

홍태가 볼에 공기를 물고 불룩하게 부풀렸다. 윤서의 바뀐 태도가 수상했지만 일단 묻어 두고 윤서가 방금 전에 던진 질문에 대해 생각해 봤다.

손주아에게 원하는 게 있었을 거라고?

"……성폭행 흔적은 없었습니다. 그러니까, 성적인 목적은 아니었다는 말이죠."

홍태가 말했다.

"그렇죠. 돈이나 금품을 뺏긴 것도 아니었고요."

윤서가 응수했다.

생각을 이어 나가던 홍태가 돌연 코웃음을 쳤다.

"아니. 손주아에게 뺏을 게 뭐가 있습니까? 네? 자기 몸뚱이 하나랑. 네? 집에 가득 쌓아 놓은 쓰레기밖에 없잖아요?"

윤서가 더 잘 아는 사실이었다. 손주아에게 수입이라고는 어머니 명의의 마이너스 계좌에 가끔씩 어머니가 채워 넣어 주는 돈이 전부였다. 상태가 괜찮을 때는 간간이 아르바이트를 하기도 했지만 오래가지 못했다. 가장 최근에 한 편의점 아르바이트는 근무 한 달 만에 사장을 성추행으로 고소하면서 끝이 났다. 원룸 월세는 이 년 가까이 밀렸고 곧 쫓겨날 처지였다.

"맞아요……."

윤서는 아는 것만으로는 끝나지 않을 어떤 진실을 향해 다가가고 있는 느낌이 들었다.

"손주아가 가진 건 쓰레기뿐이었죠."

윤서는 눈살을 찌푸리며 필사적으로 생각했다.

“그런데요? 그게 뭐요?”

“쓰레기인 줄 알았는데, 사실은 엄청 가치 있는 물건을 주워 왔다고 치면?”

윤서는 불만스럽게 입을 비쭉 내밀고 있는 홍태에게 물었다.

“배 조사관님이 그 물건의 주인이라면? 어땠을 것 같아요?”

“뭘 주워 왔다는 건지는 모르겠지만. 달라고 하면 되죠.”

“손주아에겐 저장강박증이 있었어요. 그래서 쓰레기를 모은 거고요.”

윤서는 저장강박이라는 단어를 강조하며 그 의미를 생각해 보라고 홍태를 다그쳤다.

저장강박. TV에 간혹 나오는 쓰레기 집들.

우울증 환자도 겉보기에 저장강박 같은 증상을 보일 수 있지만 그것은 물건에 애착이 있다기 보다는 무기력증으로 인해 청소를 하지 못해 생기는 결과일 뿐이다. 그와 달리 조현병에서 나타나는 저장강박은 물건에 대한 비정상적인 집착을 보인다. 물건의 쓸모를 결정할 판단 능력의 상실, 자기가 모으는 물건과 자기 자신과의 경계 짓기의 실패, 물건을 버림으로써 그 물건에 대한 통제력을 잃어버리는 것에 대한 불안 등 여러 요소로 설명이 가능하다. 중요한 건 저장강박증 환자는 남 보기에 더러운 쓰레기에 불과한 물건에도 상상 이상의 가치를 부여한다는 것이다. 남이 달라고 한다고 쉽게 줄 수 있는 게 아니다.

홍태는 잠시 고민하다가 말했다.

"그렇다고 죽을 때까지 때립니까? 고문을 해요? 정 안 돌려주면 점유이탈물횡령죄로 고소하든가 하면 되겠죠."

"점유이탈물횡령죄?"

윤서는 오랜만에 듣는 생소한 단어에 고개를 갸웃했다.

"길에 떨어진 남의 물건을 주인 없는 물건이라고 맘대로 가져가도 죄가 성립되지 않습니까? 점유이탈물횡령죄. 저 여자가 내가 길에 잠깐 놓아둔 물건을 가져가서 돌려주지 않는다고, 점유이탈물횡령죄라고 고소해서 법의 판단을 받아보든가 일단 그렇게 해 보겠죠 저 같으면."

윤서는 진지한 표정으로 홍태를 주시했다. 홍태는 윤서의 시선이 부담스러워 눈을 껌뻑거렸다.

"왜요? 제가 뭐 잘못 말했습니까?"

"아, 아니요. 뭘 좀 생각하는 거예요."

"꼭 저를 그렇게 보면서 생각하셔야 됩니까?"

홍태는 윤서를 향해 얼굴을 가까이 들이밀고 깐족거렸다.

"……보통 사람이라면 배 조사관님 말씀하신 대로 하겠죠."

윤서는 홍태가 지구대 조사를 나갔을 때 오지랖을 부리며 물어 온 정보들을 버릿속에서 다시금 뒤적여 보았다.

"당사자에게 달라고 요구하거나, 정 안 되면 고소를 하거나."

"그런데요?"

"……못 하는 이유가 있었던 거죠!"

윤서가 자리에서 벌떡 일어섰다. 황당한 표정을 짓고 있는 홍태를 남겨 두고 윤서는 밖으로 나갔다.

뭐지?

홍태는 윤서가 사라진 문을 어이없이 보았다.

복도에서 윤서는 창가 주변을 오가며 휴대전화 끝으로 입술을 톡톡 두드렸다. 머릿속으로 생각이 빠르게 전개되어 정신이 없었다.

몇 가지 확인할 게 있었다. 여기서 조금 더 나아가기 위해서는 김태구 경위의 도움이 필요하다. 피해자를 사회로 꺼내 놓기만 하고 인권위가 한 일이 도대체 무엇이냐고 묻던 적대적인 태도를 생각하니 망설여졌다.

한 일이 뭐가 있느냐고.

한 일이 없으니 할 수 있는 일이 생겼다면 해야 하지 않을까.

지금 알고 있는 정보를 경찰은 모를 수도 있다는 생각에 윤서는 용기를 냈다. 입력된 전화번호를 확인하고 조심스럽게 통화 버튼을 눌렀다.

「백조원룸 세입자들 참고인 조사를 했느냐고요? 인권위에서 그걸 왜 묻는 겁니까? 별 참견을 다 하시네?」

김태구 경위의 반응은 예상한 대로 퉁명스러웠다.

“제보할 게 있어서요.”

「제보?」

김태구 경위의 찡그린 얼굴이 눈에 보이는 듯했다.

“그런데 제보할 만한 건지 판단을 못 하겠어서요. 일단 좀 말해 주시면 안 돼요?”

윤서는 애원하는 투로 자세를 낮췄다. 상대가 답변을 이어 간 걸로 보아 효과는 있었다.

「당연히 했지 안 했겠습니까? 살고 있는 사람 다 찾아가 얘기 들어 봤죠. 도대체 왜 묻는 건데요?」

“손주아 씨 옆집 사는 여자의 동거남도 만나 보셨나요?”

「동거남?」

“202호 여자와 같이 사는 남자요.”

「허 참…… 인권위에서 그걸 왜…….」

“안 만나 보셨나 봐요.”

「뭐, 동거남이 있긴 있었나 본데. 사건 나기 전에 헤어지고 나갔다고 합디다. 지금 안 살고 있다니까요. 이제 무슨 꿍꿍이인지 말해 주면 안 되겠습니까? 조사관님?」

통화가 길어질 것 같았다. 윤서는 복도 구석에 쪼그리고 앉아 조곤조곤 말을 이어 갔다. 역시 윤서가 알고 있는 정보 중 경찰이 모르고 있는 부분이 있었다. 정보를 결합해 봤을 때 세울 수 있는 가설에도 경찰은 미처 다다르지 못했다. 상대의 태도가 조금씩 수그러들었다. 김 경위는 윤서가 세운 가설이 아예 말이 안 되는 건 아닌 것 같다고까지 했다.

윤서는 앞으로 수사 방향에 대한 몇 가지 의견까지 전달하고 전화를 끊었다. 오랫동안 쪼그려 앉아 있던 무릎을 펴며 일어서는 순간 윤서는 소스라치게 놀랐다.

몇 발자국 앞에서 복도 벽에 몸을 기댄 자세로 홍태가 윤서를 바라보고 있었다.

"앗! 언제부터 거기 있었어요?"

홍태는 못마땅한 표정으로 고개를 설레설레 저었다. 윤서는 한 줄기 땀이 등을 타고 내리는 것을 느꼈다. 뭔가를 들킨 기분, 약점을 잡힌 듯한 기분이 들었다.

홍태가 천천히 등을 돌리고 복도 끝으로 걸어 나가 계단이 난 지점에서 사라졌다. 홍태의 생각을 알 수 없어 윤서는 불안했다.

확실히 이번엔 포지션이 바뀌었다.

## 9

김태구 경위는 박유정을 책상 앞에 앉게 했다. 괜히 꾸물거리며 참고인 조사를 받으러 온 박유정의 얼굴을 요리조리 살폈다. 박유정은 단순한 디자인의 파란색 원피스를 입었고 눈 화장을 짙게 했다. 손주아 살인 사건이 접수된 다음 날 백조원룸 202호를 직접 찾아가 탐문했을 때와 비슷한 차림이었다. 서른한 살이라는 실제 나이보다 더 노숙해 보였다. 다소 짜증스러운 표정을 짓고 있는 것이 긴장감을 숨기려고 하는 것인지 정말 짜증이 난 것인지 구별하기 모호했다.

"시작 안 해요?"

박유정이 다리를 꼬고 말을 툭 던졌다.

"시작? 해야죠. 시간이 금인데."

김태구 경위가 의자 등받이에 한껏 몸을 기댔다.

"저기, 빌라에서 같이 살았던 남자 있죠?"

"걔는 왜요? 쫑 낸 지가 언젠데."

박유정이 한쪽 눈꼬리를 치켜올리며 신경질적으로 대답했다.

"그때도 그렇게 말했지? 사건 나고 찾아갔을 때도."

김태구 경위가 슬쩍 말을 놓았다. 탐문 과정에서 김 경위는 집주인 김태언에게 몇 호에 어떤 세입자가 사는지 먼저 알아봤다. 김태언은 202호에 사는 박유정이 혼자 살다가 몇 개월 전부터 남자와 동거하고 있다고 했다. 그래서 박유정을 찾아갔을 때 동거남에 대해 물었는데, 그때도 같은 답을 했던 게 기억났다.

"그랬겠죠. 옆집 여자 죽기 전에 진작 쫑 냈으니까. 이제 나랑 상관없는 놈이에요."

"박호철. 맞지? 남자 이름."

"참 나. 어떻게 아셨는지 몰라도 맞아요. 박호철이. 지금은 어디서 뭐 하는지 살았는지 죽었는지도 모르니까 더는 묻지 마요. 저 왜 불렀어요?"

박유정은 지긋지긋하다는 표정을 지으며 반쯤 돌아앉았다.

"뭐 하는 놈이야?"

"몰라요. 양아치지 뭐. 건달도 아니고 양아치. 일하다 손님으로 만났어요."

김태구 경위는 대꾸 없이 잠시 입을 닫았다.

박유정은 룸살롱에서 일하는 여자였다. 탐문 과정에서 옆집에 살던 손주아에 대해 물었을 때 다른 세입자들과는 다소 다른 식으로 말했었다. 손주아에게 그다지 괴롭힘을 당하지 않았다는 것이다.

박유정과 손주아와의 만남은 약 이 년 전 손주아가 백조원룸에 이사 와 얼마 지나지 않은 때 일어났다. 박유정이 낮에 집에서 자고 있는데 누가 현관문을 마구 두드려 댔다고 했다. 겨우 잠자리에서 일어나 나가 보니 201호에 산다는 손주아가 서 있었다. 손주아는 박유정에게 왜 자기 목소리를 녹음했느냐, 누구의 사주를 받았느냐며 따지고 들었다. 딱 보니 미친 여자라는 감이 온 박유정은 간밤에 손님에게 시달려 쌓인 분노를 합쳐 악다구니를 써서 손주아를 쫓아 보냈다. 상식이 통하지 않는 사람에게 초반에 약하게 보였다가는 두고두고 무시당한다는 것을 박유정은 경험으로 알고 있었다. 한 번 더 이런 식으로 잠을 깨우고 헛소리를 하면 주거침입으로 경찰에 신고하겠다느니 허위 사실 유포로 고소하겠다느니 하는 말을 나오는 대로 쏘아붙였다. 그 뒤로는 손주아를 만날 일이 없었다. 밤에 일하고 낮에 집에 있을 때는 잠자는 게 일이니 별반 마주칠 기회가 없었던 것이다. 다른 세입자나 동네 사람들은 손주아를 두고 같은 동네에서 못 살겠다며 수군거리는 것 같긴 했지만 박유정은 자기에게 더 이상 피해를 주지 않으면 그만이었다.

"박유정 씨는 처음 만난 날 말고는 옆집 여자랑 뭐 별일 없었다고 그랬고…… 박호철이는? 옆집 여자 관련해서 무슨 말 안 하던가?"

김태구 경위가 물었다.

"옆집 여자가 쓰레기를 집에 쌓아 놓아서 냄새가 난다느니 보는 사람마다 시비를 걸어서 원룸 사람들이 다 나가고 있다느니 뭐 그런 말은 하더라고요. 완전 미친년이라고. 정신병원에 처넣어야 한다고."

박유정은 한쪽 무릎에 포갠 다리를 까딱거렸다.

"그런데 웃긴 게 그 여자가 그렇게 난리를 치고 사람들이 나가니까 집주인이 전세를 안 올리더라고요? 여기 작년부터 막 몇 천씩 올랐는데. 형사님도 알다시피 나 같은 여자가 전세 깔고 살기 쉽나요? 웬만하면 딱 지키고 사는 게 좋지. 어쩌면 뭐, 나는 혜택 본 건가."

"박호철이 연락처 적어 봐요."

김태구 경위가 박유정에게 종이를 들이밀었다. 박유정이 더러운 물건을 본 것 마냥 손을 내저었다.

"몰라요! 쫑 냈다니까. 연락처고 뭐고 싹 다 지웠어요. 술집 년 등골 빨고 사는 양아치 새끼. 근데 왜 자꾸 걔 얘기를 물어요?"

"그게 언제요?"

"뭐가요?"

"박호철이랑 끝낸 거."

"그게……."

김태구 경위는 순간 박유정이 입술을 꽉 물며 불안한 표정을 짓는 것을 놓치지 않았다.

"그땝니까? 낮에 원룸 주차장에 박호철이 짐을 다 내다 쌓아 놓았다던 날? 쫓아냈다면서요? 동네 소문 다 났던데."

김 경위는 실제로 소문을 접하지는 못했다. 엊그제 한윤서 조사관과 통화하면서 알게 되었다. 하지만 워낙 요란한 사건이었던 데다 동네에 소문이 파다하게 난 건 사실이었으므로 이런 식으로 말하는 게 이상할 건 없었다.

박유정이 앙칼지게 소리쳤다.

"하! 그래요. 나가라고 해도 제 발로 안 나가잖아. 짐 다 빼버리고 쫓아냈어요. 그날 이후 딱 끝냈다니까."

"순순히 나가던가?"

김 경위는 요령껏 반말과 존댓말을 섞었다.

"그럼요. 내 집인데 나가라면 지가 나가야지. 안 나가고 배겨요?"

"그 뒤로는 만난 적 없고?"

"그렇다니까요!"

'아니에요.'

김 경위는 전화기 너머로 들리던 한윤서 조사관의 목소리를 떠올렸다.

'동거남은 그렇게 순순히 나가지 않았어요. 그날 202호 여자가 자기 짐을 모조리 밖에 내놓는 바람에 소중한 물건을 잃어버렸거든요.'

한윤서 조사관은 백조원룸에 조사를 나온 날 우연히 알게 되었다는 정보를 조합하여 대담하게 가설을 전개했다.

'그러다 동거남은 옆집에 사는 미친 여자가 자기 물건을 가지고 갔다는 걸 알게 됐어요. 매일 쓰레기를 들고 들어가 쌓아 놓듯 집에 쌓아 놓기 위해서 말이죠. 동네에서 폐지를 줍는 할머니가 가져갔을 수도 있겠지만, 그날 백조원룸 주차장에 쌓인 물건을 차지하기 위해 폐지 할머니와 201호 손주아 씨 간에 싸움이 붙었거든요. 폐지 할머니가 졌죠. 물건은 손주아 씨의 차지가 됐고요. 당시는 선거운동 기간이었고, 선거 유세 아르바이트를 하던 동네 캣맘 활동가가 그 장면을 봤어요. 소문이 났겠죠. 소문은 동거남의 귀에까지 들어갔을 거예요.'

"어허. 거짓말하면 안 됩니다. 박유정 씨."

김태구 경위가 타이르듯이, 그러나 힘을 주어 말했다. 오랫동안 거친 범죄자들을 다루면서 익힌 무게가 실린 말투였다.

"주차장 사건 이후로도 박호철이가 계속 살고 있었다는 증거가 있어. 손주아 집으로 들어가려고 용을 쓰는 걸 본 사람도 있고. 우리는 뭐 노는 줄 아나."

이마에 드리운 앞머리를 쓸어 넘기며 김 경위는 앞에 앉은 여자를 노려보았다.

'동거남은 202호 여자가 주차장에 자기 짐을 내다 버린 날 이후에도 백조원룸에 남아 있었어요. 물건을 찾으려고 손주아 씨 집 안으로 들어가려는 시도를 했고요.'

김 경위의 머릿속에서 한윤서 조사관의 가설이 계속됐다.

'동거남은 문을 열어 달라고 소리치며 손주아 씨 집 현관을 걷어찼어요. 마침 명도 소송 판결이 나오기 전에 손주아 씨에게 자진 퇴거해 달라는 말을 하려고 찾아온 집주인이 그 모습을 봤고요. 그날은 선거 날이었고 집주인은 막 투표를 마치고 집으로 들어오는 길이었어요. 202호 여자가 동거남의 짐을 주차장에 버린 날 이후인 거죠.'

"그놈이, 그러니까 저 없을 때 들어왔을 수는 있는데……"

김 경위는 상대에게 둘러댈 틈을 주지 않고 앞에 놓인 서류를 소리 내 넘겼다.

"이름 박호철. 이십구 세. 절도 3범. 골동품 장물 전문."

박유정이 당황하여 입을 닫았다.

"알았어, 몰랐어?"

'범인이 손주아에게 뭔가를 빼앗으려고 고문을 하다 그만 죽이고 만 거라는 가정에서 출발했죠.'

한윤서 조사관의 말이었다.

'저장강박증이 있는 손주아는 자신의 손에 한 번 들어온 물건은 절대 내놓지 않으려 했을 거예요. 그리고 범인은, 201호 여자의 동거남은 손주아에게 자기 물건을 내놓으라고 공개적으로 요구하기 곤란했어요. 집주인에게 조치를 해 달라고 하거나 정 안 되면 점유이탈물횡령죄로 손주아를 고소하거나 할 수 있었겠지만, 안 했어요.'

'손주아에게 뺏긴 물건이 떳떳한 물건이 아니라서 그런 것 아닐까요?'

'이를테면, 장물이요.'

"박호철이 훔친 물건 손주아가 가져가서 안 돌려주니까, 내놓으라고 때리다가 같이 손주아 죽인 거지?"

"네?"

"그래서 거짓말한 거잖아. 아무리 학을 떼고 헤어졌어도 말이야. 쫑 냈다고 몇 번을 말하는 거야? 한때 같이 살았던 남자 연락처를 싹 지워서 모른다는 게 말이 돼? 말이 안 되는 걸 왜 강조하냐고. 그렇게 말하면 그러려니 하고 알아먹을 줄 알았나 본데. 어이, 박유정 씨! 형사가 바보야?"

김 경위가 언성을 높였다.

"아니에요! 아니에요! 형사님! 저는……."

공범으로 모는 낌새를 보이자 박유정의 심리적 저항선이 순간적으로 무너지는 게 눈에 보였다.

"주차장 사건 때부터 백조원룸 CCTV 다 확보해 놨어. 박호철이 언제까지 오갔는지 시간이랑 다 나와. 둘이 뭐 하고 다녔는지도 다 나온다고. 할 말 있으면 지금 말해. 내가 늘어놓기 시작하면 그땐 늦어. 자수도 인정 안 돼."

"아니, 난 진짜 몰랐어요. 그놈이 그런 줄! 진짜예요! 형사님!"

박유정이 필사적으로 결백을 주장하기 시작했다. 박호철의 절도 전과는 알았지만 절대 같이하지는 않았다, 그래서 박호철의 물건이 도난된 골동품인지도 모르고 싹 다 주차장에 내놓은 거 아니겠느냐, 정말 헤어지고 싶어서 그런 거였다, 그거 내놓고 잃어버렸다고 내가 그놈에게 얼마나 두드려 맞았는지 아느냐.

가설을 전해 준 인권위 한윤서 조사관도 김태구 경위도 박유정이 공범이라고 생각하지는 않았다. 절도는 물론 살인에 연루되었다고 보기도 어려웠다. 범인은 폐가 근처에서 손주아를 우연히 만났다고 보는 게 자연스럽다. 자신의 물건을 찾으려 손주아의 집에 진입하는 데 실패한 박호철이 애가 타서 호시탐탐 기회를 노리다 폐가 주변을 배회하는 손주아를 보고 안으로 끌고 들어가 폭행한 것이다. 집 도어락 번호와 물건의 위치를 알아내기 위해서였다. 마침 그때 박호철이 박유정과 같이 있었다거나 현장으로 박유정을 불러 범행을 함께했다고 보는 건 무리가 있다.

박유정은 박호철이 사라지고 난 뒤 옆집 여자의 시신이 발견되자 무슨 일이 일어난 것인지 짐작했을 것이다. 박호철이 무서운 짓을 했다는 걸 알고 그 사실에서 도망치려 했다. 그러다 보니 살인 사건이 나기 전에 박호철과 완전히 연을 끊었다고 필요 이상 강조해서 도리어 의심을 샀다.

"글쎄…… 조사해 보면 알겠지. 뭐야? 물건이?"

자신이 사건과 무관하다는 것을 정신없이 주장하다 보니 옛 동거남의 범행을 모두 인정해 버린 박유정에게 김태구 경위가 물었다.

"한자로 쓰인 옛날 책인데…… 여기요. 사진 있어요."

박유정이 울먹이며 휴대전화 사진첩을 뒤졌다.

김태구 경위는 박유정이 기꺼이 제공하는 사진을 받아 골동품 절도 사건 전문인 지능수사팀 형사에게 넘겼다. 박호철은 기절한 손주아를 폐가에 방치하고 현장을 떠난 뒤 손주아의 집에 들어가 문제의 물건을 찾는 데 성공했을까. 천장까지 쓰레기가 쌓인 손주아의 집을 생각하니 정신이 아득해지는 것 같았다. 종이 탑이 중간중간 무너져 댐처럼 통로를 막고 있었던 게 떠올랐다. 박호철이 물건을 찾기 위해 어지럽힌 것인지 원래 그런 상태였는지는 판단하기 불가능했다.

어쨌든 박호철이 물건을 찾아갔다면 장물의 흐름을 잡아 박호철을 검거할 수 있을 것이다. 박호철이 물건 회수에 실패했더라도 그를 용의자로 점찍고 다각도로 소재를 추적하고 있으니 체포하는 거야 시간문제다.

겁을 잔뜩 집어 먹은 박유정을 보내고 김태구 경위는 몇 번 망설이다가 한윤서 조사관에게 전화를 걸었다.

「살인 사건 수사는 경찰 일이니까요. 저는 그냥…… 오지랖 한번 부려 봤어요. 잘 들어 주셔서 감사하죠.」

에둘러 감사를 전하는 김 경위에게 윤서가 말했다.

"하긴 인권위가 오지랖이 좀 심하긴 하죠."

김태구 경위가 작게 웃었다. 부하 형사가 박호철을 막 지방의 한 모텔에서 검거했다는 쪽지를 전했다.

「그게 저희 일이니까요.」

이전에 만났을 때보다 훨씬 부드러운 분위기에서 통화가 끝났다.

어허, 오지랖이 일이라. 그것도 피곤하긴 하겠네.

김태구 경위가 자리에서 일어나 찌뿌드드한 몸을 쭉 폈다. 골동품 절도 담당 형사가 박호철이 훔친 물건이 몇 개월 전 개인 소장자가 도난당한 황진이의 시첩 같다고 했다. 김태구 경위는 박호철이 손주아의 쓰레기 집에서 과연 황진이의 시첩을 찾아냈을까 궁금했다

# 까마귀 장례식

서미애

1

「호영이 죽었어.」

핸드폰 너머로 들리는 메이의 목소리는 가라앉아 있었다. 아직도 말끝이 흔들리는 걸 보면 한바탕 눈물이라도 쏟은 눈치였다.

리엔은 잠시 말문이 막혔다. 그러다 신음 소리 같은 깊은 한숨이 자신도 모르게 새어 나왔다. 무슨 말을 해야 할지 떠오르지 않았다. 마지막으로 만났을 때 봤던 호영의 얼굴이 자꾸 어른거렸다.

호영의 죽음은 갑작스러웠지만 놀랍지는 않았다. 솔직히 얘기하자면 언젠가 이런 날이 올지도 모른다고 생각했다. 그러니까 도망치라고 했잖아 바보야.

"……어쩌다? 언제?"

「아직 아무것도 몰라. 지난주에 죽었다는 얘기만 들었어. 이 선생님이 오늘 가 보기로 했대.」

지난주에 죽은 소식을 이제야 알게 되다니, 문자를 보내도 답이 없던 이유를 뒤늦게 알게 된 리엔은 허탈해졌다. 다 소용없는 말을, 이미 세상에 없는 너에게 보내고 있었구나.

「내일 오전에 모이기로 했어. 올 수 있어?」

한국어 강습 교실에서 공부하던 사람들 몇이 모여 흐엉의 명복을 비는 시간을 가지기로 했단다. 머릿속에 당장 발목을 잡고 있는 온갖 일들이 떠올랐지만 일단 가겠다고 하고 전화를 끊었다.

핸드폰의 불빛이 꺼질 때까지 멍하니 화면을 들여다보던 리엔은 혼잣말을 중얼거렸다.

'타오…… 왜 너까지 타오처럼 가 버리는 거야?'

충격으로 멍하던 시간이 지나가자 부아가 치밀었다.

흐엉은 고작 스물한 살의 나이에 고향집으로부터 삼천삼백육십오 킬로미터나 떨어진 곳으로 시집왔다. 스물다섯 살이나 많은 한국 남자와 딱 두 번 만나 결혼을 결정하고 혼인신고를 마친 뒤 칠 개월이나 걸려 비자를 받아 한국에 들어왔다. 그렇게 힘들게 와 놓고 채 이 년이 안 되는 시간이 지났을 뿐인데 황망하게 생을 마감하고 말았다.

누구보다 가까웠던 사이였지만, 그렇기에 자신의 충고를 무시하고 이곳에 남아 결국 이렇게 삶을 끝낸 흐엉에게 화가 났다. 너무 착하고 너무 열심이고 작은 일에도 잘 웃던 아이, 혼자 모든 것을 짊어지고 가려고 하던 흐엉의 사정을 아는 사람은 많지 않다.

리엔이 흐엉을 만난 것은 일 년 전이다. 흐엉을 처음 봤을 때 리엔은 눈을 뗄 수가 없었다. 호치민의 브이비엔에서 죽은 동생 타오와 너무도 닮았기 때문이었다.

활발한 성격에 쉴 새 없이 재잘재잘 사람들과 떠들고 놀기를 좋아해 어디에 있어도 사람들의 눈길을 끌었던 타오와 달리 흐엉은 쑥스러움을 많이 타고 조용하고 차분한 성격이었다.

식당 문을 열고 들어와 수줍게 인사를 하고 쌀국수 한 그릇을 주문하던 흐엉의 모습을 지금도 기억한다. 잔뜩 주눅 든 표정으로 앉아 있다가 눈앞에 놓인 음식을 바라보며 자기도 모르게 미소를 짓던, 그리고 국물을 한 숟갈 떠먹은 뒤에는 왠지 울컥해 감정을 추스르던 모습.

리엔은 흐엉이 식당 문을 열고 들어오는 순간부터 계속 지켜보았다. 같이 앉아서 떠들던 친구들과의 수다가 어느새 귀에서 멀어졌다. 뒤늦게 리엔의 시선을 깨달은 흐엉은 자신을 뚫어져라 쳐다보는 낯선 이의 시선에 어쩔 줄 몰라 했다.

나중에야 흐엉의 불편함을 눈치챈 리엔은 식사를 마치고 나가는 흐엉의 뒤를 따라가 사과를 하고 핸드폰에 든 사진 한 장을 보여 주었다. 동생을 닮았다는 말에 흐엉은 그제야 웃어 보이며 자신에게도 언니가 있다고 핸드폰을 꺼내 사진을 내밀었다. 리엔과는 전혀 닮지 않은 얼굴이었다.

한국에 온 지 사 개월 만의 첫 외출이라고 했다. 눈에 익은 모국의 문자를 보자 반가운 마음에 무작정 식당에 들어왔고 코끝을 자극하는 음식 냄새에 자기도 모르게 자리에 앉아 식사까지 한 것이었다. 낯선 타국에서 가장 생각나는 건 가족과 음식이었다며 가족이야 전화로 보면 되지만 음식은 접할 기회가 없었다고 했다.

리엔은 짧은 몇 마디 말에 금방 상황을 파악했다. 사 개월 만의 외출이라는 것과 베트남 식당이 널리고 널린 요즘 세상에 오랜만에 고향 음식 냄새를 맡고 식당에 들어왔다는 것 모두 흐엉의 처지를 가늠하게 하는 말이었다.

"한국말 할 줄 알아?"

"조금…… 잘 못해요."

리엔은 흐엉에게 가장 필요한 것이 무엇인지 잘 알았다. 자신도 흐엉과 같은 처지로 구 년 전 한국에 들어왔고 그동안 수많은 사람들을 만나 왔다. 리엔은 자신의 전화번호를 알려 주고 다문화지원센터라는 곳에 대해 설명했다.

"우선 한국말부터 배워. 말이 통하면 어려운 일, 힘든 일도 절반으로 줄어들어."

흐엉은 고개를 끄덕거리며 리엔의 말에 귀를 기울였다. 하지만 매주 일정한 시간에 나와야 한다는 말에 난처한 표정이 되었다. 사 개월 만의 외출이라는 말에서 어느 정도 짐작을 하고 있던 리엔은 흐엉에게 단단히 일렀다.

"한국에서 적응하고 살아남으려면 어떤 일이 있어도 와야 해. 누가 반대해도 꼭 한국말을 배우고 싶다고 해. 잘 알아듣고 싶다고 해."

혹시나 다시 못 만나게 될까 봐 리엔은 흐엉의 핸드폰을 빌려 한국말로 녹음까지 해 주었다.

'공부하고 싶어요. 한국말 배워서 당신을 더 이해하고 돕고 싶어요.'

무슨 뜻이냐고 묻는 흐엉에게 뜻을 이야기해 주고 이 말을 외우라고 했다. 혹시 남편이나 시댁 가족이 반대하면 이 말을 하라고 했다. 다문화지원센터에 가면 말이 통하는 사람들이 있고, 한국말을 배우는 사람들이 많으니 도움이 될 거라는 말에 흐엉은 와락 리엔을 껴안으며 고마워했다.

"그냥 내 이야기를 들어 주기만 해도 좋아요. 내 말을 이해하고 대화할 사람이 필요했어요. 고마워요."

간신히 눈물을 참는 흐엉을 보자 명치가 아파 왔다. 리엔은 흐엉을 길에 세워 두고 길게 이야기할 수 없어 두 손을 잡고 몇 번이나 다짐을 받았다.

"무슨 일이 있어도 포기하지 말고 꼭 와야 해. 알았지?"

하지만 일주일이 지나도 흐엉은 오지 않았다. 일주일을 더 기다렸다. 한 달이 다 되어 가도록 소식이 없어 거의 포기할 때쯤 흐엉이 나타나 한국어 강습 교실에 등록했고 그 얘기를 전해 들은 리엔은 수업이 끝나길 기다려 흐엉을 만났다. 리엔은 한식조리사 자격증반에 다니고 있었지만 다행히도 한국어 초급반 수업과 요일이 같았다. 그 일을 계기로 흐엉과는 강습이 있는 날마다 만나 둘도 없이 가까워졌다.

"뭐 해?"

남편 영석의 목소리에 그제야 정신이 들었다. 밭일을 하다가 물을 가지러 갔던 아내가 돌아오지 않자 결국 집으로 내려온 것이다.

그는 냉장고를 열어 보리차가 든 병을 꺼내며 이상하다는 듯 아내를 쳐다보았다. 남편의 말을 듣고도 멍하니 앉아 있는 리엔을 보자 걱정스러웠는지 영석이 아내의 얼굴을 살피며 조심스럽게 물었다.

"……괜찮아?"

리엔은 그때까지도 내일 어떻게 나가야 하나 생각하고 있다가 남편과 눈이 마주쳤다.

"머리가 아파서 빙빙 돌아요."

"왜?"

"머리가 뜨거워. 햇볕에 오래 있었나 봐."

"그러게 내가 모자 쓰라고 했지?"

남편은 걱정이 되는지 리엔의 머리를 만져 보았다.

"뜨겁지는 않은 거 같은데?"

"빙빙 돌아요. 어지러워."

"더워 먹었나 보네."

남편은 찬물을 벌컥벌컥 마시다가 리엔에게도 물을 따라 컵을 건넸다. 리엔은 물을 한 모금 마시고는 미간을 찌푸리며 이마를 손으로 짚었다. 리엔은 찬물을 잘 마시지 않는데 남편은 아직도 그 사실을 모르는 듯하다.

남편은 잠시 난감한 표정으로 리엔을 쳐다보다 벽에 걸린 시계로 눈길을 돌렸다. 어느새 1시가 가까워져 있었다.

"점심 먹고 잠깐 쉬어. 계속 안 좋으면 나 일 끝나고 같이 시내 병원에 나가 보든지."

이 정도면 내일 외출할 핑계는 만들어 둔 것 같다. 오늘은 대충 넘기고 내일 아침 상황을 봐서 병원에 다녀온다고 하면 되겠지 싶었다.

남편은 보리차가 든 병을 가지고 밖으로 걸음을 옮겼다.

"밥 먹고 해요. 금방 준비할게."

"다 차리면 불러."

남편은 다시 고추를 따기 위해 밭으로 올라갔다.

만약 더위를 먹는다면 땡볕에 종일 일하고 있는 남편 쪽일 것이다. 리엔도 남편을 도와 밭일을 하기는 하지만 집안일을 해 놓고 나가서 한두 시간 반짝 하다가 새참을 이유로, 물을 떠 온다는 핑계로 집으로 내려와 한숨 돌리곤 했다. 그래도 무던한 남편은 별말 없이 소처럼 묵묵히 일했다.

시집오기 전만 해도 리엔은 영석이 꽤 넓은 땅에 비닐하우스를 몇 동 가지고 있고 집도 넓고 재산도 많은 농부라고 알고 있었다. 하지만 이 집에 들어서는 순간 자신이 속았다는 것을 알았다. 호치민 외곽의 허름한 자신의 집에 비할 바는 아니지만 어찌 되었든 결혼 알선 회사의 서류에서 보았던, 자신이 상상하던 부자는 아니었다.

남편은 삼 형제의 막내로 어머니를 모시고 살고 있다. 위로 두 형님은 도시로 나가 대학을 다니고 그곳에 직장을 잡아 정착해 살고, 공부에 취미가 없던 남편은 일찌감치 농사를 짓겠다고 결심하고 농고를 졸업해 자기가 원했던 대로 살고 있다.

남편이 밭농사를 지으면 시어머니는 그것을 가져다 시장에 내다 팔았다. 허름한 가판대 하나였지만 꽤 돈이 된다는 것은 나중에 알았다.

천안 중앙시장은 천안시뿐 아니라 천안시를 둘러싼 목천, 소정, 풍세 사람들까지 이용하는 시장이다. 말 그대로 인근의 주민들이 모두 이용하는 커다란 시장이었다. 전통 시장 치고는 크고 활발한 상권이다.

시장에서 돌아온 시어머니는 저녁식사를 마치고 밤마다 남편과 그날 번 돈을 계산하고 나누었다. 시어머니는 다음날 아침 시장에 나가면서 마을금고에 들러 전날 번 돈을 모두 저금했고 남편은 자신의 책상 서랍에 돈을 넣어 두고 그때그때 필요하면 꺼내 썼다.

리엔은 눈치가 빨랐다. 빠르게 자신이 해야 할 일을 찾았고 자신의 몫도 챙겼다.

할 줄 아는 한국 음식이라고는 배추김치 하나밖에 없었지만 그것 하나로 많은 것들이 해결되었다. 같은 양념에 배추 대신 무를 넣으면 깍두기. 열무를 넣으면 열무김치, 오이를 넣으면 오이김치. 레시피에 조금씩 차이가 있기는 했지만 한두 번의 실패 뒤에는 엇비슷한 맛을 낼 수 있었다.

베트남 며느리에게 별 기대가 없었던 시어머니는 처음 만난 리엔이 어설프지만 한국말을 한다는 것과 김치를 담글 줄 안다는 사실에 반색했다. 허리가 꼬부라지는 나이에 시장을 다니면서 밥까지 챙겨야 했던 시어머니는 부엌일에서 해방된 것만으로도 흡족해하는 눈치였다. 이웃 동네에도 캄보디아 며느리가 있었지만 한국말을 전혀 못 하는 터라 서로 답답한 일이 많다고 들어서 기대치가 낮았던 모양이었다. 덕분에 리엔은 시어머니와의 첫 대면에서 조금 마음을 놓을 수가 있었다.

한국말도, 김치도 타오 덕분에 처음 접했다.

관광객 거리의 펍에서 일하던 타오는 수많은 나라에서 오는 관광객을 상대하면서 영어도 조금, 일본어도 조금, 한국어도 가벼운 대화 정도는 할 줄 알았다. 사람들과 쉽게 사귀고 그만큼 발도 넓어 타오는 자리를 잡자마자 리엔의 일자리를 찾아 주었다. 덕분에 리엔은 고향을 떠나 호치민의 번화가로 나올 수 있었다

함께 살면서 리엔은 처음으로 타오의 꿈을 알게 되었다.

타오는 한국에 가서 돈을 벌고 자리를 잡아 새로운 인생을 살고 싶어 했다.

"언니, 그거 알아? 한국 남자들은 엄청 잘생기고 친절하고 멋있어."

한국 드라마에 푹 빠져 있던 타오는 드라마와 현실을 구분하지 못했다. 당장 리엔이 일하는 마사지샵을 찾는 한국 관광객만 봐도 드라마처럼 키가 크고 잘생기고 매너 좋은 사람만 있는 것은 아니었다. 외모도 제각각이고 행실도 천차만별이었다. 매너 있는 사람도 있지만 거칠고 제멋대로인 사람도 있었고 때로는 마사지가 끝나도 떠나지 않고 못된 손버릇으로 소동을 일으키는 놈도 있었다.

리엔은 굳이 가게에서 있었던 일을 이야기해 타오의 환상을 깨지는 않았다. 세상 어느 나라나 좋은 사람이 있으면 형편없는 놈도 있게 마련이고 문제는 국적이 아니라, 그 인간 자체니까.

타오와 살면서 주워들었던 인사말과 일상의 몇 마디는 호치민에서 뿐 아니라 낯선 한국 생활에서도 유용하게 쓰였다.

리엔이 한국에 적응할 수 있도록 도와준 또 다른 사람은 옆집 할머니였다.

시어머니는 이따금 시장에서 팔다 남은 채소를 옆집에 사는 친구에게 가져다주곤 했는데 그러면 옆집 할머니는 다음 날 어김없이 반찬을 해서 가져왔다. 혼자 살다 보니 음식을 해도 남기 일쑤라며 나물이며 김치를 해서 안겨 주었다. 덕분에 리엔은 반찬을 얻어먹기도 하고 나물 무치는 법도 배웠다. 배추김치 하나밖에 할 줄 몰랐던 리엔에게 다양한 김치의 세계를 알려 준 것도 할머니였다.

리엔은 시어머니가 시키지 않아도 반찬거리를 들고 옆집 할머니를 찾았다.

"도와주세요. 반찬."

어설픈 말이었지만 옆집 할머니는 무슨 뜻인지 금방 알아듣고 채소를 다듬는 것부터 시작해서 반찬에 넣어야 할 양념과 반찬 만드는 과정을 자세히 알려 주었다.

소일거리가 없어 텔레비전이나 쳐다보던 할머니는 제자가 생겨 신이 났고, 리엔은 바쁜 시어머니를 대신해 부엌일을 알려 줄 사람이 있어 다행이었다.

눈으로 익히는 것만으로는 부족해 수첩을 들고 가 메모를 했다. 반찬 만드는 것을 배우면서 양념이나 부엌에서 쓰는 물건들의 이름을 대부분 알게 되었다. 덕분에 시어머니가 뭘 가져와라 시켜도 실수하는 일이 줄어들었다.

또 생각지 않게 돈 벌 수 있는 방법도 알게 되었다.

밭일이 바빠지는 시기에는 일흔이 넘은 옆집 할머니까지 일을 하러 나갔다. 비닐하우스에서 모종을 심거나 수확을 할 때면 부녀회에서 일손을 구하기 위해 집집마다 찾아 나섰다. 그렇게 하루 일을 다녀오면 일당이 사만 원이라고 했다. 젊은 사람은 칠만 원도 받는다고 했다. 그 얘기를 들은 리엔은 정신이 번쩍 들었다. 여기서도 돈을 벌 수 있는 방법이 있구나.

"나도 돈 벌 거예요. 돈 필요해요."

그날 저녁, 리엔은 남편과 시어머니에게 자신도 동네 밭일을 다니겠다고 말했다. 그게 얼마나 힘든 일인지 아느냐며 두 사람 다 반대를 했다.

"윗집 할머니도 하는데…… 저 돈 벌어야 해요."

리엔은 핸드폰을 꺼내 호치민 외곽에 있는 부모님 집을 보여 주었다.

"엄마 아빠 집 지붕 나빠요. 비 새요. 냉장고도 필요해요."

남편과 시어머니의 눈이 마주쳤다. 리엔이 단호하게 말하자 쉽게 물러서지 않을 것을 눈치챘는지, 아니면 돈이 필요한 이유를 눈으로 확인한 때문인지 시어머니가 잠시 고민하다가 생각지도 못한 타협안을 내놓았다.

"……그래, 네가 하는 집안일만 해도 보통 일은 아니지, 하루에 만 원! 어떠냐? 그 정도면 되겠지?"

그게 얼마가 되는 돈인지 몰라 머뭇거리고 있는데 남편이 리엔을 툭 치며 눈치를 주었다. 아마도 어머니의 제안을 잠자코 받아들이라는 뜻 같았다. 더 말을 하려던 리엔은 입을 다물었다.

저녁을 먹고 난 뒤 설거지를 하며 리엔은 시어머니가 주기로 한 돈이 베트남 돈으로 얼마인지 가늠해 보았다. 사실 어서 빨리 돈을 벌고 싶은 마음은 있었지만 좀 더 한국 생활에 적응한 뒤의 일이라고 생각해서 참던 중이었다. 막상 굳이 집 밖을 나가지 않아도 돈을 벌 기회가 있다는 것을 깨닫자 마음이 초조해졌다.

주방 일을 끝내고 방으로 들어가니 남편이 리엔의 손을 잡았다. 리엔을 보고 빙긋이 웃던 남편은 리엔의 손바닥을 펴게 한 뒤 만 원 지폐를 올려놓았다. 무슨 돈인가 싶어 남편의 얼굴을 쳐다보자 남편은 안방 눈치를 보며 작게 말했다.

"오늘부터 나도 저녁마다 만 원씩 줄게. 엄마한테는 아무 말 하지 말고. 대신 밭일도 도와줘야 돼. 돈이 모이면 얼른 지붕 고쳐 드려."

리엔은 미소를 지으며 자신을 바라보는 남편과 눈이 마주쳤다. 무심한 듯 보여서 서운할 때도 있지만 예상치 못할 때 그의 마음을 느낀다. 남편이 처갓집 사진을 보고 신경이 쓰였다는 것을 깨달았다.

시어머니에게 받기로 한 일당이 만 원, 한 달이면 삼십만 원. 남편이 주는 돈까지 합하면 육십만 원. 손 위에 놓인 지폐를 직접 만지게 되자 리엔의 가슴이 두근거렸다. 이제 목돈을 벌게 되었다는 실감이 나기 시작했다.

고향에서는 주 6일 여덟 시간을 꼬박 일해야 한국 돈으로 십사만 원 정도의 월급을 받았다. 호치민 시내로 나온 뒤 마사지샵에서 손목이 시큰거릴 만큼 힘들게 일하고 받았던 월

급도 이십삼만 원 정도. 그것으로 월세를 내고 부모님에게 송금을 하고 나면 손에 남는 것은 한 달 빠듯하게 버틸 생활비가 고작이었다. 팁이라도 받아야 조금 여유가 있었다.

육십만 원이면 리엔 주변의 누구도 받아 보지 못한 월급이다. 물론 좋은 대학을 나오고 괜찮은 직장을 다닌다면 이보다 더 많은 돈을 받을 수도 있겠지만 리엔처럼 기술도 없고 특별한 재주도 없는 사람에게는 정말 큰 액수였다. 더구나 집에서 밥하고 지금처럼 지내면서 받는 돈이다. 한 달이면 육십만 원 두 달이면 백이십만 원……. 리엔은 잠자리에 누워서도 남편이 준 만 원을 들고 앞으로 들어올 돈 계산을 하느라 뒤적였다. 잠이 오지 않았다.

다음날부터 리엔은 저녁마다 만 원짜리 지폐 두 장을 받았다. 그렇게 꼬박꼬박 모은 돈으로 일 년도 안 되어 베트남 부모님 집의 지붕을 고치고 냉장고를 사 드렸다. 그 일로 시집을 잘 갔다고 고향에 소문이 자자했다.

타오의 죽음으로 힘들었던 부모님의 시름을 조금이나마 덜어 드린 것 같아 리엔도 마음이 뿌듯했다.

2

"빵소니 사고였대. 저녁에 운동하러 나갔다 변을 당했다나 봐. 밤이 늦어도 안 돌아와서 찾아다니다 뒤늦게 발견했대."

'거짓말.'

흐엉의 집에 다녀온 이 선생의 말을 들은 리엔은 단번에 이상하다는 생각이 들었다.

"장례는요?"

메이가 물었다.

"가족도 없고 해서 대충 치른 모양이야."

"말도 안 돼. 가족이 왜 없어? 가족과 친구들한테는 연락을 했어야죠."

"베트남에 연락은 했대요?"

리엔의 질문에 이 선생은 고개를 저었다.

"경황이 없어서 못 했다고, 이제 연락할 거라고 하더라고."

"묘지는?"

"화장했다고 하던데?"

화장? 리엔은 충격으로 머리가 멍했다. 아무리 생각해도 흐엉의 남편이 말도 안 되게 서둘렀다는 느낌을 지울 수 없었다. 흐엉이 사고를 당했다는 수요일 밤 병원에 실려 갔는데 목요일 하루 병원 영안실에 있다가 금요일 아침 바로 화장터로 옮겨졌다는 얘기였다.

리엔은 이해할 수 없었다. 사고를 당한 날은 경황이 없어서 그랬다 쳐도 목요일은 처갓집에 연락을 하고 장례를 어떻게 한 것인지 상의를 해야 할 것이 아닌가? 당장 달려올 수 있는 친구들에게조차 연락을 하지 않고 목요일 하루 만에 모든 것을 혼자 결정하고 금요일에 화장까지 끝내 버리다니 있을 수 없는 일이다.

"뺑소니 사고면 경찰이 와서 수사하지 않아요?"

"그렇긴 한데, 경찰도 뭐가 있어야 하지. 한적한 도로라서 목격자도 없고, CCTV도 없는 곳이니……."

리엔도 흐엉의 집을 안다. 흐엉이 사는 곳은 마죽리라는 한적한 마을이다. 산기슭에 열 채도 되지 않는 집들이 흩어져 있고 버스 정류장이 있는 큰 도로까지 나가려면 십 분은 걸어야 한다.

언젠가 리엔의 남편이 시내에 나왔다가 리엔의 수업이 끝나기를 기다린 적이 있었다. 그때 리엔은 남편의 차에 흐엉을 태우고 집 근처까지 데려다주었다. 오 분 정도만 돌아가면 되는 길이라 남편도 흔쾌히 흐엉을 태워 주었다.

마죽리는 면사무소나 동네 마을 회관 주변을 제외하면 구도로를 따라 이어진 길에 띄엄띄엄 인가들이 펼쳐져 있었다. 흐엉을 내려다 주고 집으로 돌아오면서 남편에게 들은 얘기로는 한때 꽤 많은 사람이 살던 동네였지만 자식들이 도시로 떠나 버리고 부모 세대도 죽고 난 뒤 주민 수가 확 줄었다고 했다. 빈집이 늘어 가면서 마을도 쇠퇴해 이제는 예전의 절반도 안 되는 가구가 살고 있다고 했다.

리엔은 속이 답답했다. 흐엉의 남편까지 만나고 왔다는 이 선생의 말은 온통 의문투성이였다. 그런 말을 듣고도 어떻게 그냥 돌아올 수가 있지? 그저 흐엉의 집까지 갔다 온 것으로 자기 일을 다했다고 생각하는 것이 아닌가 싶었다. 말로는 결혼 이민자를 지원한다고 하지만 미흡한 일이 한두 가지가 아니다.

“하다못해 흐엉의 부모님은 오신 다음에 장례를 치렀어야죠.”

리엔은 이 선생이 흐엉의 남편이라도 되는 양 목청을 높였다. 이 선생은 당혹스런 얼굴로 리엔을 쳐다보았다.

“왜 남편 말만 듣고 와요? 몇 번이나 흐엉을 때리고 협박하던 놈이라구요, 흐엉 몸에 있던 멍 자국 못 봤어요?”

메이와 후안의 표정이 굳어졌다. 그들 역시 어렴풋이 알고는 있었지만 입 밖으로 꺼내지는 못한 이야기였다. 이 선생은 말문이 막힌 듯 두 눈을 껌뻑이며 리엔을 쳐다보았다.

얼마 전 리엔이 흐엉의 팔에 난 상처를 알아보고 이 선생에게 도울 방법이 없는지 상담을 했었다. 여성의 집으로 피신하는 방법이 있긴 하지만 근본적인 도움은 되지 않을 거라고 말해서 실망스러웠다.

“그럼 뭘 더 어떻게 해? 누구한테 물어봐?”

“옆집에 가서라도 물어봐야죠, 이장님 집이라도 찾아가 봤어야죠.”

“그렇게 애기하면 섭섭하지, 나도 흐엉이 걱정되니까 거기까지 가 본 건데. 아니 막말로 우리가 무슨 힘이 있어, 경찰도 아니고, 그냥 사회복지사일 뿐이라고. 나도 답답해, 이것도 남편이 문을 닫으려고 하는 걸 간신히 붙잡고 물어본 거야."

이 선생은 리엔의 말이 서운했는지 자리에서 벌떡 일어나 창문을 열더니 손부채질을 하며 화를 식혔다. 아차 싶은 리엔이 입을 다물었다. 그나마 이렇게라도 따질 수 있는 사람은 이 선생밖에 없다.

"옆집에 안 가 본 줄 알아? 사람이 없더라고. 요즘 같은 농번기에 누가 집에 붙어 있어? 다들 일 나가고 없지."

사실 수강생이 어떻게 되든 찾아가 봐야 할 의무까지는 없다. 그나마 이 선생은 센터를 찾는 사람들과 친하게 지내고 흐엉의 일도 알고 있으니 이 정도까지 해 준 것이다. 문제는 이 정도 정보로는 갑작스런 흐엉의 죽음을 받아들일 수가 없다는 것이다.

스물세 살의 젊은 여자가 갑자기 죽었는데, 단순히 뺑소니 사고였다는 말에, 아 그래 하고 별일 아니라는 듯 넘어갈 수는 없는 일이다. 납득할 수 있는 설명이 필요했다.

리엔은 깊게 한숨을 내쉬며 마음을 가라앉히고 이 선생에게 질문을 던졌다.

"흐엉은 저녁에 운동을 하러 나가지 않아요. 거긴 해만 떨어지면 완전 캄캄한 곳이에요. 가로등도 없어서 무섭다고 했어요. 더구나……."

더 말을 하려다가 리엔은 꿀꺽 말을 삼켰다.

흐엉의 남편은 흐엉을 감금하다시피 했다. 밤에 혼자 어디를 내보낸다는 건 상상도 하기 힘들다. 흐엉은 한국어 강습 교실에 등록을 하고 일주일에 한 번, 몇 시간의 외출을 허락받기 위해 나머지 육 일 동안 남편에게 온갖 비위를 맞추며 벌벌 떨며 살았다.

차라리 도망치라는 말에 흐엉은 자신의 여권도 남편이 가지고 있다고 했다. 하루라도 안 보이면 그날로 경찰에 신고해 베트남으로 보내 버린다는 협박에 도망은 생각지도 못했다. 어떻게든 한국에 체류해야 취업의 기회도 생기고 돈을 벌 수 있을 거라고, 그날이 올 때까지는 참을 거라고 했다.

"그 남자가 얼마나 막무가내였는지 알아? 남의 가정사에 왜 끼어드냐고, 왜 나서냐고 막 욕을 하는데 어떻게 더 물어? 내가 어떻게 해야 돼, 응? 자기가 말 좀 해 주라."

이제 이 선생은 눈물까지 그렁그렁해졌다. 아마도 적잖은 수모를 당하고 온 모양이었다. 그런 수고는 뒤로하고 다그치니 억울하고 속이 많이 상한 듯싶었다.

리엔은 이 선생의 등을 다독여 주었다.

"미안해요. 너무 속상해서 그래요. 이 선생님 열심히 하신 거 알아요."

옆에 있던 수강생들도 이 선생에게 다가와 달래기 시작했다. 메이가 이 선생의 팔을 잡아당기며 의자에 앉혔다.

"나도 속상해 나도. 우리 사무실에서는 나한테 오지랖 떨지 말라고 해. 그렇게 나설 일 아니라고. 그래도 나는 다들 처지가 하도 딱하니까 뭐라도 돕고 싶어서 간 거라고."

"알아요. 미안해요."

이 선생에게 사과를 한 뒤 다들 입을 다물었다. 시선을 돌리고 먼 곳을 바라보며 각자의 생각에 잠겼다. 아무것도 할 수 있는 게 없다는 무기력함에 더 기운이 빠졌다.

리엔은 도저히 이렇게 끝낼 수 없다고 생각했다. 어떻게든 방법을 찾아보고 싶었다.

"방법이 없을까요? 누가 죽였는지, 어떻게 죽은 건지는 알아야죠. 경찰한테 얘기하면 안 돼요?"

"뺑소니 사고로 신고가 들어갔으니까 수사를 하고 있을 거야. 직원들한테 물어봐서 다시 한 번 경찰에 문의를 해 볼게."

이 선생은 일이 남아 있어 사무실로 돌아가고 남은 수강생들은 평소 모이던 식당으로 가기로 했다.

메이가 핸드폰에 있던 흐엉의 사진을 골라 인화해 가지고 왔다. 고맙게도 식당 주인인 안씨와 히엔 부부가 흐엉의 소식을 듣고 추모할 수 있게 제단을 만들어 주었다.

흐엉의 사진 아래 평소 흐엉이 좋아하던 쌀국수를 한 그릇 올리고 향을 피웠다. 이곳에서 흐엉이 처음 먹은 쌀국수였다. 그날 이후로 흐엉도 리엔의 다른 친구들처럼 이 식당 단골손님이 되었다.

모이면 두고 온 고향에 대한 이야기와 앞으로 한국에서 살아갈 일들에 대해 이야기했다. 제각기 한국으로 오게 된 상황도 다르고 결혼을 하게 된 과정도 달라서 사는 것도 제각각이었다.

식당 주인인 안기준 씨는 다니던 직장을 때려치우고 동남아 여행을 다니다가 캄보디아에서 히엔을 처음 만났다고 했다. 가는 곳마다 마주쳐서 얼굴을 익히고, 그러다 눈인사를 나누고, 어느새 같이 식사도 하게 되면서 친해졌고, 결국 집으로 돌아가는 히엔을 따라 안씨가 베트남까지 갔다고 한다.

"둘 다 첫눈에 반했다고 할 수 있지."

히엔은 둘이 처음 만난 이야기를 할 때면 눈이 반짝거렸다.

"안씨가 한국으로 돌아갔을 때는 다시 못 만날 거라고 생각했어."

이번에는 히엔이 안씨를 보기 위해 한국을 찾았다. 그렇게 서로의 마음을 확인한 두 사람은 오 년 전 결혼을 하고 이곳에 식당을 열었다.

리엔은 센터를 다니면서 이 식당을 알게 되었는데 꾸준히 입소문이 나면서 베트남에서 온 사람들에게는 꼭 들러야 하는 아지트처럼 되어 버렸다. 물이 모여서 냇가가 되듯 사람들이 모이고 정보가 모이자 식당에는 취업 정보나 사람을 찾는 문의까지 들어왔다.

밝은 성격의 히엔은 음식 솜씨도 좋았지만 사람들이 모이는 것을 좋아했다. 누구도 가리지 않고 친하게 지냈다. 그러니 사람이 사람을 불러들여 한번 왔던 사람은 또 다른 사람을 데리고 찾아왔다. 날이 더워지면서 주변의 가게들은 한산해졌지만 히엔의 가게는 언제나 사람들로 시끌벅적했다. 호치민의 어느 식당 같은 느낌이 들어 리엔도 이곳을 찾아 낯선 땅에서 느끼는 외로움과 향수를 달랬다.

히엔은 남편을 기준이라는 이름 대신 안씨라고 불렀다. 그게 더 어감이 좋다고 했다. 시댁 식구들은 남편의 성만 부르는 것을 안 좋게 봐서 그때는 부르지 않고 이렇게 편한 자리에서만 사용했다.

"안씨 당신이 좀 알아봐 줘요. 친구들 중에 경찰과 아는 사람이 있을 거 아냐?"

안씨는 이곳에서 고등학교를 나오고 직장 생활을 했다. 분명 친구들에게 수소문하면 경찰에 줄이 닿을 것이다.

"리엔 얘기 들으니까 진짜 이상하네. 그 캄캄한 시간에 운동이라니?"

히엔이 남편의 말을 받아 리엔에게 물었다.

"남편은 그때 어디 있었대?"

"집에 있었다는 거 같은데? 밤까지 돌아오지 않아서 찾으러 나갔다고 했어."

"알리바이 증명해 줄 사람 있나?"

"알리바이?"

"평소 방문도 잠근다는 사람이 외출을 하도록 내버려 두었다는 게 이상하잖아? 남편 말만 듣고 혼자 나갔다는 걸 어떻게 믿어?"

"자동차 사고라며? 차 사고로 사람이 죽을 정도면 현장에 파편 같은 것도 떨어졌을 텐데? 뭐 들은 얘기는 없대?"

궁금한 것은 많았지만 정보가 너무 없었다. 우선은 이 선생과 안씨의 인맥을 통해 정보를 얻은 다음 이야기를 더 해보기로 했다.

대문을 들어서던 리엔은 마당에 자리를 펴고 밭에서 따 온 고추를 쏟아 붓고 있는 남편과 마주쳤다. 오전 내내 쉬지 않고 일했는지 붉은 고추의 양이 엄청났다.

"이제 괜찮아?"

고추를 펴며 말을 건네는 남편을 멍하게 바라보던 리엔은 어렵게 입을 열었다.

"……사실은 병원에 간 게 아니에요."

남편이 동작을 멈추고 리엔을 쳐다보았다.

"흐엉, 다문화센터에서 한국어 공부하던 흐엉 기억나죠? 흐엉이 죽었다고 해서 다녀온 거예요."

"어쩌다? 그럼 장례식장에 다녀온 거야?"

리엔은 고개를 저었다.

"지난주에 교통사고로 죽었다는데, 주변에 연락도 안 하고 장례도 제대로 치른 것 같지 않아요. 센터에서도 어제 안 모양이에요."

"경황이 없어서 그런 모양이지. 점심은?"

"생각 없어요."

"그래도 뭐라도 먹어야지."

말을 마친 남편은 다시 자기 일에 몰두했다.

하루 종일 뙤약볕에서 고추를 따느라 남편의 얼굴이 고추처럼 벌겋게 익었다. 7월 말부터 8월에는 고추가 빨갛게 익는 대로 그때그때 따서 찌고 말려야 한다. 이맘때는 고춧가루를 만드는 일이 가장 큰일이다. 시어머니는 단골들에게 고춧가루 주문을 미리 받는다. 태양초라 다른 곳보다 맵고 맛있다고 꽤 많은 주문을 받는다. 고생한 만큼 제법 목돈이 되었다.

"초희는?"

"뭘 물어?"

리엔은 한숨을 내쉬며 옆집 할머니 집으로 향했다.

마루에 앉아 할머니와 옥수수를 먹고 있던 초희는 엄마를 보자 쪼르르 내려와 리엔의 허리에 엉겼다. 이제 초등학교에 들어간 초희의 덩치가 어느새 엄마를 따라잡을 기세다.

"더워, 좀 떨어져."

아기 때부터 엄마를 따라 옆집에 드나들더니 이제는 안 보인다 싶으면 여기서 놀고 있다. 옆집 할머니는 싫은 내색 없이 말동무가 생겨서 좋다며 초희를 돌봐 주었다.

"귀찮게 해서 죄송해요."

"귀찮게 안 했어. 내가 할머니한테 동화책 읽어 줬단 말이야."

초희는 하루 종일 시장에서 일하고 돌아오는 친할머니보다 옆집 할머니와 보내는 시간이 더 많았다. 그래선지 옆집 할머니를 더 좋아했다.

"가 볼게요."

인사를 하고 초희의 손을 잡고 나오려는데 할머니가 잠깐 기다리라고 하더니 아직 온기가 가시지 않은 옥수수를 여러 개 들려 주었다. 초희가 할머니 품에 안기더니 내일 또 올게요 하고 인사를 했다.

"여기 할머니가 진짜 내 할머니면 좋겠어."

대문을 나서면서 초희가 던진 말에 리엔은 가슴이 철렁했다.

"그런 말 하는 거 아니야. 할머니 앞에서는 절대 하지 마. 알았어?"

리엔은 초희가 어떤 의미로 그런 말을 하는지 안다. 시어머니는 일찍 혼자가 되어 직접 밭에서 일군 작물을 시장에 내다 팔며 억세게 산 세월 탓인지 성격이 곰살맞은 편은 아니었다.

집으로 돌아온 리엔은 냉장고에 넣어 둔 수박을 꺼내 초희에게 주고 남편을 돕기 위해 편한 옷으로 갈아입었다. 뭐라도 하지 않으면 마음이 진정되지 않을 것 같았다. 리엔은 모자를 쓰고, 입기만 해도 서늘하다는 쿨토시도 팔에 차고 만반의 준비를 하고 집을 나섰다. 산기슭에 있는 고추밭까지는 백 미터도 되지 않는다.

뜻밖에도 남편은 고추는 따지 않고 고추밭이 시작되는 고랑에서 산 쪽을 바라보며 멍하니 서 있었다.

"왜 나와? 집에서 쉬지."

"이제 괜찮아. 모자도 썼어. 뭘 보고 있는 거야?"

"어, 저기 까마귀."

고추밭 너머 산 쪽으로 배나무 몇 그루를 심어 두었는데 아무리 봉지를 싸고 감시를 해도 배가 익을 즈음이면 까마귀들이 찾아와서 귀신같이 맛있는 배를 찾아내 쪼아 댔다. 한 그루당 못해도 백오십 개는 따는데 까마귀가 한 번이라도 쪼면 시장에 내다 팔 수가 없다. 그래서 까마귀만 보면 크게 손을 휘두르며 훠이훠이 쫓아내는 남편이 오늘은 이상하게 가만히 구경만 하고 있는 것이다.

"안 쫓아요?"

"장례식 끝나고."

"응?"

"저기 가운데 죽어 있는 까마귀 보이지? 저놈 때문에 다들 모여 있는 거야. 장례식을 하는 거지."

왠지 가슴 한쪽이 찌르르 아파 왔다. 흐엉 생각에 리엔도 가만히 까마귀들을 쳐다보며 작은 목소리로 물었다.

"까마귀도 장례식을 해?"

"까마귀들이 얼마나 머리가 좋은지 알아? 저렇게 친구가 죽으면 모여서 친구의 시체 주위를 돌면서 어떻게 죽었는지, 왜 죽었는지 살피는 거야. 주변에 위험이 남아 있는지도 확인하고."

리엔은 신기하다는 생각이 들었다. 까마귀도 친구의 죽음을 밝히고자 한다니, 조금 전 식당에 모였던 친구들의 얼굴이 떠올랐다.

"지금은 조용하지? 처음에는 대장쯤 되는 까마귀가 울어서 동료를 불러 모으고, 모이면 차츰 조용해져. 시체 주변을 돌면서 조용히 살피고 의논을 하는 거지. 이럴 때는 가까이 안 가는 게 최고야."

"왜요?"

"죽은 새 옆에 있으면 내가 죽인 걸로 오해하거든. 그러면 나를 볼 때마다 다가와서 울어 대고 위협을 할 거야."

"진짜?"

"진짜라니까. 까마귀가 그만큼 영리하다니까. 어릴 때 친구 한 놈이 새총으로 까마귀를 잡았는데 그 뒤로 몇 년 동안 동네 까마귀들이 보기만 하면 쪼아 댔어."

죽은 친구의 주변에 모여 있던 까마귀들이 하나둘 날아갔다. 남편은 다시 고추를 따기 위해 밭고랑으로 들어갔지만 리엔은 아직도 남아 있는 까마귀를 쳐다보느라 꼼짝도 하지 않았다.

죽은 친구의 주변을 살피며 무엇을 알아내려고 하는 것일까?

'나도 누가 흐엉을 죽게 만들었는지 밝혀낼 수 있을까?'

흐엉의 남편이 가장 의심스러웠지만 선부른 판단을 할 수는 없었다.

## 3

며칠 뒤 다시 까마귀들이 모였다.

한식조리사 강습이 끝나고 교실을 나서는데 메이가 기다리고 있었다. 무슨 일인가 싶었다.

"히엔이 전화를 했어. 강의 끝나면 바로 식당으로 와 달래."

어차피 강습이 있는 날이면 참새가 물가에 가듯 빼놓지 않고 식당에 들르곤 했다. 굳이 전화를 했다는 게 마음에 걸렸다.

식당으로 걸어가면서 메이가 이 선생을 만난 이야기를 전했다.

"경찰이 뺑소니 사건을 수사하고 있는데, 쉽게 해결될 것 같지는 않은가 봐. 현장에 증거물도 발견된 게 없고, 남편은 그 시간에 동네 사람이랑 마을 회관에서 술 먹고 있었대."

"집에 있다고 하지 않았어? 정말 확인한 거야?"

"그러니까 확인했다고 얘길 했겠지."

혼자 집에 있었다고 하면 알리바이가 성립되지 않는다. 갑자기 알리바이를 증명해 줄 사람이 튀어나오다니, 리엔은 모든 게 의심스러웠다.

식당에서는 낯선 사람들이 리엔을 기다리고 있었다. 오십 대의 중년 부부와 리엔 또래의 여자였다. 리엔은 자기 또래의 여자가 어딘가 낯이 익다는 생각이 들었다.

"흐엉의 부모님이셔. 여기는 언니."

리엔은 그제야 흐엉의 핸드폰에서 봤던 언니의 사진이 떠올랐다. 더 티 화이라고 자신을 소개한 언니는 흐엉에게서 리엔의 이야기를 많이 들었다고 했다. 며칠 전 갑작스럽게 흐엉의 소식을 듣고 이제야 온 것이라고 했다.

초췌한 흐엉의 부모를 보자 리엔은 무슨 말을 꺼내야 할지 막막했다. 화이가 먼저 리엔에게 말을 걸었다.

"흐엉이 늘 고마워했어요. 친동생처럼 대해 줬다고. 전화할 때마다 리엔 이야기만 했어요. 이제 한국에 있어도 무섭지 않다고."

흐엉의 엄마가 손을 내밀어 리엔의 손을 잡고 눈물을 글썽거렸다.

"우리 흐엉을 많이 도와줘서 고마워요. 한국말도 많이 늘었다고 들었어요."

리엔은 어디론가 숨고 싶었다. 자신이 제대로 흐엉을 도와주었다면 흐엉이 죽는 일은 없었을 것이다.

호엉이 죽기 일주일 전 리엔은 진지하게 호엉의 손을 잡고 어디든 도망치라고 말했다.

강습을 들으러 온 호엉을 보고 리엔은 속이 터졌다. 호엉의 팔을 잡아 끌며 근처 옷가게로 데리고 갔다. 긴팔 셔츠를 입고 더위에 얼굴이 달아오른 모습이 안쓰러워 보였기 때문이다. 얼떨결에 따라온 호엉은 리엔이 옷을 골라 주려 하자 괜찮다며 자꾸 옷가게에서 나가려고 했다.

"날이 이렇게 더운데 왜 그런 옷을 입고 땀을 흘려. 시원하고 예쁜 옷으로 하나 사 줄게."

호엉은 리엔의 팔을 떼어 내며 난처한 표정을 지었다. 그럴수록 리엔은 속이 상했다. 나쁜 놈, 어떻게 자기 마누라한테 옷 한 벌도 제대로 안 사 줘? 저절로 욕이 나왔다.

리엔은 실랑이를 하다가 밖으로 뛰어나가려는 호엉의 팔뚝을 잡았다. 갑자기 호엉이 비명을 지르며 팔을 부여잡고 주저앉았다. 리엔은 그제야 호엉의 거절에는 다른 이유가 있다는 것을 깨달았다.

리엔은 호엉을 데리고 센터에 있는 여성의 집 휴게실로 들어갔다. 그곳은 남편의 폭력을 피해 도망쳐 나온 결혼 이민자들이 잠시 쉬어 갈 수 있는 숙소였다. 직원은 식사를 하러 나갔는지 휴게실에는 아무도 없었다.

리엔은 의자를 가져와 호엉을 앉혔다. 호엉의 맞은편에 자리를 잡고 앉은 리엔은 조심스럽게 호엉의 어깨와 팔뚝을 만져 보았다. 팔뚝을 만지자 흐엉의 인상이 일그러졌다. 흐엉의 셔츠 단추를 풀었다. 흐엉의 손이 리엔을 잡았다.

"보여 줘."

리엔의 한마디에 흐엉의 손이 아래로 떨어졌다. 셔츠를 젖히고 보자 흐엉의 팔과 등은 여기저기 멍이 들어 있었다. 리엔은 입술을 깨물며 흐엉의 셔츠를 다시 채워 주었다.

"집에 가지 마. 오늘부터 여기서 지내. 내가 이 선생에게 말할게."

흐엉이 고개를 저었다.

"너 지난번에도 맞았다고 하지 않았어? 이번엔 또 얼마나 맞은 거야?"

도대체 얼마나 맞아야 이렇게 멍이 드는지 알고 싶었다. 화가 나서 부들부들 손이 떨렸다.

"그래도 화 풀리면 괜찮아, 바르라고 약도 줬어."

"괜찮지 않아. 한 번이 아니고 계속이잖아, 다음에 또 때릴 거야. 더 늦기 전에 도망쳐."

"하나씩 괜찮아질 거야. 이렇게 나 한국어 강습도 보내 주잖아?"

"너 진짜……."

리엔은 말문이 막혔다. 어쩜 이렇게 미련하게 견디는지 이해가 되지 않았다. 잠시 고개를 숙이고 셔츠의 옷깃을 만지작거리던 흐엉은 낮은 목소리로 말했다.

"어디로 가? 아는 사람도 없고, 지낼 곳도 없는데. 다시 고향으로 돌아가? 언니라면 돌아갈 수 있어?"

흐엉의 질문에 리엔은 아무런 답을 하지 못했다. 만약 자신이었다면 어떻게 했을까?

"내가 한국말도 잘하고 직장도 구해서 돈 벌면 그때는 나아질 거예요."

갑자기 흐엉의 말투가 바뀌자 리엔은 이내 흐엉의 마음을 눈치챘다. 아무리 의지하는 언니라고 해도 더 깊이 관여하는 것에 대해서는 정색하고 선을 긋는 게 느껴졌다.

눈앞의 문제도 해결하지도 못하면서 흐엉은 언제일지 모를 미래에 대한 희망을 버리지 않았다. 그때 남편에게 돌아가지 못하게 막았어야 했다는 생각이 계속 리엔을 괴롭혔다.

"미안해요, 한 가지 부탁이 있어요."

화이가 간절한 눈으로 리엔을 쳐다보며 말했다.

"이제 흐엉이 살던 집으로 갈 거예요. 우리는 한국말을 못해요. 우리와 함께 가 줄 수 있어요?"

그렇지 않아도 그 인간의 얼굴을 보고 싶던 차였다. 직접 확인하고 싶은 것도 있어서 리엔은 바로 함께 가겠다고 했다. 흐엉의 부모와 화이는 연신 고개를 숙이며 고맙다는 인사를 멈추지 않았다. 그럴수록 리엔의 마음은 더욱 무거워졌다.

택시를 타야 하나 고민하고 있는데 안씨가 차 키를 가지고 나오더니 운전사를 자처했다. 히엔도 흔쾌히 다녀오라는 말을 했다.

리엔은 조수석에 타서 흐엉의 집을 안내하기로 했다. 자동차가 주차장을 빠져나와 식당가 골목을 벗어나자 리엔은 안씨에게 고맙다고 인사를 했다. 사실 안씨가 함께 가겠다는 말을 하기 전까지는 약간의 불안감이 있었다.

"남자가 같이 가니까 든든하죠?"

안씨는 농담을 던지며 힐끗 리엔을 바라보았다.

"한편으로 책임감도 느껴요. 남자 하나 믿고 한국까지 온 건데 이런 일이 생겨서 미안하고 화가 나요."

"안씨 잘못도 아닌데요."

안씨가 뒷좌석의 흐엉 가족을 힐끗 쳐다보며 말을 이었다.

"히엔이 많이 울었어요. 흐엉이 너무 불쌍하다고. 한국 남자 나쁘다고. 히엔도 나도 흐엉이 왜 죽었는지, 누가 죽였는지 밝히지 못하면 맘 편히 못 잘 거예요."

리엔은 자신의 주변에 있는 따뜻한 기운이 흐엉에게는 닿지 못했다는 사실이 안타까웠다.

슬쩍 뒤를 돌아보니 화이는 단단히 마음의 준비를 하는 표정이었다. 자꾸 눈물을 훔치는 엄마의 손을 잡아 주면서도 애써 감정을 누르고 있었다.

흐엉이 살았던 마을이 보이자 리엔은 급하게 안씨에게 방향을 알려 주었다. 마을 입구에 있는 흐엉의 집 앞에 차가 섰다. 자동차에서 내린 흐엉의 가족은 당황한 눈치였다.

"……말도 안 돼."

화이는 기가 막힌 듯 자신도 모르게 혼잣말을 중얼거렸다. 리엔이 돌아보자 시선을 피했다. 안다. 자신의 동생이 이런 곳으로 시집을 왔으리라고는 상상도 못 했을 것이다. 국제결혼 브로커 중에는 결혼을 성사시키기 위해 거짓말과 과장도 서슴지 않는 경우가 많다. 한 사람의 인생이 어떻게 되든 눈앞의 수수료를 벌기 위해 혈안이 된 것이다.

안씨가 후줄근한 집을 쳐다보다가 한 뼘 정도 열린 철제 대문을 두드렸다.

"계세요?"

아무도 없을 것 같은 조용한 집 안에서 누군가 현관문을 여는 소리가 들렸다. 곧 흐엉의 남편이 대문을 열고 나왔다.

그는 눈앞의 사람들을 보고 적잖이 당황한 기색이었다. 잠깐 기다리는 말을 하고 얼른 집 안으로 들어갔던 남편은 이내 집에서 나왔다. 그의 뒤로 사십 대로 보이는 남자가 따라 나왔다. 손님이 있었던 모양이었다. 깔끔한 체크 셔츠에 양복바지를 입은 남자가 가죽 서류 가방을 황급히 잠그며 나왔다. 옷차림만 봐서는 직장인처럼 보였다. 그는 서둘러 흐엉의 남편과 인사를 하고 다시 전화를 하겠다며 흐엉의 가족을 지나쳐 밖으로 나갔다.

남자가 가고 나자 흐엉의 남편이 대문을 열어 주었다. 흐엉의 가족들이 마당으로 들어서자 어색하게 고개를 끄덕여 인사를 하더니 현관문을 열고 안으로 안내했다. 낡고 허름한 집에서는 활기라고는 느낄 수가 없었다. 곁눈으로 마당을 살펴보던 리엔은 흐엉의 생활이 자신이 생각한 것보다 더 힘들었을 거라고 짐작했다.

가난은 사람을 피폐하게 만든다. 흐엉이 이 먼 나라까지 올 결심을 한 것은 가난한 자신의 집에서 벗어나 조금이라도 나은 생활을 할 수 있다는 희망 하나 때문이었다. 조금만 고생하면 베트남에 있는 가족들까지 먹여 살릴 수도 있다는 말에 기꺼이 낯선 곳으로 오는 모험을 택한 것이다. 수많은 신부들이 그렇게 한국으로 넘어왔고 많은 사람들이 새로운 삶을 살고 있다. 흐엉은…… 가장 운이 없는 케이스라고 할 수 있다.

리엔은 흐엉의 가족들과 함께 집 안으로 들어섰다.

거실 한편에 놓인 탁자에는 흐엉이라는 이름이 새겨진 새하얀 항아리가 있었다. 한눈에 봐도 유골함이라는 것을 알 수 있었다. 유골함을 본 흐엉의 어머니는 참았던 눈물을 쏟으며 탁자 앞에 무너졌다. 두 손으로 유골함을 끌어안으며 아이고 불쌍한 내 딸, 이게 무슨 꼴이니 하며 울음을 터뜨렸다. 화이는 엄마의 어깨를 부둥켜안고 함께 울었고 아버지 역시 고개를 돌리며 눈물을 닦았다.

리엔은 들어올 때부터 흐엉의 남편을 주시했다. 그의 행동, 표정 하나 놓치지 않으려고 했다. 어딘가에 허점이, 흐엉을 죽게 만든 단서가 있을 거라고 생각했다.

'나는 당신을 믿지 않아.'

흐엉의 남편도 고개를 숙이고 두 손에 얼굴을 묻었다. 모르는 사람이 봤다면 그도 슬픔을 이기지 못해 눈물을 흘리는 것이라 생각했겠지만 리엔은 속지 않았다. 흐엉이 이곳에서 어떻게 살았는지 모르는 흐엉의 부모는 그의 모습을 보고 그래도 조금 경계가 풀어진 듯했다.

"일이 이렇게 돼서 죄송합니다. 흐엉과 정말 잘 살아 보려고 했는데……."

눈물과 탄식이 지난 뒤 조금 마음을 진정시킨 가족들에게 흐엉의 남편이 어렵게 말을 꺼냈다. 화이와 부모의 시선이 리엔에게 향했다. 리엔은 남편의 얼굴을 쳐다보다 그가 하는 말을 통역해 주었다.

"어쩌다 이런 일이 일어났어요?"

화이가 물었다. 리엔의 통역을 들은 남편이 잠시 말을 잇지 못하다가 침통한 표정으로 이야기를 시작했다.

"저녁 먹고 가끔 운동을 나가는데, 늦게까지 안 돌아와서 큰길까지 마중을 나갔다가 길에 쓰러진 흐엉을 발견했어요. 처음엔 그냥 쓰러진 줄 알았는데, 옆에 타이어 자국도 있고 흐엉도 피를 흘리고 있어서 바로 신고를 했어요. 구급차가 와서 병원으로 싣고 갔는데 이미…… 늦어서 손을 쓸 수가 없었어요."

리엔은 통역을 하면서 그 장소가 어딘지 물었다. 남편은 어리둥절한 표정으로 리엔을 쳐다보았다. 리엔은 얼른 말을 돌려 흐엉의 부모에게 흐엉이 죽은 장소로 가서 명복을 빌지 않겠느냐고 물었다. 부모는 고개를 끄덕이며 흐엉의 남편을 쳐다보았다.

"부모님들이 흐엉이 죽은 곳에 가 보고 싶어 하세요. 그곳에서 명복을 빌지 않으면 죽은 영혼이 그 자리를 떠나지 못한대요."

리엔은 없는 말을 지어냈다. 베트남어를 어느 정도 할 줄 아는 안씨가 슬쩍 리엔의 얼굴을 쳐다보았지만 별말은 하지 않았다. 리엔이 왜 그런 말을 하는지 이해하는 것 같았다.

흐엉의 남편을 따라 모두 자리에서 일어났다. 대문을 나와 큰 도로가 있는 쪽으로 걸음을 옮겼다.

뜨거운 뙤약볕에 흐엉의 남편을 앞세우고 걷자니 묘한 기분이 들었다. 흐엉의 부모와 화이는 흰옷을 입었고 안씨와 리엔의 옷은 검은색이다.

고향 떠이닌에는 누군가 죽으면 그가 살던 집에서부터 묘지까지 많은 사람들이 긴 행렬을 이루며 동네를 한 바퀴 도는 장례 풍습이 있다. 상주와 가족은 흰 옷을 입고, 친지와 친구들, 마을 사람들은 검은 옷을 입고 그 뒤로 자리를 잡고 걸어간다. 냐 담 마를 연주하는 악사가 몇 명 함께한다.

일행의 뒤를 따라가며 리엔은 미처 못 한 장례 의식을 지금 하고 있는 거라고 생각했다. 리엔은 핸드폰을 꺼내 조심스럽게 사진을 몇 장 찍었다.

마죽리에서 풍세 가는 쪽으로 이정표가 보이는 곳에서 흐엉의 남편이 걸음을 멈추었다. 그는 머뭇거리며 손가락으로 대충 주변을 가리켰다.

"정확히 어디에 쓰러져 있었어요?"

리엔이 묻자 흐엉의 남편이 마지못해 한 지점을 가리켰다. 검은 아스팔트 도로 위에는 아무것도 없었다. 흐엉이 죽은 자리에는 어떤 흔적도 남아 있지 않았다. 눈을 들어 주변을 둘러보니 옆으로 풍세천이 흐르고 뒤편으로 남천안 IC 방향으로 가는 도로가 보였다. 생긴 지 얼마 되지 않아 동네 사람들만 아는 새 길이다. 한낮인데도 지나는 차량이 많지 않다. 리엔이 자꾸 사진을 찍으니까 흐엉의 남편이 불편한 듯 쳐다보았다. 리엔은 모른 척 주위 사진을 몇 장 더 찍고 흐엉의 가족에게 흐엉이 쓰러져 있던 장소라고 말해 주었다.

가족들은 두 손을 모으고 묵묵히 기도를 시작했다.

베트남 속담에 '죽은 자에게는 마지막 순간만이 남는다'라는 말이 있다.

리엔은 흐엉의 시선이 되어 주위를 둘러보았다. 낮이라도 이렇게 적막한데 밤이면 어떨지 상상이 가지 않았다.

흐엉은 어두운 것을 싫어했다. 그날 밤 흐엉은 왜 밖에 나왔을까? 어떻게 나올 수 있었을까? 한낮에도 한적한 도로인데 하필이면 그 시각 자동차가 흐엉과 마주쳤을까? 우연인가, 아니면……. 흐엉이 보고 들었던 마지막 순간에 어떤 일이 있었는가.

그 모든 의문의 답을 줄 수 있는 것은 흐엉의 남편이다. 교통사고에 대한 것은 아직 모르겠지만 적어도 그날 밤 흐엉이 밖으로 나가게 된 이유가 있을 것이다.

흐엉의 가족들이 기도를 드리는 동안 어색하고 난감한 표정으로 서 있던 흐엉의 남편은 자신을 계속 노려보는 리엔의 시선을 발견하자 불쾌한 듯 표정이 바뀌었다. 둘의 눈싸움을 눈치챈 안씨가 얼른 리엔의 앞을 가로막으며 시선을 차단했다.

"괜한 실랑이 벌이지 말아요. 지금은 흐엉 가족도 있으니까."

안씨가 낮은 목소리로 속삭였다. 그의 말이 맞다. 지금은 괜한 분란을 만들어서 좋을 게 없다.

리엔은 눈에 담았던 분노를 풀었다. 우선은 그날 밤 흐엉에게 무슨 일이 있었는지 그걸 밝히는 게 우선이라는 생각이 들었다.

길 위에서의 추도를 끝낸 가족들은 다시 사위의 집으로 돌아와 흐엉의 유골함을 앞에 놓고 앉았다. 흐엉의 부모는 한동안 흐엉의 유골함을 쳐다보다 입을 열었다.

"흐엉의 묘를 어떻게 마련할 건가?"

리엔의 통역을 들은 흐엉의 남편은 놀란 표정으로 흐엉의 아버지를 쳐다보았다. 아내의 묘에 대해서는 아무런 대책도 생각하지 않은 듯했다. 잠시 할 말을 찾던 흐엉의 남편은 머리를 긁적이다 입을 열었다.

"……이왕 오셨으니 가족들이 가져갔으면 좋겠습니다. 여긴 마땅히 묻을 곳도 없고 납골당에 둔다 해도 찾아갈 사람도 없어요."

리엔은 잠시 흐엉의 남편을 노려보다 마지못해 흐엉의 가족들에게 남편의 뜻을 전했다.

흐엉의 어머니가 정신을 놓은 듯 비틀거리자 옆에 있던 화이가 얼른 부축했다. 화이는 어느 정도 예상한 표정이었지만 흐엉의 남편을 노려보는 눈빛은 차가웠다. 묵묵히 침묵을 지키고 있던 흐엉의 아버지가 자리에서 벌떡 일어났다. 이제껏 단 한 마디도 하지 않던 그는 떨리는 목소리로 말을 쏟아 내기 시작했다. 리엔이 미처 말을 옮길 수도 없이 빠르게 낯선 사위에게 소리쳤다. 침통하면서도 분노를 숨기지 않는 목소리여서 무슨 말을 하는지 느낌으로도 알 수 있었다.

"그게 남편으로서 할 소리냐? 흐엉과의 결혼을 아무리 하찮게 여긴다고 해도 이럴 수는 없다. 흐엉은 네놈을 남편이라고 믿고 여기까지 왔어. 그 아이가 어떤 맘으로 여기 왔는지, 어떻게 지냈는지 알아도 참았어. 걱정하지 말라고, 잘 살 거니까 믿어 달라고, 흐엉이 그렇게 말했으니까. 흐엉을 생각한다면 이럴 수는 없다. 흐엉을 아내라고 생각한다면 애도하는 맘이라도 가져야지. 귀찮은 짐짝 버리듯 유골을 건네줄 일이 아니다. 흐엉은 너의 아내였어!!"

리엔은 한 단어도 틀리지 않도록 조심하며 아버지의 애통스런 마음을 전하려 애썼다.

이 뻔뻔한 놈은 흐엉의 아버지가 전하는 말의 깊은 뜻을 알고는 있을까? 이 년 동안 아내로 살아왔던 흐엉에 대한 최소한의 예도 갖추지 않고 마치 치워 버리고 싶은 물건이나 되는 것처럼 흐엉을 떠넘기려고 하는 태도에 깊은 분노를 느끼고 있는 아버지의 마음을 느끼기나 할까?

흐엉의 남편은 어떤 변명도 하지 못하고 굳게 입을 다물고 있었다.

말을 마친 흐엉의 아버지는 더 볼일도 없다는 듯 서둘러 현관 쪽으로 걸음을 옮겼다. 다른 사람들도 서둘러 그 뒤를 따랐다. 리엔은 꼼짝도 안 하고 자리를 지키고 있는 흐엉의 남편을 바라보다 마지막으로 그의 집을 나왔다.

식당으로 돌아오는 동안 차 안에 있는 누구도 말을 하지 않았다. 간간이 흐엉의 어머니가 흐느끼는 소리가 들렸다. 리엔도 함께 울고 싶은 마음이었지만 눈물을 참았다.

리엔은 탁자 위에 놓인 흐엉의 유골함이 머릿속에 맴돌아 다른 생각을 할 수가 없었다. 만약 유골함에게도 의지가 있다면 당장이라도 부모를 따라나서지 않을까 싶었다.

식당에 도착한 리엔은 앞으로 어떻게 할 예정인지 화이에게 물었다. 리엔에게 이런저런 이야기를 들은 게 있는지 화이는 우선 부모님을 모시고 경찰서에 가서 뺑소니 사고의 수사가 어떻게 진행되고 있는지 알아볼 예정이라고 했다. 상황에 따라 한동안 한국에 머물 생각을 하고 왔다고 말했다.

리엔이 경찰서까지 함께 가서 도와주겠다는 말을 하려는 순간 가방에 있던 핸드폰이 울렸다. 꺼내 발신자를 확인하니 남편이었다.

「어디야? 왜 이렇게 안 와?」

남편의 퉁명스런 말투에 핸드폰의 시계를 확인했다. 평소라면 이미 두 시간 전에 집에 도착했을 터였다.

"일이 좀 있어서 친구 만났어요."

리엔이 통화하는 모습을 보던 안씨가 얼른 가 보라고 리엔의 등을 떠밀었다. 흐엉의 부모는 자신과 히엔이 맡겠다고 했다. 흐엉의 부모와 화이도 분위기를 눈치채고 리엔에게 고맙다는 인사를 하고 식당으로 들어갔다.

리엔은 경찰서에 가서 직접 상황이 어떻게 돌아가고 있는지, 수사는 어떻게 진행이 되고 있는지 듣고 싶었다. 하지만 리엔에게는 챙겨야 할 가족이 있다. 아쉬운 마음으로 발길을 돌렸다. 괜히 전화를 한 남편에게 화가 났다.

4

저녁을 먹고 텔레비전을 보던 남편이 곯아떨어진 것을 확인한 리엔은 불을 끄고 조용히 방을 나와 현관문을 열었다.

혹시라도 시어머니가 깰까 봐 현관문도 살살 열고 닫았다. 리엔은 마당을 가로질러 대문을 열고 아래채에 가서 소리를 죽여 가며 남편의 스쿠터를 끌고 밖으로 나왔다. 대문을 살짝 닫아 두고 집에서 조금 떨어진 곳까지 스쿠터를 끌고 나오다가 올라탔다.

슬쩍 시동만 걸었는데도 소리가 퍼져 신경이 쓰였지만 동네를 빠져나오자 속력을 높였다. 지나는 차도 거의 없고 주위가 캄캄해서 무서운 생각도 들었지만 한번 결심을 하면 실행을 해야 하는 성격이라 가만히 있을 수가 없었다.

흐엉이 죽은 도로는 집에서 그렇게 멀지 않은 곳이라 출발한 지 십 분도 안 되어 도착했다. 주위는 가로등도 없고 캄캄하기만 했다. 멀리 산기슭의 집에서 새어 나오는 불빛 몇 개가 전부였다.

리엔은 핸드폰을 꺼내 불을 비춰 가며 흐엉의 남편이 가리켰던 장소를 살펴보았다. 그가 뭐라고 했더라?

'……늦게까지 안 돌아와서 큰길까지 마중을 나갔다가 길에 쓰러진 흐엉을 발견했어요. 처음엔 그냥 쓰러진 줄 알았는데, 옆에 타이어 자국도 있고 흐엉도 피를 흘리고 있어서 바로 신고를 했어요. 구급차가 와서 병원으로 싣고 갔는데 이미…….'

집에서 나와 아내를 찾다가 쓰러진 흐엉을 발견했다고 했다. 이 어둠 속에서 검은 도로 위에 쓰러진 아내를 발견한 것은 그렇다고 치자, 쓰러져 있는 아내 옆에 타이어 자국이 있는 것을 봤다고?

리엔은 핸드폰 불빛으로 도로를 비추며 타이어 자국을 찾아보려 했다. 과연 이런 불빛으로 타이어 자국이 있는 것을 확인할 수 있을까? 이렇게 차가 거의 다니지 않는 길에서 피를 흘리고 쓰러진 사람을 보고 교통사고를 먼저 떠올리는 게 자연스러운 일일까?

도로를 살피던 리엔은 몸을 일으켜 흐엉의 집 쪽을 쳐다보았다. 어떻게 할까 망설이다 스쿠터에 올라 시동을 켰다. 천천히 흐엉의 집을 향해 달렸다.

불이 켜져 있었다. 아직도 잠을 안 자고 있나 보다. 그대로 지나치려던 리엔은 근처에 스쿠터를 세우고 주위를 살피며 살금살금 집으로 다가갔다. 무모한 짓이라는 것을 알지만 스스로의 행동을 제어하지 못했다. 리엔은 고개를 빼고 담장 너머로 집 안을 쳐다보았다.

늦은 시각에 스쿠터를 끌고 여기까지 왔다는 것부터 정상은 아니다. 그건 리엔도 잘 알고 있다. 낮에 직접 만난 흐엉의 남편은 의심스러웠다. 어떻게 하면 그의 정체를 밝혀낼 수 있을까 하는 생각을 하다 보니 여기까지 온 것이다.

열린 창틈 사이로 텔레비전 소리가 들렸다. 무슨 프로그램을 보는지 모르지만 연예인들의 목소리와 웃음소리가 들렸다. 프로그램을 보며 낄낄거리는 남편의 웃음소리도 들렸다. 너는 아내의 유골함을 거실에 놓고도 태평하게 텔레비전을 보고 낄낄거리고 있구나.

남자의 웃음소리를 들은 리엔은 자신도 모르게 입술을 깨물었다. 흐엉이 죽은 지 얼마나 되었다고 저렇게 낄낄거리며 웃을 수 있는 거지? 더구나 낮에는 흐엉의 부모님이 다녀갔다. 그의 눈물이 도무지 마음에 와 닿지 않았던 이유를 이제 알 것 같았다.

잠시 후 프로그램이 끝났는지 텔레비전이 꺼지고 아무 소리도 들리지 않았다. 곧 거실의 불도 꺼졌다. 집 안이 조용해졌다.

리엔은 살금살금 뒤로 물러나 스쿠터가 있는 곳으로 돌아왔다. 죽은 사람만 억울하다. 스쿠터를 타고 어둠 속을 달리자 문득 호치민의 늦은 밤 도로를 달리던 날이 생각났다. 뜨겁고 습한 밤의 공기가 베트남을 떠올리게 만들었다.

타오가 죽었을 때 리엔은 식음을 전폐하고 몇 날 며칠을 울었다.

그날은 타오의 생일 일주일 전이었다. 놀러 와 있던 고향 친구가 가야 한다고 해서 돌아가기 전 미리 생일 파티를 하기로 했다. 리엔은 생일 파티에 가는 타오를 위해 미리 사 둔 생일 선물을 건넸다. 선물을 풀어 본 타오는 당장 언니가 준 옷으로 갈아입었다. 붉은 꽃무늬 블라우스는 생각보다 더 잘 어울렸다. 타오는 선물이 너무 마음에 든다며 리엔을 쏙 안아 주고 집을 나섰다.

생일 파티라고 했으니 늦을 거라고 생각했지만 타오는 새벽이 되어도 돌아오지 않았다. 걱정스런 마음에 전화를 걸어 보았지만 전화도 받지 않았다. 이틀 뒤 경찰에서 연락이 왔다. 사이공강 터널 공원의 수풀에서 시체로 발견되었다고 했다.

친구들의 증언에 따르면 타오는 파티가 끝날 즈음 누군가에게 걸려 온 전화 때문에 기분이 안 좋았다고 했다. 타오와 몇 달 사귀다 헤어진 남자였는데 계속 타오에게 전화를 걸어 귀찮게 했다는 것이다. 타오에게는 흔한 일이라 친구들은 별로 관심을 두지 않았다. 가게를 나와 친구들과 헤어질 때도 집으로 돌아가지 않고 다른 약속이 있다고 해서 이번에는 또 어떤 남자를 만나는 거냐며 놀렸다고 했다.

타오가 친구들과 헤어진 장소에서 시체로 발견된 터널 공원까지 수사 경찰이 그날 밤의 흔적을 따라 조사를 하고, 타오의 주변 남자들을 수사했지만 별다른 혐의점을 발견하지 못했다. 그날 만나기로 했던 남자가 의심을 받았지만 타오가 약속 장소에 오지도 않고 핸드폰도 받지 않아 그냥 집으로 돌아간 것으로 밝혀졌다. 타오의 사건은 미제로 남았다.

타오의 죽음은 많은 것을 바꿔 놓았다. 타오가 없는 거리는 더 이상 즐겁지 않았다. 타오가 일하던 가게는 어느새 다른 직원이 그 자리를 대신했고 사람들은 여전히 웃고 떠들며 술을 마셨다. 많은 사람들이 타오를 기억했지만 잠시뿐이었다. 시간이 지나자 곧 타오는 잊혔다.

리엔은 타오의 유품들을 정리하며 한국으로 가고 싶다고 했던 타오의 말이 빈말이 아니라는 것을 알았다. 한국에 대한 책자와 사진들이 있었다. 책 사이에는 국제결혼 신청 서류가 들어 있었다.

집 근처에서 시동을 끈 리엔은 스쿠터를 끌고 대문 앞에 도착했다. 도둑고양이처럼 조심스러운 발걸음으로 대문을 열고 스쿠터를 아래채에 들여놓고 현관문을 들어서는데 방문이 열렸다. 남편이 리엔을 노려보고 있었다.

"뭐 하는 거야?"

"어, 깼어? 이상한 소리가 나서 밖에 잠깐 나가 봤어."

"거짓말. 스쿠터까지 타고 어딜 다녀온 거야?"

남편은 이미 스쿠터까지 없어진 걸 알고 있었다. 아마도 잠에서 깨어 아내를 찾다가 마당까지 나와 본 모양이었다.

"……그냥, 바람 좀 쐬고 왔어."

"이 밤에, 이렇게 컴컴한데? 그걸 믿으란 거야?"

자신이 생각해도 핑계가 너무 허술했다. 하지만 흐엉의 남편이 의심스러워서 이 시각에 그의 집까지 보고 왔다는 말을 할 수는 없었다. 그 이야기를 하면 제정신이냐고 화를 낼 게 틀림없다.

리엔은 서둘러 남편의 팔을 잡아끌며 방으로 들어갔다. 괜히 시어머니까지 깨울까 봐 신경이 쓰였다.

"어머니 깨겠어. 들어가, 들어가서 얘기해."

방으로 들어온 남편은 자리에 앉아 팔짱을 끼고 리엔을 쳐다보았다. 남편이 생각보다 화가 많이 났다는 걸 깨달았다. 가볍게 넘어갈 상황이 아니었다. 리엔은 다소곳이 남편의 앞에 앉았다.

"말해 봐, 이 밤에 도대체 어딜 다녀온 거야?"

"……."

리엔은 망설였다. 계속 거짓말을 밀어붙일 것인지, 아니면 사실을 이야기할 것인지. 리엔이 말을 꺼내지 못하고 머뭇거리는 모습을 본 남편이 목소리를 높였다.

"너 내가 만만하지? 모른 척 넘어가니까 진짜 모르는 줄 알지?"

"무, 무슨 소리야?"

"앞으로 센터고 뭐고 없는 줄 알아. 외출 금지야."

리엔은 어이가 없었다. 갑자기 센터 얘기는 왜 나오고 외출 금지는 또 뭔가 싶었다. 어린애도 아니고, 성인인 자신에게 이런 말을 한다는 게 믿기지 않았다. 황당해서 웃음이 새어 나왔다.

"웃어? 너 지금 내 말이 우습냐?"

"내가 어린애야? 당신이 뭔데 외출을 금지해?"

목소리가 커지자, 누가 업어 가도 모를 정도로 떡잠을 자는 초희도 잠투정을 하며 칭얼거렸다. 리엔은 얼른 초희의 가슴을 토닥이며 다시 잠을 재웠다.

"센터 핑계로 사람들 만나서 노닥거리고, 수시로 나가서 놀더니 이제는 야밤에 도둑고양이처럼 기어 나가? 그러고도 큰소리야?"

그렇지 않아도 센터에 나가는 날이면 수업 끝나고 제때 오라고 한마디씩 하기는 했다. 하지만 일주일에 한 번 시내를 나가는 리엔의 입장에서는 그날만큼은 방해를 받지 않고 친구도 만나고 자기 시간을 가지고 싶었다. 히엔의 식당에서 놀다가 저녁을 하기 전에는 집으로 돌아왔다. 남편에게 이런 말을 들을 정도로 잘못했다고는 생각지 않았다. 남편도 그 정도는 이해를 하고 있다고 생각했다.

최근에는 흐엉의 일 때문에 핑계를 내고 나가기도 했지만 친구들과 만나는 시간까지 간섭을 받아야 하나 싶어 짜증이 일었다. 참고 사는 걸로 치자면 리엔도 할 말이 많았다.

"말해 봐, 도대체 이 시간에 나가서 뭘 하다 왔는데. 맨날 베트남 식당 가더니 남자라도 생겼냐?"

"지금 내가 남자를 만나러 나갔다는 거야?"

엉뚱한 곳으로 화제가 옮겨 가자 리엔은 어이가 없었다.

"그게 아니면 왜 말을 못 하는 건데? 또 어물쩍 거짓말로 넘어가려고?"

결국 초희가 자리에서 일어나 울기 시작했다. 리엔는 얼른 초희를 품에 안고 다독이면서 눈으로는 남편을 째려보았다.

남자라고? 어떻게 그런 생각을 할 수가 있지? 서로에 대한 믿음이 고작 이 정도였나?

오늘 밤 일은 자신이 잘못했다는 것을 알면서도 자꾸만 따지고 드는 남편의 모습에 기분이 나빠져 이제는 변명이든 뭐든 말을 꺼내기도 싫어졌다.

남편도 화가 난 표정으로 리엔을 쳐다보다가 곁에 있던 베개를 집어 던졌다.

베개에 머리를 맞은 리엔은 그동안 참아 왔던 불만이 터져 나왔다. 화가 나니 모국어가 튀어나왔다. 폭포처럼 쏟아 내는 낯선 언어에 잠시 멈칫하던 남편은 점점 커지는 초희의 울음소리와 아내의 말소리를 견디다 못해 고함을 질렀다.

"시끄러워! 조용히 해!"

남편이 고함을 지르자 기다렸다는 듯 방문이 벌컥 열렸다. 시어머니가 잔뜩 화난 목소리로 말했다.

"조용히 못 해? 동네 사람 다 깨울 거야?"

그 말에 남편도 리엔도 입을 다물었다. 시어머니는 혀를 차며 한심하다는 듯 보다가 방을 나갔다. 남편도 리엔의 곁에 떨어진 자신의 베개를 집어 들더니 방을 나가 버렸다. 마루에서 잘 모양이다.

리엔은 흐느끼는 초희를 안고 등을 토닥여 주면서 왜 일이 이렇게 커져 버렸는지 생각했다.

남편도 흐엉의 죽음을 알고 있으니 있는 그대로 말할 수도 있었다. 하지만 그게 얼마나 이상하게 들릴지 아는 리엔은 쉽게 말을 꺼낼 수 없었다. 낮도 아니고 이 깊은 밤에 남의 남자를 살펴보겠다고 집 주변을 서성거리는 아내라니, 괜히 남편에게 더 큰 오해를 줄 것 같았다.

리엔도 자신의 행동이 지나치다는 것을 알고 있었다. 왜 나는 흐엉의 죽음을 받아들이지 못하고 이렇게 안 하던 짓을 하고 있는 것일까?

그것은 타오 때문이다.

스쿠터를 타고 돌아오면서 리엔은 계속 타오 생각을 했다.

누가 범인인지 잡지도 못하고 끝나 버린 그 사건은 리엔의 마음속 깊은 곳에 상처로 남았다. 애써 외면하고 살던 그 상처가 흐엉의 죽음으로 인해 다시 수면 위로 떠오른 것이다. 얼굴이 닮아서인지 왠지 타오의 죽음을 두 번 겪는 것 같았다. 그리고 타오의 죽음도, 흐엉의 죽음도 자신에게 책임이 있는 것처럼 느껴졌다.

함께 살면서도 타오의 사생활은 타오가 알아서 할 일이라고 생각해서 신경 쓰지 않았다. 아니, 어쩌면 그건 핑계일 뿐이다. 리엔도 자기 문제로 바빠 동생을 챙길 여유가 없었다. 타오가 죽고 나서야 후회했지만 이미 늦어 버렸다.

리엔은 이제야 자신이 도망쳤다는 것을 깨달았다. 타오의 죽음을 견디지 못해 아무도 모르는 낯선 곳으로 날아와 온몸에 잔뜩 힘을 준 채 살았다. 낯선 곳에 적응하고 사느라 이를 악물고 마사지를 하던 때보다 더 손에 힘을 주며 기를 쓰고 살았다. 덕분에 타오를 조금씩 잊을 수 있었다.

한국에서의 생활이 조금씩 익숙해지면서 긴장감이 풀어지기는 했지만 여전히 버스에서 낯선 사람의 시선을 받을 때면 목덜미가 뻣뻣해지고 숨을 쉬는 것조차 조심스럽다. 그나마 센터를 알게 되어 같은 처지에 있는 사람들을 만나면서 외로움도 달래고 집안에서 쌓인 스트레스도 풀었다.

리엔은 남편의 빈 잠자리를 쳐다보았다.

부부라는 게 얼마나 쉽게 지옥과 천국을 넘나드는지, 작은 배려 하나에 마음이 뭉클해지다가도 날선 말 한 마디에 심장이 얼어붙는다. 일일이 들춰내지 않아 그렇지 하나씩 뾰쪽하게 가시를 세우다 또 스르르 가라앉히고 지나간 적이 한두 번이 아니다. 하고 싶은 말이 있어도 꿀꺽 넘기고 내색을 하지 않았지만 결혼 생활 십 년이 가까운 지금에도 이렇게 남편의 말에 상처 받고 가시가 깊이 박힐 때면 내가 왜 이 낯선 곳에 와서 살고 있나 하는 생각이 들곤 한다. 여전히 자신은 뿌리를 내리지 못하고 수면 위에서 흔들리는 부초 같다는 느낌이 들 때가 있었다. 이방인만이 느끼는 이 소외감은 말로 설명할 수 있는 것이 아니다.

리엔은 이부자리에 누워 만약 남편이 없고, 이 집을 떠난다면 나는 어떻게 살아갈 수 있을까 하는 문제를 생각했다.

메이는 남편의 술주정과 폭력을 못 견뎌 여성의 집으로 피신해 지내다가 집으로 돌아가는 일을 두 번이나 반복한 뒤 결국 이혼을 했다. 그 뒤 여성의 집에서 알선해 준 원룸에 살며 이른 새벽부터 점심때까지 빌딩을 청소하는 일을 맡았다. 계단을 닦고 화장실을 청소하며 겨우 먹고살 정도의 월급을 받고 있지만 마음은 편하다고 했다. 오후에 한국어 강습을 전문반까지 몇 년간 계속 다니고 있는 것은 앞으로 좀 더 나은 직장을 잡기 위한 준비였다.

나도 메이처럼 살 수 있을까? 때로는 아무리 노력해도 문화와 사고방식이 다른 남편과 자신 사이에 커다란 장벽이 놓인 기분이 들 때가 있다. 혼자 살면 차라리 마음이 편해질까?

이리저리 뒤척이며 생각을 거듭하는 바람에 리엔은 오래도록 잠이 들지 못했다.

5

남편과 말을 안 한 채 일주일이 흘러갔다.

리엔은 뭍에 나온 조개처럼 입을 단단히 악물고 남편과는 가급적 시선도 맞추지 않으려 애쓰며 일에만 집중했다.

남편은 아침에 일어나 시장까지 어머니를 모셔다 주고 돌아와 밭에서 일을 하거나, 동네일을 보거나 하며 바쁘게 움직이느라 둘이 함께 있는 시간이 많지 않았다. 예전 같으면 함께 밭에 나가 일을 돕거나 새참을 해서 날랐을 텐데 리엔은 아예 손을 놓아 버렸다.

같이 있는 시간이 적다 보니 말을 하지 않아도 불편하지 않았다. 용건이 있으면 초희를 앞세워 이야기를 전했다. 그래도 마음 한편에는 남편이 했던 말들이 신경 쓰여 그 주에는 한식조리사 교실을 쉬었다. 히엔과 메이의 전화도 밭일이 바쁘다며 서둘러 끊었다.

외출 금지라는 말을 했지만 막상 리엔이 일주일이 되도록 집에서 단 한 발도 나가지 않자 남편도 신경이 쓰이는 눈치였다. 남편이 리엔의 눈치를 보며 주위를 맴돌기 시작했다. 남편의 말에 서운한 것도 있지만 리엔은 자신이 흐엉의 죽음에 지나치게 몰입하고 있다는 것을 깨닫고 가급적 흐엉의 일에서 떨어져 있고 싶었다.

점심 준비를 하고 있는데 남편이 들어오더니 리엔의 어깨를 툭 치며 조그만 상자를 하나 내밀었다. 뭔가 싶어 남편의 얼굴을 쳐다보다가 받았다. 남편은 별말도 없이 밖으로 나가 버렸다.

리엔은 수건으로 손에 묻은 물기를 닦고 상자를 열어 보았다. 안에는 별 모양의 펜던트가 달린 금목걸이가 들어 있었다. 배시시 웃음이 새어 나왔다. 남편과 구 년을 살면서 느낀 것이지만 그는 마음이 모질지 못하다. 누구와 싸워도 자신이 먼저 긴장 상태를 풀어야 속이 편한 사람이다. 어쩌면 그런 남편의 성격을 알고 있기에 말을 안 하고 버텼는지도 모른다.

리엔은 냉동실에 있는 고기를 꺼냈다. 더위 속에서 일하는 남편을 위해 고기라도 구워야겠다는 생각이 들었다. 마당 한 편의 텃밭에 나가 상추를 따고 있는데 핸드폰이 울렸다. 히엔이었다. 받지 않을까 하다 그동안의 일도 궁금하고 해서 전화를 받았다.

「왜 이렇게 전화를 안 받았어?」

"바빴어. 알잖아, 요즘 농촌이 얼마나 바쁜지. 무슨 일이야?"

「흐엉네 부모님, 내일 베트남으로 돌아가신대.」

"뭐? 어떻게 그렇게 갑자기? 범인은 잡은 거야?"

「그건…… 경찰도 손 놓은 거 같은데?」

"흐엉의 묘는 어떻게 하기로 하고?"

「그게…… 흐엉의 유골을 가지고 돌아가기로 했나 봐.」

"뭐? 그놈한테는 아무 책임도 묻지 않고?"

「흐엉의 남편이 흐엉의 일로 죄송하다며 돈을 주기로 했나 봐. 안씨가 화이의 부탁으로 함께 만났는데, 그 뒤로 마음이 좀 풀어진 모양이야.」

히엔의 말에 머리가 차가워졌다. 돈이 아무리 좋아도 이렇게 딸의 억울한 죽음을 풀지도 않고 그대로 가 버린다니, 왠지 맥이 빠졌다.

"도대체 얼마나 큰돈을 주길래, 이렇게 금방 마음이 풀어신 거야?"

「삼천만 원.」

"삼천만 원?"

「그래 삼천만 원.」

"갑자기 그런 돈이 어디서 생겨서?"

「그거야 모르지. 아무튼 흐엉의 부모님은 이미 흐엉도 죽고 없는데 여기 더 있을 이유가 없다고, 또 더 머물 형편도 아닌가 봐.」

흐엉의 죽음의 무게가 고작 삼천만 원이었던가. 물론 흐엉의 가족은 쉽게 만져 보기 힘든 큰돈이겠지만 사위에게 따지던 흐엉의 아버지를 떠올리면 입맛이 씁쓸했다. 리엔은 이 상황을 받아들이기 힘들었다.

리엔이 뭐라고 나설 일은 아니다. 흐엉의 가족들이 남편을 용서하고 돌아가기로 했다면 할 말은 없다. 하지만…… 리엔은 그만 잊어버리자고 머리를 흔들었다. 히엔과의 통화를 잊고 점심 준비에 집중하려 했다. 하지만 머릿속으로는 직접 두 눈으로 보았던 허름한 집과 흐엉 남편의 후줄근한 모습이 계속 떠올랐다. 당장 삼천이 아니라 삼백만 원도 없을 것 같았는데, 어디서 삼천만 원이라는 돈이 생겼는지 의아했다.

"엄마 고기 타!"

초희가 소리쳤다. 프라이팬에 양념 고기를 얹어 놓고 상추를 씻느라 잊고 있었다. 상추는 수돗물 아래 담가 놓고 흐르는 물만 쳐다보고 있었다. 고기는 다행히 국물만 졸았을 뿐 타지는 않았다.

"정신 차려 엄마!"

어린 초희가 보기에도 엄마의 상태가 이상했나 보다. 걱정스런 눈길로 쳐다보며 한마디 했다.

"아빠한테 점심 드시라고 해."

리엔은 얼른 가스 불을 끄고 상을 차렸다. 곧 남편이 초희의 손을 잡고 들어왔다. 거실로 들어온 남편은 리엔의 표정을 살폈다. 선물을 줬는데도 생각보다 표정이 좋지 않자 입가에 있던 미소가 사라졌다.

남편은 별말 없이 자리를 잡고 앉아 식사를 시작했다.

"여보 나 부탁이 있어요."

밥을 먹다 말고 남편은 긴장한 표정이 되어 리엔을 쳐다보았다.

"얼마 전에 흐엉의 부모님이 한국에 왔어요."

남편은 말없이 고개를 끄덕였다.

"……흐엉의 유골을 데리고 내일 돌아간대요. 가기 전에 만나서 인사를 하고 싶어요."

"……밥 먹어."

"여보……."

"알았으니까 밥 먹으라고. 데려다줄게."

선선히 데려다주겠다는 남편의 말이 금목걸이보다 더 고마웠다.

남편의 트럭에 타고 시내로 향하는 리엔의 마음은 복잡했다. 창밖으로 시선을 두고 있었지만 무엇도 눈에 들어오지 않았다.

"……그래서 심란했던 거야?"

남편의 말에 정신을 차리고 고개를 돌리자 그가 말을 이었다.

"당신 동생이랑 닮았다고 했지?"

남편은 흐엉을 데려다주고 집으로 돌아올 때 했던 말을 기억하고 있었다.

"맘이 많이 힘들었겠네. ……그래도 밤에 오토바이는 위험해."

남편은 리엔의 밤 외출을 그렇게 이해한 모양이었다.

하고 싶은 말은 많았지만 자신의 마음속에 일고 있는 회오리를 제대로 설명할 수 없어 리엔은 입을 닫았다. 마음 깊은 곳에 눌러 두었던 타오에 대한 기억은 그리움과 후회가 뒤섞인 죄책감으로 떠올랐다. 오래도록 피하고 싶었던 아픈 기억을 다시 떠올리는 게 고통스러웠다. 타오의 기억이 흐엉의 죽음과 겹쳐져 리엔을 잠 못 들게 했다.

남편은 리엔을 식당 앞에 내려 주고 종묘상에서 몇 가지 살 게 있다고 자리를 떠났다. 일이 끝나면 전화를 하라는 말에 고개를 끄덕이고 리엔은 히엔의 식당으로 들어갔다.

히엔이 손을 흔들어 리엔을 반겼다. 식당 한편에 흐엉의 남편과 화이 그리고 안씨가 앉아 있었다. 점심시간이 지난 식당은 한산했다. 분짜를 먹는 커플 손님이 전부였고 그들도 곧 식사를 끝내고 식당을 나갔다.

리엔은 흐엉의 남편과 화이가 있는 테이블 옆에 자리를 잡고 앉았다. 흐엉의 남편은 리엔을 힐끗 보다가 시선을 거두고 하던 말을 계속했다.

"……와서 봤으니 알겠지만 형편이 좋지 않아요. ……이게 내가 구할 수 있는 최선입니다. 흐엉은 고향집에 잘 묻어 주세요."

흐엉의 남편이 은행 이름이 적힌 서류 봉투를 내밀었다. 삼천만 원이 들어 있다고 하기엔 부피가 너무 작아 보였다. 그 옆에 보자기에 싼 흐엉의 유골함도 내려놓았다. 화이는 묵묵히 그가 내민 봉투와 유골함을 쳐다보았다.

흐엉의 남편은 고개를 숙이고 미안합니다, 하고 중얼거렸다. 한동안 입을 다물고 있던 화이가 덩달아 고개를 숙였다.

"갑작스런 사고를 누가 막을 수 있겠어요? 부모님도 어쩔 수 없는 상황이라는 걸 이해하셨어요."

안씨가 통역을 하려는 걸 리엔이 옆에서 거들었다.

"화이, 정말 이렇게 끝내고 돌아가려구요? 흐엉이 불쌍하지도 않아요?"

"부모님도 힘들어하세요. 남은 사람끼리 실랑이를 해 봐야 흐엉도 맘 편히 못 떠날 거라고, 고향에서 제대로 흐엉의 제사를 지내고 보내 주는 게 좋겠다고 하셨어요."

리엔은 돈 봉투를 가리키며 흐엉의 남편에게 물었다.

"이 돈은 어디서 났어요?"

리엔의 질문에 황당한 표정을 짓던 흐엉의 남편은 불쾌한 듯 째려보다 입을 열었다.

"친구한테 빌렸어요. 흐엉 가족도 한국 오느라 경비를 빌려서 왔을 텐데 빈손으로 보낼 수 없잖아요? 가족도 아니면서, 남의 일에 나서지 말아요."

히엔도 슬쩍 뒤로 와서 리엔의 어깨에 손을 올렸다. 그만하라는 의미였다. 그의 말대로 더 이상 나서서 말할 입장이 아니었다. 흐엉의 남편이 그동안 흐엉에게 어떤 짓을 했든 그걸 유족에게까지 밝혀 또 다른 상처를 만들고 싶지는 않았다. 리엔은 입을 다물었다. 흐엉의 남편이 보이는 행동에 진심이 담겨 있다는 생각은 들지 않았지만 흐엉을 위해 더 이상 묻지 않기로 했다.

흐엉의 남편이 먼저 자리를 떠났다. 화이도 돈 봉투를 가방에 챙기고 유골함을 가슴에 안더니 숙소에서 부모님이 기다린다며 돌아갔다.

리엔은 왠지 맥이 풀려 그들이 나가고 난 뒤 한쪽 의자에 털썩 주저앉았다. 온몸의 기운이 무력하게 빠져나가는 느낌이었다. 리엔의 표정을 읽은 히엔이 곁에 다가와 앉았다.

"리엔, 흐엉이 동생과 닮아서 더 마음이 가는 건 알겠는데 이제는 잊어버려. 흐엉은 가족 품으로 돌아간 거야."

"고생해서 여기까지 왔는데, 왜 이렇게 끝이 나야 해? 그동안 흐엉을 괴롭히던 저 남자를 그냥 내버려 두라고?"

히엔이 리엔의 팔을 감싸 안아 쓰다듬어 주었다. 왠지 눈물이 쏟아질 거 같았다. 흐엉의 몸에 새겨져 있던 멍을 직접 본 리엔은 흐엉의 남편을 향한 분노가 쉽게 풀리지 않았다.

"흐엉을 때렸던 건 맞지만 그것 때문에 흐엉이 죽은 건 아니잖아?"

리엔을 위로하기 위한 말이었지만 리엔은 왠지 모르게 거부감이 일었다.

안개처럼 뿌연 부유물이 시야를 막고 있어 아무것도 보이지 않는다. 이 안개가 걷히면, 흐엉의 죽음에 그가 어떤 식으로 연결되어 있는지 선명하게 보일 것만 같았다. 분명 그는 흐엉의 죽음에 책임이 있다. 그렇지 않으면 설명되지 않는 것이 너무 많다.

그날 밤 텔레비전을 보고 웃던 그의 웃음소리가 귓가에서 맴돌았다. 그 모습을 기억하는 리엔에게는 아내의 죽음을 슬퍼하고 처갓집 가족을 위로하기 위해 돈을 구해 와서 고개를 숙이는 모습이 가증스럽게 느껴질 수밖에 없다.

리엔은 어떻게 해서든 그 가면을 벗기고 싶었다. 하지만 자신의 능력으로는 한 발도 더 앞으로 나아가지 못하고 있다. 타오 때처럼 또 외면하고 먼 곳으로 도망쳐야 하나? 왠지 서글픈 생각이 들었다.

"이제 생각났어!"

갑자기 안씨가 큰소리를 냈다. 테이블에 앉아 있던 리엔과 히엔은 깜짝 놀라 안씨를 쳐다보았다.

"흐엉의 집에 갔던 날 기억나요?"

안씨가 리엔에게 물었다.

"흐엉 부모님과 함께 갔던 날 말이에요."

"예, 그날이 왜요?"

"그때 내가 차를 주차할 때 근처에 어떤 승용차가 한 대 있었거든요."

리엔은 전혀 기억에 없는 얘기라 뭐라 답해야 할지 몰라 머뭇거렸다. 안씨는 운전을 하는 사람이라 주차를 하면서 공터에 있는 자동차를 흘려 보지 않았던 모양이다.

"그냥 그런가 보다 했는데 아무리 생각해도 그 차가 그 남자의 차라는 생각이 들어요."

"그 남자요? 흐엉의 남편이요?"

"아니, 남편 말고 그때 마주쳤던 남자 있잖아요, 그 남편이 급하게 집에 들어가 내보냈던 그 사람."

"아, 기억나요. 그 사람이 왜요?"

"잊어 먹고 있었는데 돈 하니까, 거기 서 있던 차의 문에 생명보험이라고 적혀 있었거든요. 그래, 우리가 다시 나와서 흐엉이 죽은 곳으로 걸어갈 때는 그 차가 없었어. 와, 왜 그 생각을 못 했을까?"

리엔은 안씨의 말을 듣고도 그가 왜 이렇게 흥분하는지 선뜻 깨닫지 못했다. 흐엉의 집을 방문했던 남자와 그의 자동차를 기억해 낸 것이 이렇게 중요한 일인가 싶었다.

"뭔데 그래? 좀 알아듣게 얘기해요."

히엔이 안씨를 채근했다. 그제야 정신이 든 안씨는 리엔과 히엔의 얼굴을 쳐다보다 조심스럽게 말했다.

"나중에, 확실해지면 그때 얘기해 줄게요."

안씨는 친구에게 전화를 해 봐야겠다며 주방 쪽으로 들어갔다. 리엔도 자리에서 일어났다. 여러 가지로 마음이 복잡해서 돌아가 쉬고 싶었다.

"갈게."

식당에서 나오자 주차장에 서 있는 남편의 트럭이 보였다.

"일찍 왔네? 들어오지 왜 밖에서 기다려……."

"일 다 봤어?"

리엔이 조수석에 올라타자 남편은 얼른 비닐봉지를 치워 자리를 만들어 주었다. 리엔은 안전벨트를 매고 남편 손에 들린 비닐봉지를 받았다.

"뭐 샀어요?"

"어, 이제 김장 배추 심어야지."

봉투를 열어 보니 배추와 열무, 무 등의 종자 봉지가 들어 있었다. 이제 가을 농사를 시작할 때가 된 것이다. 배추는 모종을 만들어서 옮겨 심고 무는 흙을 고른 뒤 그대로 뿌린다.

"벌써 고추 다 했어요?"

남편의 밭은 한시도 쉴 틈이 없다. 어느 정도 고추를 수확했다 싶으면 아예 뿌리를 뽑아 밭을 정리하고 퇴비를 뿌려 다시 배추 모종을 심을 준비를 해야 한다.

뽑은 고춧대는 일일이 고추를 다 따서 분류한다. 붉은 고추는 말려서 고춧가루를 만들고 아직 채 익지 않은 것들은 그대로 내다 팔거나 장아찌를 만든다. 더 작은 것들은 튀각을 만들어서 팔기도 한다. 몸을 움직이면 움직이는 만큼 돈이 된다.

일일이 고추를 따서 장아찌를 담거나, 쪄서 말리고 튀각을 만들 찹쌀 풀을 바르는 것은 리엔의 일이다. 그렇게 리엔의 공이 들어간 것들의 수입은 고스란히 리엔의 차지였다. 시어머니는 아들이 농사지은 것은 수입의 반을 나누어 자기 몫을 챙겼지만 며느리가 고생해서 만든 반찬 값은 동전 한 푼 빼지 않고 고스란히 건네주었다.

오는 것이 있으면 가는 것이 있다. 리엔은 그렇게 모은 돈으로 이따금 시어머니의 겨울 점퍼를 사거나 털모자를 샀다. 그러면 시어머니는 겨우내 그것만 입고 시장을 다닌다. 겉으로는 무뚝뚝해 보이지만 알게 모르게 잔정을 느낀다.

집으로 돌아온 리엔은 골치 아픈 일들을 잊기 위해 냉장고 청소를 시작했다.

냉동실을 열어 안에 든 것을 꺼내 하나씩 정리하는데 몇 년씩 묵혀 두었던 것도 들어 있었다. 먹지도 못 할 것들을 집어넣고 어느새 잊어버린다. 머릿속에 꽁꽁 묶어 둔 기억 중에도 분명 이렇게 폐기 처분해야 할 것이 있을 것이다. 언젠가 그렇게 머릿속을 싹 비울 날이 올까?

가장 먼저 타오의 기억을 꺼내 지우고 싶었다. 너무 아프고 오래 담아 두었다.

9시가 넘어 잠자리에 들려고 할 즈음 히엔에게 문자가 왔다. 이제 막 잠이 든 남편의 눈치를 보며 거실로 나가 전화를 걸었다.

"무슨 일이야?"

「놀라지 마. 흐엉의 남편이 흐엉 앞으로 생명보험을 들어 놓은 게 칠억이래.」

"생명보험? 그게 무슨 소리야?"

「흐엉이 죽게 되면 흐엉의 남편이 칠억을 받는 계약을 했다는 거야. 안씨가 보험 일 하는 친구에게 물어서 그 남자가 누군지 찾아내서 조금 전에 만나고 왔어. 기다려 봐.」

안씨가 전화를 건네받았다. 리엔은 아직도 히엔에게 들은 이야기가 머릿속에 완전히 입력이 되지 않은 상태였다.

「리엔 듣고 있어요? 그 남자 만났어요. 흐엉의 보험금을 물어보니까 처음엔 알려 줄 수 없다고 하다가 그날 흐엉 부모를 보지 않았느냐고 설득하니까 결국 얘기를 했어요. 남편이 보험을 네 개 들었대요. 한 개는 자기 거고 세 개는 흐엉 거.」

"……흐엉이 죽으면 남편이 돈을 받는다구요?"

「며칠 전에 이억짜리 보험금은 지급이 됐대요. 아마 그래서 흐엉 가족에게도 삼천만 원을 준 거 같애. 얼른 베트남으로 돌려보내려고 말이야.」

그래, 뭔가 있을 줄 알았어. 갑자기 흐엉이 야밤에 어두운 도로에 나가 자동차 사고를 당한 것부터 너무 부자연스러웠어. 그러다 리엔은 이 사건의 본질을 깨달았다. 등줄기로 소름이 돋았다. 흐엉을 죽여서 돈을 벌려고 하다니, 자기 아내를 때리는 것으로도 부족해 그런 끔찍한 생각을 하고 그걸 실행에 옮겼다는 사실에 충격을 받았다.

"이제 어떻게 해요?"

「경찰에 제보할 거예요. 보험설계사도 우선 지급 정지를 하고 경찰에 보험 가입 사실을 제보하는 게 좋겠다고 했어요.」

"그럼 이제 감옥에 가게 되나요?"

「아직 모르죠. 남편의 알리바이가 있긴 한데, 그래도 의심쩍은 정황 증거가 나왔으니까 다시 조사를 하기는 할 거예요.」

전화를 끊은 리엔은 한동안 멍하니 앉아 있었다. 이 끔찍한 사건이 하나씩 껍질을 벗고 실체가 드러났을 때 무엇을 보게 될지 두려워졌다. 흐엉의 남편은 리엔이 상상하던 것보다 훨씬 악질적이고 잔인한 인간이었다.

방으로 들어오자 남편이 일어나 앉아 있었다.

"누구 전화야?"

"히엔 부부. 우리도 보험이란 거 들었어요?"

"보험? 갑자기 보험은 왜?"

"궁금해서요."

"들었지. 실비보험이랑 초희 교육보험, 암보험. 자동차보험."

"내가 죽으면 당신 돈 받아요?"

"뭔 소리야? 내가 죽으면 당신이랑 초희가 돈을 받겠지. 왜, 보험 하나 들고 싶어?"

"아니에요. 자요."

리엔은 방금 들을 이야기를 남편에게 전하고 싶지 않았다. 그런 끔찍한 일을 입에 올리기도 싫고, 남편의 머릿속에 심어 주는 것조차 꺼림칙했다.

리엔은 손끝이 저릿저릿해지는 것을 느꼈다. 이번에는 경찰이 제대로 수사해서 흐엉의 남편을 감옥으로 보내길 빌었다.

6

흐엉의 남편이 감옥에 가는 일은 일어나지 않았다. 구속이나 기소조차 되지 않았다.

경찰에 불려가 재조사를 받았으나 그의 알리바이는 완벽했다. 그는 그 시간에 마을 회관에서 청년회장과 술을 마셨다. 부녀회장도 회관에 불이 켜져 있는 것을 보고 잠깐 들러 술을 한잔 얻어 마시고 돌아갔다며 흐엉 남편의 알리바이를 입증해 주었다. 한 사람이라면 의심해 볼 만하지만 두 사람의 증언이 알리바이의 신빙성을 더했다.

생명보험을 여러 개 든 것에 대해서도 조사를 받았지만 흐엉의 남편은 정상적인 가입이었고 아내인 흐엉이 수익자로 설정된 보험도 있는데 자신을 범죄자로 모는 것은 억울하다며 수사진에게 강력하게 항의했다.

결정적인 건 흐엉의 남편에게는 자동차가 없다는 것이었다. 범행에 쓰인 도구가 없는 셈이었다.

경찰이 우왕좌왕하는 사이 현장의 증거도 이미 사라졌고 부검할 수 있는 기회도 놓쳤다. 금방이라도 잡을 것 같던 범인은 그렇게 모래처럼 손가락 사이를 빠져나갔다.

밭에 심었던 새끼손가락보다 작은 배추 모종이 수확을 해야 할 정도로 자라는 동안 리엔은 이 선생 혹은 안씨가 전해주는 소식을 들었다. 이따금 남편까지 동네에 떠도는 소문을 말해 주었지만 좋은 소식은 없었다.

초희의 겨울옷을 사기 위해 시내에 나갔던 리엔은 쇼핑몰을 향해 걸어가다 생각지도 않게 흐엉의 남편과 마주쳤다.

처음에는 알아보지 못했다. 누군가 시끄럽게 떠드는 소리에 무심코 돌아보다 그를 발견했고 뒤늦게 흐엉의 남편이라는 것을 깨닫고는 걸음을 멈추고 지켜보았다. 어울리지 않는 새 옷과 번쩍거리는 구두가 눈에 들어왔다. 두 달 전 봤을 때의 후줄근한 모습은 간데없고 돈 자랑을 하고 싶어 안달이라도 난 것처럼 치장을 하고 있었다.

횡단보도 앞에 선 그는 다른 사람들이 힐끗거리며 쳐다볼 정도로 요란하게 전화 통화를 하고 있었다. 핸드폰을 들고 있는 손에도 굵은 금팔찌가 감겨 있었다.

"아, 그 새끼는 맨날 돈 따면 일찍 가더라. 다음에도 그러면 안 끼워 준다고 해."

친구와 이야기하는 것 같았다. 듣고 싶지 않아도 무슨 내용인지 다 들을 수 있을 정도였다. 횡단보도를 건너면서도 그는 계속 친구와 시시덕거리며 통화를 했다. 리엔은 자기도 모르게 그의 뒤를 따라갔다. 왜 따라가는지 이유도 몰랐지만 발걸음이 마치 자석에 끌린 듯 제멋대로 움직였다.

"알았어. 내일 저녁에 보자."

전화를 마친 그가 걸음을 멈추고 뒤를 돌아 리엔의 앞을 가로막고 섰다. 놀란 리엔은 그 자리에 멈춰 섰다.

"뭐야? 너 뭔데…… 누가 따라오나 했더니 그 오지랖 넓은 년이네?"

누군가 하다가 리엔을 알아보는 눈치였다. 히엔의 식당에서 봤을 때의 행동과는 딴판이었다. 어쩌면 이게 흐엉이 보던 그의 본모습일 거라는 생각이 들었다.

리엔은 말없이 그를 노려보았다. 뭐라고 해야 할까? 흐엉의 보험금으로 온몸을 치장한 그에게 흐엉을 대신해 세상에서 가장 나쁘고 못된 욕을 해 주고 싶었다. 하지만 아무리 찾아도 이놈보다 더 나쁜 욕을 찾을 수가 없었다.

"또 뭔 참견을 하려고? 볼일 없으니까 꺼져."

리엔은 자신의 앞에 침을 뱉고 돌아서는 그를 보다가 낮은 목소리로 중얼거렸다.

"……살인자."

그의 귀에 들린 모양이었다. 걸음을 옮기던 그가 다시 몸을 돌렸다.

"뭐?"

"살인자. 살인자라고!! 당신은 살인자야! 당신이 흐엉을 죽였어!!"

한번 입이 열리자 리엔은 미친 듯 소리쳤다.

"이년이 미쳤나?"

그가 리엔의 멱살을 잡았다. 단숨에 제압당했다. 그의 얼굴이 가까이 다가오자 리엔은 자신도 모르게 몸을 움츠렸다. 그의 눈빛에 머문 살기가 느껴졌다.

"죽고 싶지 않으면 조용히 닥치고 있어. 마음먹으면 너 같은 거 죽이는 건 일도 아니야."

그는 주위에 사람이 몰리자 리엔을 팽개치고 얼른 택시를 잡아타고 그 자리를 떠났다.

얼어붙은 리엔은 한동안 그 자리에서 움직일 수가 없었다.

왜 호기를 부린 걸까? 제대로 상대할 능력도 안 되면서 왜 겁 없이 덤볐을까? 무릎이 와들와들 떨리면서 마음 깊은 곳에서 분노가 치밀었다. 저런 놈에게 시원하게 욕 한 마디 해 주지 못하고 금세 두려움에 떠는 자신이 한심하기만 했다. 흐엉을 지키겠다고 말로만 떠들었지 실제로는 아무런 힘이 되지 못했다. 타오를 잃고 느꼈던 무력감이 다시 물밀듯 밀려들었다.

어딘가에 숨어 목 놓아 울고 싶었다. 하지만 이 넓은 땅 어디에도 마음 놓고 울 수 있는 곳이 없었다.

리엔은 딸의 옷을 사는 것도 잊고 공원 벤치에 한참 앉아 있다가 버스를 타기 위해 일어났다.

첫 서리가 오고 김장철이 되자 배추를 내다 팔기 시작했다.

리엔은 한식조리사 교실도 나가지 않았다. 사람들을 만나는 것도 피곤했다. 그저 눈을 뜨니 하루를 시작하고 배가 고프니 밥을 먹고 할 일이 눈에 보이니 일을 했다. 그렇게 시간을 보내니 무엇을 해도 즐겁지 않았다. 바쁘게 일을 할 때는 잊고 지내다 잠시 쉴 때면 우울한 기분이 밀려들었다. 타오의 죽음 이후 느꼈던 좌절감과 우울이 다시 리엔을 무기력하게 했다. 이대로는 안 되겠다 싶은 생각이 들었다.

히엔을 만나서 이야기라도 나눠야겠다는 생각이 들었다. 모처럼의 외출이라 남편도 맘 편히 놀고 오라며 저녁은 알아서 챙겨 먹겠다고 했다.

버스 정류장에서 내려 히엔의 식당이 있는 식당가로 걸어가고 있는데 누군가 뒤에서 부르는 소리가 들렸다.

"리엔……?"

고개를 돌린 리엔은 자신을 부르는 사람의 얼굴을 확인하고는 들고 있던 가방을 떨어뜨릴 뻔했다. 여기서 만날 거라고는 생각도 못 한 사람이 서 있었다.

"뚜언?"

"그래, 나야. 설마 했는데 진짜 리엔이네. 어떻게 여기서 만나? 몇 년 만이지?"

그도 리엔을 만난 게 믿기지 않는지 놀란 얼굴이 되어 있었다.

뚜언. 호치민에 있을 때 만나던 남자다. 벌써 십 년 전의 일이다.

"어떻게…… 어떻게 한국에 있어?"

"오 년 됐어. 안산에 있다가 이곳으로 온 지 한 일 년 됐나? 너도 한국에 왔는지는 몰랐네."

두툼한 점퍼를 입은 그의 모습이 낯설기만 했다. 찬찬히 얼굴을 들여다보니 호치민에서의 기억이 하나둘 떠오르기 시작했다. 리엔은 고개를 흔들며 지난 생각들을 털어 내고 웃으면서 말했다.

"나는 한국 남자와 결혼했어. 아이도 하나 있어."

얼핏 그의 얼굴에서 실망스런 표정이 시나갔다.

"너는?"

뚜언은 고개를 저으며 웃어 보였다. 너무 오랜만이라 그런지 무슨 말부터 꺼내야 할지 어색하기만 했다. 머뭇거리던 뚜언은 리엔의 팔을 잡아끌며 어디 가서 얘기를 좀 하자고 했다.

"저기 베트남 식당이 있어."

히엔의 식당으로 가려는 눈치라 리엔이 얼른 손을 뺐다. 왠지 히엔의 식당으로는 들어가고 싶지 않았다.

"다른 곳에 가자."

리엔이 먼저 발걸음을 옮기자 뚜언도 잠자코 리엔의 곁으로 다가와 걷기 시작했다.

뚜언은 이 우연한 만남이 믿기지 않는다는 듯 몇 번이나 리엔을 쳐다보며 놀라워했다.

"너는 하나도 안 변했네. 정말 내가 기억하던 그대로야."

뚜언의 시선을 애써 외면하며 갈 만한 곳을 찾던 리엔의 눈에 인도 식당의 간판이 보였다.

"여기 괜찮아?"

리엔의 질문에 뚜언은 보지도 않고 고개를 끄덕였다. 그의 눈은 리엔의 얼굴에서 떨어질 줄 몰랐다.

입구로 올라가는 계단부터 고향과는 또 다른 향신료의 냄새가 풍겨 왔다. 붉고 푸른 천으로 가림막을 한 좌석들이 보였다. 한낮인데도 실내는 어두웠다. 인도풍의 장식과 코끼리 동상이 눈에 들어왔다.

식원의 안내에 따라 자리에 앉고 보니 테이블마다 작은 초가 켜져 있었다.

마주 앉은 뚜언의 얼굴 위로 불빛이 흔들리고 뚜언의 눈은 불빛을 받아 반짝거렸다. 코끝을 자극하는 향신료와 흔들리는 촛불이 묘한 분위기를 자아냈다. 정신이 아찔해지는 기분이었다.

십 년이라는 공백이 한순간에 메워지고 마치 어제 관광객 거리의 뒷골목 카페에 마주 앉아 커피를 마시고 오늘 다시 만난 것처럼 느껴졌다.

"어디에 있어?"

"여기 산업 단지가 있어. 거기서 지내지. 하루 종일 일만 해. 휴일에도 기숙사에서 잘 안 나오는데, 어쩐지 오늘은 나오고 싶은 거야. 여기 베트남 사람들이 모이는 식당이 있다고 해서 가던 참이야. 널 만나게 될 줄은…… 생각도 못 했어."

리엔은 아무 대답도 하지 않았다. 자신도 우울한 기분을 느끼다 모처럼 나온 참이었지만, 괜히 그런 말을 했다가는 엉뚱한 오해를 줄 것 같았다.

식사를 하면서 조금씩 긴장으로 굳어 있던 마음이 풀렸다. 대화 속에 추억들을 하나씩 소환하면서 그때의 일이 하나둘 떠오르기 시작했다. 한때는 뚜언과 결혼할 생각도 했었다. 우리가 왜 헤어졌지?

갑자기 뚜언이 맥주를 시켰다. 술을 마실 생각은 없었지만 한 잔만 하라며 따라 주는 것을 거절하기 어려웠다. 한 모금의 술에도 금세 얼굴이 달아올랐다.

가끔 타오와 함께 사이공강이 보이는 건물 옥상에 올라가 맥주를 마시던 때가 생각났다. 타오와 달리 리엔은 술을 거의 못 했다. 두 모금 마시고 얼굴이 빨개지면 타오는 언니를 놀리며 남은 술을 모두 마셨다.

타오에 대한 생각은 자연스럽게 흐엉으로 이어졌다. 리엔은 또다시 마음 깊은 곳에 고통이 번지는 기분이 들어 얼른 흐엉에 대한 생각을 털어 내려고 애썼다.

"이렇게 고향에서 멀리 떨어진 나라에 와서 널 만나니까 이상하다. 좀 더 일찍 만났으면 좋았을 텐데."

"왜?"

취업 비자가 더 연장이 안 된다고 했다. 몇 개월 뒤면 돌아가야 한다고 했다. 불법체류를 하며 계속 있을 수도 있지만 그러면 다시는 한국에 돌아올 기회를 잃어버리게 된다.

"고향에 가고 싶지 않아?"

뚜엔의 질문에 리엔은 잠시 부모님이 살고 있는 집과 타오를 떠올렸다. 이미 그곳을 떠나온 지 십 년이다. 이제는 이곳이 리엔의 집이 되었다.

"가끔 호치민 살 때 꿈을 꾸긴 해. 일이 끝나고 타오와 야시장에 가서 반세오와 함께 먹던 맥주 한 모금. 술을 잘 마셨으면 타오와 더 많은 이야기를 나누었을 텐데……. 타오 기억나지?"

"알지. 몇 번 만났잖아."

"맞아 그랬었지……."

생각해 보니 몇 번 함께 만나 어울렸다. 영화도 보고 식사도 하고. 서너 번 어울린 뒤로 타오는 함께 만나는 자리를 피했다. 그때부터 노골적으로 뚜언을 싫어하는 티를 냈다. 뚜언을 만나고 돌아오는 날이면 언니에게는 더 좋은 남자가 나타날 거라며 결혼은 생각도 하지 말라고 했다.

"내가 왜 한국으로 왔는지 알아? 그건 타오의 꿈이었어. 타오가 없는 호치민은…… 가고 싶지 않아."

"……나도 그땐 충격이었어. 생일날 그렇게 죽다니……. 많이 힘들었지?"

뚜언이 타오가 죽던 날에 대해 이야기하자 등줄기로 서늘한 기운이 스쳤다. 리엔은 얼른 화제를 돌렸다.

"돈은 많이 모았어? 베트남으로 돌아가면 뭐 할 거야?"

"다시 올 기회를 찾아보겠지. 나도 이곳에서 살고 싶거든."

그 뒤로도 사소하고 두서없는 이야기를 하다가 일어났다. 추억은 아련한 기억을 떠올리게 하지만 되짚을수록 추레해지기만 한다. 그와 얘기할수록 마음이 어지러웠다. 어서 집으로 돌아가고 싶었다.

식당을 나와 집으로 가는 버스를 타기 위해 정류장에 서 있는 리엔에게 뚜언이 메모를 내밀었다.

"이거 내 전화번호야. 우리 다시 만날 수 있을까?"

집으로 가는 버스가 도착했다. 리엔은 메모를 건네받고

가볍게 눈인사를 하고 버스에 올라탔다. 멀어지는 그의 얼굴을 보며 리엔은 때로는 만나지 말아야 할 사람도 있다고 생각했다.

집으로 돌아온 리엔은 며칠 동안 아무 생각도 하지 않고 집안일에만 집중했다. 그러다 문득 머리 한편으로 계속 뚜언의 생각을 하고 있다는 것을 깨달았다.

다음 날도, 그 다음 날도 마찬가지였다. 뚜언은 머릿속에 들어온 벌 한 마리처럼 끊임없이 리엔을 성가시게 만들었다.

잠에서 깨어 아침을 하고 무청을 널어 말리고 남편을 따라 김장 배추를 수확한 곳에 마늘과 양파를 심고 낙엽을 덮고 비닐을 씌우는 일을 하면서도 머리 한편에서는 계속 뚜언과 만났던 일을 생각했다. 그와 나누었던 한 마디 한 마디를 기억해 내느라 옆에서 남편이 하는 말도 못 들을 정도였다.

"왜 이렇게 생각이 딴 데 가 있어?"

남편이 그렇게 말할 정도였다.

"으슬으슬 춥네. 열도 있는 거 같아."

리엔은 잡고 있던 비닐을 내려놓고 남편에게 이마를 내밀었다. 장갑을 벗어 리엔의 이마를 만져 보던 남편은 걱정스런 표정으로 물었다.

"진짜 좀 뜨뜻한 거 같은네? 병원 갈래?"

"아니, 이불 덮고 누워 있으면 괜찮을 거야."

리엔은 집으로 내려와 이불을 꺼내고 자리에 누웠다. 그리고 골똘히 생각했다.

어쩌면 착각일지도 모른다. 보다 분명하게 확인할 필요가 있다. 며칠을 생각하다 결국 뚜언을 만나는 수밖에 없다고 생각했다. 그의 전화번호를 찾았다. 언제 시간이 괜찮은지 물어 만날 약속을 잡았다.

이 도시는 위험하다. 보는 눈이 많다는 생각에 역에서 만나 전철을 타고 평택에 내렸다. 전철을 타고 가는 동안에도 아는 척을 하지 않았다. 평택역을 지나 한적한 공원에 앉아서야 비로소 뚜언의 얼굴을 똑바로 쳐다보았다.

"전화해 줘서 기뻐. 널 만나고 난 뒤 며칠 동안 네 생각 많이 했어."

"나도 그랬어. 타오와 함께 만났던 기억도 떠오르고."

"그래…… 그랬지."

"타오가 죽었다는 소식은 어떻게 알게 됐어?"

"신문에서 봤나, 그랬던 거 같은데……."

신문 기사. 살인 사건이니 당연히 신문에 실렸다. 수사를 어떻게 하고 있는지 알고 싶어 경찰서를 찾아가 보았지만 경찰은 수사 중이라는 이유로 어떤 정보도 주지 않았다. 수사가 어떻게 진행되고 있는지 알기 위해 리엔은 타오의 기사가 실린 신문을 샅샅이 찾아보았다. 타오의 사건보다 더 중요한 사건들이 신문에 실리면서 타오의 소식을 알 수 있는 곳은 점점 사라졌다.

리엔은 생각에 잠겨 한동안 입을 다물었다. 뚜언은 리엔의 눈치를 보며 조심스럽게 물었다.

"요즘도 타오 생각 많이 해?"

"당연하지, 동생인데."

리엔은 고개를 들어 뚜언을 바라보았다. 잠시 리엔과 시선을 마주치던 뚜언은 어색한지 시선을 돌렸다.

"뚜언, 우리가 만난 게 우연이라고 생각해?"

"응?"

"그날 네가 그랬지? 휴일에도 늘 기숙사에 있었는데 그날은 기분이 이상해서 나왔다고. 나도 마찬가지야. 나도 거의 외출을 안 하는데 그날 갑자기 뭔가에 끌리듯이 나왔어. 그리고 널 만난 거야."

뚜언은 한동안 리엔을 바라보며 머뭇거렸다. 리엔이 무엇을 원하는지 잘 모르겠다는 표정이었다.

"우선 그것부터 말해 줘. 넌 믿을 수 있는 사람이니? 내가 믿어도 돼?"

"당연하지 널 만나서 얼마나 기쁜지 알아? 네 말대로 우리가 다시 만난 건 우연이 아니야."

뚜언이 리엔의 손을 잡으려고 손을 뻗자 리엔은 얼른 뒤로 손을 감추었다.

"착각하지 마. 너와 다시 연인이 된다거나 그런 가능성을 얘기하는 게 아니야."

뚜언의 얼굴에 실망하는 기색이 스쳤다.

"믿을 수 있는 사람이냐고 물은 건 뭐야?"

"앞으로 할 일은 서로의 믿음이 필요한 일이라서."

"뭐?"

뚜언은 어리둥절한 표정으로 리엔을 쳐다보았다.

"계속 한국에서 살고 싶다고 했지? 내가 널 도와줄 수 있을 것 같아."

"무슨 말이야?"

"나는 결혼하고 나서 몇 년 뒤에 영주권을 얻었어. 그리고 지금은 한국 국적도 얻었어."

"……그런데?"

"한국 국적을 가진 사람과 결혼하면 이 년 후 영주권을 얻을 수 있어. 그리고 나처럼 나중에는 한국 국적을 가질 수 있지."

"리엔? 그 얘기는……?"

"그러기 위해서는 한 가지 먼저 풀어야 할 숙제가 있어."

"남편은? 남편과는 어쩔 셈인데? ……이혼할 생각이야?"

리엔은 고개를 저었다.

"그것보다 더 좋은 생각이 있어."

"뭔데?"

"남편을 죽여 줘."

"뭐?"

뚜언은 믿을 수 없다는 표정으로 리엔을 쳐다보았다.

리엔 역시 자신이 왜 갑자기 이런 말을 꺼냈는지 의아했다. 타오의 이야기를 하는 뚜언을 바라보며 리엔의 머릿속이 분주하게 움직였고 이렇게 엉뚱한 말을 꺼내게 만들었다. 자신도 예상하지 못한 말이었지만 되새겨 볼수록 괜찮은 아이디어라는 생각이 들었다.

갑작스런 리엔의 말에 뚜언은 한동안 말을 잇지 못하고 난감해했다.

"……그렇게 끔찍하면 그냥 이혼을 하면 되잖아?"

"이혼하면 돈은? 나는 돈도 필요해. 남편이 보험을 몇 가지 들어 놨어. 수익자는 나와 내 딸이야. 남편이 죽으면 나는 돈이 생겨. 그것도 칠억이나."

칠억이라는 말을 듣자 뚜언은 꼴깍 마른 침을 삼켰다.

"내가 왜 믿을 수 있는 사람이냐고 물어봤는지 알겠지?"

조금 전과는 다른 표정이 뚜언의 얼굴에 나타났다. 그는 깊은 고민에 빠졌다.

"어떻게 죽일지도 다 생각해 놨어. 당신이 할 생각만 있다면 필요한 정보는 내가 다 줄 수 있어. 남편이 언제, 어디서 뭘 하는지, 누구를 만나고 혼자 있을 때가 언제인지 다 아니까."

"리엔, 지금 무슨 말을 해야 할지 모르겠다."

"남편을 죽여 주면 이억을 줄게. 아마 여기서 십 년을 일해도 모을 수 없는 돈일걸?"

"이억!"

뚜언의 눈동자가 흔들렸다. 이 먼 곳까지 와서 고생하는 이유는 한 가지, 돈이다. 그의 마음을 가장 흔드는 것은 돈일 것이다.

"원하면 영주권도 가질 수 있어. 남편이 죽고 나면 나와 결혼한 것처럼 꾸미고 이 년만 지나면 돼. 그럼 영주권이 생겨."

리엔은 뚜언의 눈을 뚫어질 듯 쳐다보았다. 그의 눈빛을 보니 이제 거의 넘어왔다.

"어떻게 할 건지는 네가 결정해."

급한 건 뚜언이다. 비자 연장을 못 받아 얼마 후 돌아가야 하는 입장에서 리엔이 내미는 제안은 너무 달콤한 조건이다. 그가 살인을 할 용기가 있느냐 없느냐 그것이 문제다.

리엔은 그가 할 것이라는 것을 알았다.

"천안역에 내릴 때까지 생각할 시간을 줄게. 잘 생각해 보고 선택해."

리엔은 고민하는 뚜언을 남겨 두고 천안으로 가는 전철을 탔다. 뒤는 돌아보지 않았다.

등 뒤로 뚜언의 기척이 느껴졌지만 모르는 척했다.

천안역에 전철이 서고 사람들이 내렸다. 리엔이 내리기를 기다리고 있던 뚜언은 결심한 표정으로 리엔을 보며 말했다.

"할게…… 하겠어."

"내가 연락할 때까지 기다려."

리엔은 뚜언의 시선을 쳐다보지도 않고 그의 곁을 지나며 얘기했다.

7

한 치의 오차도 없이 완벽하게 일을 진행하려면 많은 준비가 필요하다.

리엔은 몇 번이나 머릿속으로 설계도를 그려 보았다. 조금이라도 허점이 있어 일이 틀어지면 모든 게 끝이다. 그러면 자신이 가진 모든 것을 잃을 뿐 아니라, 미래까지도 사라지게 된다. 하지만 계획대로 성공만 한다면 두 가지 숙제를 한꺼번에 해결하게 된다.

뚜언을 만난 건 하늘이 내린 기회라는 생각이 들었다. 리엔은 뚜언을 다시 만나게 해 준 신에게 감사했다. 이제는 인간인 자신이 깔끔한 결말을 만들면 된다.

뚜언에게 정확한 정보를 주기 위해서는 시간이 필요하다. 며칠이 걸릴지는 모른다. 그가 혼자 있을 때, 흐엉이 캄캄한 밤에 혼자 한적한 도로 위에 서 있었던 것처럼 완벽하게 혼자일 때를 노려야 한다. 뚜언이 완벽하게 그를 처치할 수 있는 시간이 언제인지 그때를 찾아야 한다.

목표가 생기자 다시 생활에 활력이 생겼다. 영문도 모르는 남편은 기운을 차린 아내를 보자 기분이 좋아졌는지 콧노래를 흥얼거리며 겨울을 나기 위해 창문마다 비닐을 덧대는 작업을 하며 분주하게 움직였다.

아무것도 모르는 남편의 콧노래를 들으며 리엔은 부부 사이에 얼마나 많은 거짓말이 존재하는지 생각했다. 그가 준 목걸이를 만지작거리며 미안한 생각을 했다.

보름 뒤 리엔은 이제 필요한 정보를 모두 얻었다는 것을 깨달았다. 시내로 나가 공중전화를 이용해 뚜언에게 전화를 걸어 만날 약속을 잡았다.

이번에는 온양온천역에서 만나 역 앞의 시장을 돌아다녔다.

가판대에 채소와 과일을 놓고 파는 노인들을 보자 시어머니 생각이 났다. 찬바람이 불기 시작해서 다들 몇 겹씩 옷을 껴입고 있었다. 생각해 보니 올해는 아직 따뜻한 스웨터 하나 준비하지 못했다.

리엔은 고개를 흔들었다. 살인을 생각하는 마당에 시어머니 옷 걱정이라니.

한적한 국밥집에 들어가 소고기 국밥을 시켜 놓고 리엔은 낮은 목소리로 자신의 계획을 이야기하기 시작했다.

"그 사람은 매주 목요일 저녁마다 친구들을 만나. 풍세 사방교 다리 건너에 도로를 따라 주유소와 식당, 고물상 창고 같은 건물들이 띄엄띄엄 있어. 그 사이에 있는 푸른바다낚시라는 곳이 친구가 하는 가게인데 목요일 밤마다 모여서 도박을 해. 저녁 먹고 모여서 놀다가 11시쯤에 헤어져."

리엔은 핸드폰을 꺼내 지도를 보여 주며 자신이 알아낸 정보를 이야기했다. 리엔의 핸드폰을 보던 뚜언은 자신의 핸드폰으로 푸른바다낚시를 검색해서 장소를 입력했다.

"모임이 끝나면 친구들은 다 차 타고 돌아가는데 그 사람은 다리 건너 구 도로를 따라 걸어서 집으로 돌아와. 대강 십오 분 정도 걸리는 거리야."

"괜찮을까? 우리 같은 외국인은 금방 눈에 띌 텐데."

"그 동네 인근에 공단이 있어. 맨날 보는 외국인 노동자인데 신경이나 쓸 거 같아? 당신이 지나가 봐야 기억도 못 할걸?"

"그럴까?"

"게다가 지금은 겨울이야. 마스크 끼고 모자 쓰면 얼굴도 안 보이니까 그런 걱정은 안 해도 돼. 이런 동네는 저녁 7시만 돼도 다들 집에 있어. 밤 11시면 정말 눈 씻고 찾아도 사람을 볼 수가 없지. 며칠 전에 미리 한번 답사를 해. 버스를 타면 그 낚시 가게와 다리를 지나가니까 지나가면서 대충 보고 목요일 밤에 전 정거장이나 다음 정거장에서 내려서 그 다리 아래로 가서 기다려."

리엔이 범행 장소를 다리 밑으로 정한 건 이유가 있다.

언젠가 남편과 함께 차를 타고 돌아오다가 그 다리를 지난 적이 있었다. 남편은 그 다리에서 있었던 무시무시한 사건에 대해 이야기해 수었다.

"예전에 여기서 살인 사건이 있었어. 당신 시집오기도 전,

한 십오 년 넘었나? 구인 광고로 여자들을 유인해서 이 다리 아래에서 죽이고 불태웠지."

어떻게 그럴 수 있느냐고 물었더니, 주변에 인가가 없고 다리 아래는 둑 때문에 잘 안 보이다 보니 현장을 잘 아는 범인이 범행 장소로 이용한 것 같다고 했다.

도시 한복판에서 사람이 죽어도 범인을 찾기 힘들고, 흐엉처럼 시골의 한적한 도로에서 죽어도 범인을 찾기 어렵다. 영악한 범인은 교묘히 잘도 빠져나간다.

"다음 주 목요일이야. 잊지 마."

뚜언이 묵묵히 국밥을 떠먹으며 이야기를 듣다가 수저를 내려놓고 리엔을 쳐다보았다. 마음이 복잡한 것처럼 보였다. 밥 먹는 것도 잊고 이야기를 하던 리엔은 뚜언의 표정을 보고 이야기를 멈추었다.

"정말로 죽일 생각이구나?"

"이런 말을 장난으로 할 거 같아?"

리엔은 망설이는 것 같은 뚜언의 태도에 짜증이 밀려들었다.

"내가 얼마나 열심히 생각했는지 알아? 난 정말 미칠 것만 같다고. 이렇게라도 하지 않으면 숨을 못 쉬겠어. 계속 망설일 거면 지금이라도 그만둬."

리엔이 발끈해서 자리를 박차고 일어나자 뚜언이 얼른 리엔의 팔을 잡았다.

"아니야. 할 거야. 해."

뚜언을 쳐다보던 리엔은 마지못해 다시 자리에 앉았다.

"그 사람은 죽어도 싼 인간이니까 죄책감 같은 거 가질 필요 없어."

물끄러미 리엔을 보던 뚜언은 결국 고개를 끄덕거렸다.

"……다리 밑에서 기다리면 되는 거지?"

"어떻게 죽일지는 당신이 생각해. 칼로 찌를 건지, 망치로 머리를 내려칠 건지 아니면 목을 조를 건지."

"목을 조르는 건 안 돼. 여자는 몰라도 남자는 힘이 세니까 위험해."

이번엔 리엔이 뚜언을 가만히 쳐다보았다.

"왜?"

"아니야. 이제 좀 진심이 된 거 같아서. 당신 말대로 한 번에 확실하게 끝낼 수 있는 방법을 찾아야 돼. 안 그럼 당신이 위험해. 기억해. 목요일 밤이야."

"……만약 성공하지 못하면?"

"만약 같은 건 없어. 무조건 그날 성공해야 돼. 두 번 다시 기회는 없어. 그 사람이 죽은 게 확인되면 우선 천만 원을 줄게."

천만 원이라는 말에 뚜언의 눈이 커졌다. 갑자기 해야겠다는 의지가 얼굴에 떠올랐다.

리엔은 핸드폰을 꺼내 사진을 찾아서 뚜언에게 보여 주었다. 거기에는 뚜언이 죽여야 할 남자의 얼굴이 담겨 있었다.

뚜언은 사진을 자세히 들여다보더니 리엔에게 자기 핸드폰으로 사진을 보내 달라고 했다.

"안 돼. 우리가 연락한 증거를 남기면 안 된다고 했잖아."

"얼굴을 익혀야지."

결국 리엔은 핸드폰을 내밀었다. 뚜언이 리엔의 핸드폰에 있는 사진을 찍었다.

"일 끝내면 잊지 말고 삭제해."

국밥집에서 나오는 순간 리엔은 뚜언과 모르는 사람처럼 떨어져서 걸었다. 역에서도 다른 전철을 이용해 따로 움직였다.

뚜언을 만나고 돌아온 날부터 리엔은 하루하루 시간이 지날수록 피가 마르는 것 같았다. 시간은 느린 소처럼 쉽게 움직이지 않았다. 시간을 잊기 위해 집안 대청소를 했다. 철 지난 이불을 빨고 아래채에 걸린 농기구까지 정리했다.

수요일이 지나고 목요일 아침이 되자 긴장감에 하루 종일 아무것도 손에 잡히지 않았다. 밥도 먹는 둥 마는 둥 하자 시어머니가 걱정스런 얼굴로 리엔을 쳐다보았다.

"어디 아프냐? 왜 밥을 먹다 말어?"

"그냥 입맛이 없어요."

"이따 나가서 삼겹살이라도 사 올까?"

옆에서 남편이 말을 걸자 시어머니가 남편의 등짝을 손바닥으로 퍽 때렸다.

"너는 아직도 집사람 식성을 모르냐? 애가 삼겹살 좋아하는 거 봤어? 지 좋아하는 것만 알아 가지고."

"그래? 당신 뭐 좋아하는데?"

"이 봐, 한심한 놈 말해 줘 봐야 또 까먹을 거면서. 해산물 좋아하잖아, 게, 새우, 오징어 이런 거. 걱정 마라. 오늘 시장 파하고 돌아올 때 내가 해물이랑 콩나물 사 올게. 해물찜 해 먹자."

"네."

남편은 머쓱한 표정으로 두 사람을 번갈아 쳐다보며 눈칫밥을 먹었다.

"좋겠네. 엄마가 편 들어 줘서."

"나는 아빠 편 해 줄게."

옆에 있던 초희가 아빠에게 기대며 웃어 보이자 남편이 딸을 꼭 안아 주었다.

그 모습을 보는 리엔의 마음속은 복잡하기만 했다.

밤이 되자 아무 일도 없다는 듯 잠자리에 들었지만 잠이 올 리 없었다. 얼마나 긴장했는지 자신의 심장 소리를 들을 정도였다. 온 신경이 예민해졌다. 손끝이 저려 왔다. 이부자리에 누웠다가 일어나 앉았다가 그래도 마음이 진정되지 않아 마당으로 나왔다. 유령처럼 주위를 서성거렸다.

이 밤이 지나면 모든 것이 달라질 것이다. 나는 돌아오지 못할 강을 건넜다.

뚜언이 과연 계획대로 일을 무사히 잘 끝냈는지 궁금했다. 전화를 해 보고 싶어 미칠 지경이었지만 참았다.

그때 손에 쥐고 있던 핸드폰의 진동이 울렸다. 화들짝 놀라 리엔은 번호를 확인했다.

뚜언이다. 전화하지 말라고 그렇게 이야기를 했건만.

리엔은 얼른 대문을 열고 밭이 있는 산으로 뛰어 올라갔다. 달이 얼마나 밝은지 밭으로 가는 길이 보일 정도였다. 결과가 궁금한 리엔은 참지 못하고 전화를 받았다.

뚜언의 헐떡이는 숨소리를 들었다. 아니, 자신의 숨소리인가?

한동안 거친 숨소리만 들렸다. 리엔은 숨을 죽이고 그의 말을 기다렸다. 성공한 건가?

「……끝났어. 죽었어.」

"확실해?"

「그래. 확실해.」

그의 목소리는 떨리고 있었다. 어떻게 죽였는지, 어떤 모습으로 생을 마감했는지 궁금했지만 묻지 않았다. 알아 봐야 좋을 게 없다. 그가 죽었다는 사실이 중요하다.

「……천만 원 정말 주는 거지?」

이 와중에 돈 이야기부터 꺼내다니, 생각할수록 소름이 돋는 인간이다.

"무슨 천만 원?"

리엔은 처음 듣는 것처럼 무심하게 물었다. 뚜언의 목소리가 튀어 올랐다.

「약속했잖아, 일을 끝내면 천만 원 주기로.」

"뚜언. 나라면 지금 당장 숙소로 가서 짐을 싸 가지고 공항으로 가겠어. 뒤도 안 돌아보고 이 나라를 떠날 거야."

「무, 무슨 소리야?」

"아, 베트남으로는 돌아갈 수 없겠구나. 거기서도 사람을 죽였으니."

「리엔 너 지금 무슨 소리를 하는 거야?」

"타오를 죽인 게 너지?"

한순간 정적이 흘렀다. 그러다 뚜언은 기가 막히다는 듯 화를 내며 무슨 소리냐고 물었다.

"타오가 생일날 죽었다고? 아니, 타오는 생일날 죽지 않았어. 단지 생일 파티를 앞당겨 했던 것뿐이야. 근데 왜 넌 타오가 죽은 날을 생일로 기억하고 있을까?"

「신문 기사에 났잖아?」

"타오가 죽은 날은 생일날이 아니라니까. 그런데 기사에 그런 얘기가 날 리가 없잖아?"

리엔은 기억한다. 어떤 신문에도 타오의 생일을 언급한 기사는 없었다.

다시 뚜언의 거친 숨소리가 들려왔다. 리엔은 말을 이었다.

"왜 그런 착각을 했는지 생각해 봤지. 넌 생일 파티를 한

날 타오를 만난 거야. 타오는 널 끔찍하게 싫어했어. 나한테 몇 번이나 얘기했지."

십 년 만에 뚜언을 만난 날, 그가 타오가 죽은 날이 생일이라고 하는 말을 듣자 리엔은 뭔가 등골이 서늘한 기운을 느꼈다. 설마 하며 집으로 돌아와 몇 번이고 다시 떠올리기 싫은 기억들을 하나씩 꺼내 타오의 죽음 전후로 무슨 일이 있었는지 떠올렸다.

"얘기해 봐. 왜 타오를 죽였는지."

타오가 죽기 며칠 전 리엔은 뚜언에게 헤어지자고 했다. 갑작스런 통보에 뚜언은 화를 내며 이유를 물었다. 리엔은 구차한 이야기를 하고 싶지 않아 그냥 끝내고 싶다고 했다. 뚜언은 모든 게 다 오해라며 갑자기 타오의 욕을 하기 시작했다. 그렇지 않아도 뚜언을 탐탁치 않아 하던 타오는 다른 여자와 껴안고 있는 뚜언을 본 뒤로 계속 리엔에게 헤어지라고 말했다.

"넌 타오 때문에 우리가 헤어졌다고 생각한 거야? 그래서 타오를 찾아간 거야?"

「찾아간 거 아니야, 술집에서 나오다가 우연히 만나서 오해를 풀려고 한 거뿐이야. 그런데 내 얘기는 들으려고 하지도 않고 비명을 질러 대서 그만…….」

"그래서 목을 졸랐다고?"

「…….」

'목을 조르는 건 안 돼, 여자라면 몰라도 남자는 힘이 세니까 위험해.'

며칠 전 그가 했던 말이 귀에 생생하게 들리는 것 같다. 그 말을 하는 뚜언의 얼굴을 보며 리엔은 소름이 돋았다. 리엔은 자신의 추측이 맞았다는 것을 다시 한 번 확인했다.

분노를 억누르고 태연한 척하느라 얼마나 노력했는지 뚜언은 알까?

「그럼 나를 이용한 거야? 네 남편을 죽이기 위해서?」

리엔은 뚜언이 들리도록 웃어 주었다.

「내가 가만있을 거 같아? 경찰에 가서 다 네가 시킨 일이라고 말할 거야. 네가 돈을 미끼로 남편을 죽여 달라고 시켰다고 할 거야.」

리엔은 웃음을 거두고 냉정하게 말했다.

"머리가 안 돌아가네. 살인을 한 건 내가 아니라 너야. 더구나……."

리엔은 지금의 기분을 만끽하기 위해 천천히 입을 떼었다.

"네가 죽인 사람은 내 남.편.이 아니야."

리엔은 남편이라는 단어에 힘을 주었다.

「뭐?」

"내가 왜 알지도 못하는 남자를 죽이라고 시켜? 경찰이 그 말을 믿겠어?"

「그, 그럼…… 내가 죽인 남자는 누구야?」

리엔은 뚜언에게 오래도록 미칠 것 같은 궁금증을 주고 싶었다.

"글쎄, 누굴까? 잘 생각해 봐. 참, 내가 그 근처에 CCTV가 있다는 얘기를 했던가? 시골을 돌아다니면서 농작물을 훔치는 도둑놈들이 있어서 말이야. 이제 왜 빨리 비행기를 타야 하는지 알겠지?"

「이 미친…….」

리엔은 뚜언이 뭐라고 떠들거나 말거나 그대로 전화를 끊었다.

리엔은 휴대폰 전원을 끄고 깊은 숨을 들이마시며 남편과 시어머니와 딸이 잠들어 있는 마을을 내려다보았다. 폐 깊은 곳으로 들어온 차가운 밤공기가 막혀 있던 머리와 가슴을 뻥 뚫어 주는 기분이 들었다.

흐엉의 남편은 자신이 왜 갑자기 살해당했는지 이유를 알까?

리엔은 흐엉을 만난 게 신의 장난같이 느껴졌다. 타오와 꼭 닮은 흐엉을 만난 일은 결국 타오를 죽인 범인을 찾게 만들었다.

세상은 때때로 인간이 알지 못하는 불가사의한 방법으로 움직인다.

겨우 마음을 진정하고 집으로 내려가니 시어머니가 마당에 나와 있었다.

"왜 나와 계세요?"

"네가 얘기해 봐라. 왜 이렇게 잠을 못 자고 서성거리는 건지."

"……죽은 동생 꿈을 꿨어요. 요즘 자꾸 생각이 나네요."

머뭇거리던 리엔은 타오의 이야기를 꺼냈다.

시어머니는 리엔을 안고 등을 쓸어 주며 다른 손으로는 리엔의 손을 잡아 주었다.

"……너도 가슴에 묻고 사는 사람이 있구나."

문득 남편을 일찍 보내고 혼자 삼 형제를 키운 어머니의 지난 세월은 어땠을까 하는 생각이 들었다.

"어머니는 어떻게 그 긴 세월을 헤쳐 오셨어요?"

"그냥 하루하루 사는 거지 뭐."

여전히 일을 쉬지 않는 어머니를 보면 참 대단하다는 생각이 들었다. 그 말을 하고 싶었지만 왠지 쑥스러워 말이 나오지 않았다. 하지만 시어머니는 이미 리엔이 하고 싶은 말을 다 느끼고 있는 것 같았다.

"너도 이 낯선 곳까지 오지 않았니? 쉽지 않은 일이지. 장해."

가슴이 뻐근했다. 문득 시어머니의 무릎에 엎드려 펑펑 울고 싶어졌다. 리엔은 애써 눈물을 삼키며 자신의 가면이 벗겨지지 않기를 빌었다.

타오 덕분에 얻은 이 인생을 망가뜨리고 싶지 않았다.

며칠 뒤 풍세 사방교 아래에서 시체로 발견된 남자에 대해 뉴스가 나왔다.

앵커는 그가 몇 달 전 베트남 아내의 죽음으로 거액의 보험금을 받아 조사를 받은 인물이라며 경찰이 주변인을 중심으로 수사를 시작했다고 보도했다.

저녁을 먹으며 뉴스를 보던 남편은 혀를 차며 아무래도 그 다리에는 귀신이 붙은 모양이라고 중얼거렸다. 죽은 사람이 흐엉의 남편이라는 것을 확인하자 남편은 마죽리 청년회장에게 주워들은 이야기를 전해 주었다.

"저놈이 누구랑 짜고 와이프를 죽인 게 맞나 봐. 누가 찾아와서 왜 돈을 안 주냐고 막 싸우고 그랬대. 그놈의 돈이 문제라니까."

남편의 말이 맞다. 모든 게 돈이 문제다.

리엔은 갑자기 생각난 듯 남편에게 손바닥을 내밀었다.

"뭐? 왜?"

"왜 요즘은 돈 안 줘? 매일 만 원씩 주기로 해 놓고."

"아, 그거 당신이 귀찮다고 한꺼번에 통장에 넣어 달라고 했잖아?"

말은 그렇게 하면서도 남편은 주머니를 뒤져 지폐 한 장을 리엔의 손바닥에 올려 주었다.

리엔이 남편을 마음으로 받아들이기 시작한 것은 그때부

터였다.

농담처럼 시작한 일이지만 남편은 하루도 빠짐없이 꼬박꼬박 돈을 주었고 이상하게 그 돈을 받은 뒤로 마음속에 있던 헛헛한 기운이 차츰 사라져 갔다. 매일 밤마다 그가 건네는 건 돈이 아니라, 수고한 아내에 대한 고마움의 표현이었다.

남편의 말대로 며칠 뒤 흐엉을 죽인 뺑소니범이 잡혔다는 뉴스가 나왔다.

베트남 신부를 죽인 대가로 돈을 받기로 했는데, 흐엉의 남편이 아직 보험금이 다 지급되지 않았다는 이유로 차일피일 미루면서 싸움을 하게 되었고, 술에 취해 친구에게 그 이야기를 하는 바람에 경찰의 귀에까지 들어갔다고 한다. 그렇지 않아도 살인 사건의 범인을 찾고 있던 경찰은 뺑소니범을 강력한 용의자로 보고 수사를 하고 있다고 했다.

안씨와 히엔 부부, 메이에게 문자가 왔다. 그럴 줄 알았다며 다들 아내의 죽음으로 돈을 벌려 한 자의 최후에 대해 이야기했다. 흐엉을 위해 다시 한 번 모여서 식사를 하기로 했다.

리엔은 핸드폰에 남아 있는 뚜언의 흔적을 지우며 그가 이 뉴스를 보고 있는지 궁금해졌다. 뉴스에는 한국에 시집와서 보험 살인 사건으로 희생된 흐엉의 사진이 계속 나왔다.

만약 뚜언이 뉴스를 보고 있다면 그는 틀림없이 왜 타오의 사진이 뉴스에 계속 나오는지 의아해할 것이다.

리엔은 그가 어디에 있건 언젠가 죗값을 받기를 빌었다.